レッドリスト
絶滅進化論

安生　正

幻冬舎文庫

レッドリスト　絶滅進化論

目次

絶滅進化論

進化は連続的なものだ。

気の遠くなる時間をかけて生物は徐々に進化して行く。

「地球上には様々な生物が溢れているのだから、彼らを進化させてきた生命の歴史が途切れたことはない」「これだけ多様な生物が存在するのだから、世界全体を根絶やしにしてしまう天変地異などなかった」

そう信じる自然科学者は、人類の未来は明るいものになると予測する。現在、地球上のあらゆる場所で圧倒的な個体数を擁する人類は、新たな種の始祖になる特権を与えられているという説だ。

ところが有史以来、進化の過程で、多くの種が、ある時代を境に歴史から姿を消してきた。

まさに忽然と消える。

我々は、これを『絶滅』と呼ぶ。

序章

八月

南にそびえる富士の峰を越えて、碧い夏空がどこまでも広がっている。

隆々とした入道雲が湧き立つ夏空の下、東京に比べればましとはいえ、真夏の陽射しは強烈だった。

富士山の麓、山梨県富士河口湖町と鳴沢村にまたがって広がる原生林が青木ヶ原樹海だ。

噴火で流れた溶岩を覆う原生林と、点在する洞穴が樹海特有の神秘的な光景を作り出す。山頂から眺めると、木々が風になびく様子が海原でうねる波のように見えることから『樹海』と名づけられたともいわれる。

「そろそろ昼飯にするか」

加藤はバックパックを背中からおろした。

加藤が主宰するNPOは、樹海に生息する稀少植物やニホンジカによる食害について、モニタリング活動を行っている。教員、自営業、会社員と職業はまちまちだが、月に一回、こうして集まるのだ。

今日も、富士山の北に位置する西湖に近い、『森の駅　風穴』の駐車場に車を駐め、仲間と樹海に入った。

天気や光の当たり具合、見る角度によって表情を変える森は息を飲むほど美しい。苔に覆われた老木、見事な枝ぶりのカエデ、天寿を全うして大地に還ってゆく倒木、その横から新たな息吹をともす若木……。うっそうとした原生林を眺めていると、この地は神域だと感じさせられる。

あらかじめ決めた観測地点で、足跡や糞の状況から動物の活動状況を記録する午前の作業は、予定どおりに終了した。

加藤たち四人は思い思いに、絨毯を敷き詰めたように苔がむした溶岩や、地面の上を這い回る根に腰をおろす。

ツガやヒノキの木立を抜けてくる木洩れ日が、風に揺らいでいる。まるで妖精の国へわけ入ったように、幻想的な光景だった。

「立派な森ですね」

握り飯を取り出しながら、初めて参加した藤田が森を見上げる。大学生の彼は、夏休みを利用して大阪からやって来た。

青木ヶ原樹海には溶岩流の上にツガ、ヒノキを主に、モミ、カエデなどの高木が生育している。樹齢二百年を超える高木の根元にはソヨゴ、アセビ、ミヤマシキミの常緑広葉樹が群生し、森の奥は昼でも暗く、まさに密林だった。

「確かに。ただ、樹海の歴史は約千二百年とまだ浅く、若い森だ」

加藤は手ぬぐいで首の汗を拭う。青木ヶ原樹海は溶岩の上に樹木が生えているため、根を深く土の中に張ることができない。そのため、少しの環境の変化で木が倒れてしまうデリケートな森林なのだ。

「そうなんですか。でも人工の松林と違って、自然の森ではこんなに多種多様な木々が育つんですね」

藤田が、ペットボトルの水を口に含んだ。

「植物は不思議な性質を持っている。ある場所に一種類の種子をまいた時より、複数の異なる種子をまいた時の方が育ちは良い。畑でも同じだよ。たとえば小麦もそうだ。ある区画に一品種だけをまいた時より、複数の品種をまいた時の方が、収穫量は大きくなる」

「へー、初めて知りました」

「色々な樹木が混在する環境で、森がより繁栄するのは、それぞれの種が生息環境を異なったやり方で利用するからだ」

「この森も同じですね」

「平安時代の貞観（じょうがん）六年のことだ。つまり西暦八六四年に、富士山の北西山麓で大規模な貞観大噴火が発生した。流れ出た膨大な量の溶岩は、周辺の森林地帯を焼き払った末に、かつて北麓にあった広大な湖の大半を埋めてしまった」

「噴火の直後、この辺りは溶岩で埋め尽くされ、生物も全滅したのですね」

「生物学的には、巨大な空白域が現れた」

「生物が死に絶えた真っさらな土地ですね。そこへ周辺から様々な植物や動物が侵入したというわけですか」

加藤が森を見上げる。鮮やかな緑、生き生きとした若葉が夏の風に悠然と揺らいでいる。どこかで、キョッキョッキョッというアカゲラの鳴き声がする。

「まさに生命のドラマですね」

「別の見方をすれば、ここでは噴火後に棲みついた生物の、千二百年にわたる進化の歴史を見ることができる」

加藤と藤田は、梅干し入りの握り飯を頬張りながら、樹海の歴史や生物の進化などの話題に花を咲かせた。

そうこうしているうちに昼食が終わった。腹も一杯になった。鮮やかな夏の陽、爽やかな森、最高の一日になるという充足感に加藤は満たされていた。

そろそろ行きますか、と両腕を伸ばした藤田が、おやっと動きを止めた。

両手で目の上にひさしを作って、じっと森の奥を見つめている。

「どうした」と加藤は藤田を見上げた。

「あんなところに人がいます。それになんだか様子がおかしいですよ」

加藤は藤田の視線の先を追った。

薄暗い森の奥、ツガの大木の根元にもたれかかるように男が座り込んでいる。

一見、休憩しているようにも見えるが、力なくうなだれ、まったく動かなかった。

ただ事ではない光景に、四人は顔を見合わせた。

「……行ってみよう」

加藤は歩き始めた。

「おい。大丈夫か」誰かが気味悪がった。

「放ってはおけんだろう」

加藤は木の根をまたぎ、溶岩の巨石を回り込んで、森の奥へ進む。他の連中が渋々したがう。

陽がかげり、辺りが暗くなると、嫌な風が森を駆け抜けた。
突然のシカの鳴き声に、加藤は思わず首をすくめた。
最後に身の丈ほどの斜面をよじのぼる。
頭が斜面の上に出ると、すぐ目の前に男の姿が見えた。
瞬間、悲鳴を上げた加藤は斜面を滑落しそうになった。
岩の割れ目に指先を引っかけてなんとか体を支える。
大きく息を吸い込み、冷たい岩肌に頬を押しつけた。耳の中で心臓の鼓動が響く。
「大丈夫か」
足下から仲間が声をかける。
目を閉じたまま加藤は呪文のようにつぶやいた。
「なんだありゃ。……なぜこんなことが」
乾いた舌で唇をなめる。岩を摑む指の関節が、しびれで白くなっていた。
息を止めた加藤は、恐る恐る岩の斜面を這い上がった。
加藤の方に両足を『ハ』の字に投げ出す格好で、男が座り込んでいる。
ただ、問題は座り方なんかじゃない。
男の右腕が、無残に食いちぎられていた。

衣服はズタズタに引き裂かれ、顔面の左半分が消失して、残った右目が飛び出している。

漁港で竿に天日干しされたイカのように、男の腹が左右に引き裂かれていた。

胃から腸の辺りにかけて、内側から破裂したように穴が空いている。

こぼれた腸が、苔の上に散乱している。

内臓が引きずり出されて空っぽになった腹の中を、無数のムカデが這い回っていた。

掌で口を押さえた加藤は、喉の奥からせり上がってくる物を堪えた。

眼球が飛び出た右目の穴からミミズが這い出る。

加藤に続いて斜面を上がってきた仲間が、言葉を失い、顔を背ける。

加藤の横で、木の幹に手を突いた藤田がゲロを吐いた。

「これはひどい」「イノシシかクマにやられたな」「それにしても、ここまでやるかな」

仲間がささやき合う。

「だから、やめようと言ったんだ」

「うるさい！」

加藤は怒鳴りつけた。

「グズグズ言ってないで、警察を呼べ。大至急だ」

顔を背けながら、加藤は仏の顔に手ぬぐいをかけてやった。

この男がなんの目的で森へ入ったのかは知る由もない。
ただ、先住のイノシシやクマにとってみれば、彼は侵入種なのだ。

第一章　パンデミック

三年後　冬

この冬、日本では記録的な寒波が予想されていた。

理由の一つは、太平洋赤道域東部の海水温が低下する『ラニーニャ現象』だ。二つ目は、『北極振動』、つまり、北極付近で寒気のため込みと吹き出しが不規則に繰り返される現象が頻繁に起きていることだ。

このあと、さらに三つ目の悪条件が重なりそうだ。年明けから、極渦（きょくうず）やジェット気流の勢いが弱まり、極寒の北極の大気が日本まで流れ出ることが予想されている。毎年、冬型の気圧配置に伴い、シベリア方面の高気圧が張り出して、強い寒気が南下することはよくある。ところが、今冬は事情が異なる。上空を吹く偏西風が南へ大きく蛇行しているため、北極から極寒の大気を引っ張り出してしまう。

もし、同じ時期に北極振動による寒気の吹き出しが起これば、かつてない大寒波に襲われる可能性があった。

最近では、二〇一四年（平成二十六年）豪雪が記憶に新しい。この年の二月十四日夕方から十五日朝にかけて、甲信地方は記録的な大雪となり、甲府市で百十四センチ、秩父市で九十八センチ、東京都心でも最深積雪二十七センチを記録した。

空の便は欠航が相次ぎ、新幹線や在来線の運休と遅延、高速道路の通行止めが発生した。中でも東名高速上り線の渋滞は最大五十キロとなり、車が十九時間立ち往生した。

雪による東急東横線の追突事故で多数の怪我人が出たほか、八王子市ではアーケード街の屋根が崩落した。

日常生活にも大きな影響が出た。都心ではパンや惣菜、肉や魚などの買占めが起き、十四日は金曜ということもあって、多数の帰宅困難者が発生した。

それ以上の凍える冬がすぐそこまで迫っていた。

十二月五日（水）午後

東京都　港区　虎ノ門中央病院

「抗菌薬が効かない」

内科部長の白川は、処置室で声を張り上げた。

続々と劇症の疾患を発症した急患が運び込まれている。

第一波は今日の午前だった。舌のもつれ、顔面の強い引きつり、痙攣と歩行障害を訴える七人の患者が来院した。全員がアークヒルズ仙石山森タワーなどに住むセレブたちだ。その症状から破傷風の感染を疑った白川は、抗破傷風ヒト免疫グロブリンを投与し、呼吸や血圧の管理が可能な集中治療室へ収容した。

ところが事態はそれだけで収まらなかった。

午後になって高熱、激しい下痢に加え、痙攣、血圧低下、顔面蒼白、意識障害を起こした患者が次々と搬送されるようになった。五十三名の重篤な感染者を出す非常事態に発展していた。患者は、六本木にある三つの企業の社員で、こちらは大腸感染症が疑われた。

原因が異なる感染症の発生。

処置室のベッドに横たわる女性患者の容態はみるみる悪化していく。年齢は二十三歳、やはり六本木の企業に勤めるＯＬで、名前は小林聡子。彼女は大腸感染症と破傷風、両方の症状を示していた。

それでも若い、だから体力も充分にある。……はずだった。

「血圧が下がっています！」

看護師の声に白川は我に返った。

小林の顔に蒼白、虚脱、そして冷汗の症状が現れている。

もはや猶予はない。

「気道確保。呼吸状態を確認し……」

突然、彼女の頭上に置かれた生体情報を示すカラー液晶ディスプレイで、心電図の波形が直線に変わり、心拍一回ごとに発信される信号音が消えた。

死が彼女を連れ去ろうとしている。

「先生っ！　脈なし。呼吸なしです」

「1サイクル三十回の胸骨圧迫！」

白川の指示に、大急ぎで看護師が心臓マッサージを開始する。

一、二、三……、看護師のカウントを取る声が処置室に響く。

「自発呼吸なし。呼吸不全に陥っています」

モニターを見つめた別の看護師が、状況を絶えず報告する。

呼吸不全になると、痰（たん）や分泌物を自力で吐き出すことができなくなるため、放置しておくと窒息してしまう。

「気管挿管だ」

モニターの前を離れた看護師が右手で患者の口を開け、左手で咽頭を展開する。続いて、スタイレットを使って気管にチューブを挿入し、チューブの端にバッグを装着して換気を開始する。

「人工呼吸併用で胸骨圧迫を開始しろ」

「胸骨圧迫を再開します！」

両手で患者の胸を押す看護師を見守りながら、白川は次の手を思案する。

時間との勝負だ。できることはすべてやるしかない。

「直流除細動器を持ってこい。急げ！」

直流除細動器とは、不整脈の治療に使われる医療機器のことだ。駅構内やビルのロビーに設置されているＡＥＤもその一種で、心室の細動、心房細動などの致死的な不整脈に対し、電気ショックを与えることで改善を図る。

手渡された除細動器のパドルを、白川は両手に持った。パドルとは、電気ショックを患者に伝える部分で、さながら把手（とって）のついた黒板消しを思わせる。

患者の胸壁（きょうへき）にパドルを当てた白川は、直ちに充電を開始する。

十秒で、充電完了のライトが点灯した。

「胸骨圧迫中断。みんなは下がって」

感電を避けるために看護師たちが下がったことを確認した。白川は、迷わずパドルのスイッチを押した。

パドルを掴む手に鈍い衝撃が伝わる。

150ジュールの電気ショックが患者の心臓を刺激する。

一瞬、患者の胸が波打ったように見えた。

「だめです。自発呼吸戻りません」

看護師が唇を噛む。

モニターに蘇生反応は出ない。

白川はパドルをカートの上に放り出した。

「ノルアドレナリン1ミリグラム1アンプルを投与！　生食19ミリリットルで後押ししろ」

直ちに看護師が患者の右腕にアドレナリンと生理食塩水を注射する。

「胸骨圧迫を継続」

処置室にカウントを取る看護師の声だけが響く。

白川は今はただ、目の前の命を救うことだけを考えた。

十分が経過した。そのあいだに白川たちは、あらゆる蘇生措置を続けたが、小林聡子の呼吸は戻らなかった。

ついに死者が出た。

焦りと虚しさにちぎれそうな自制心を繋ぎ止めながら、白川は天を見上げた。

「なんなんだ。この症状は」

誰かがうめいた。

「先生。……次の患者が」

看護師が、疲労のにじんだ声で白川を呼ぶ。

「彼女を別室に移してくれ。次のクランケを頼む」

「数が多すぎて、我々には誰を優先すべきか判断がつきません。先生が選んでください」

看護師が処置室の扉を開けると、消毒液の臭いが吹き込んでくる。

その向こうに地獄絵図が広がっていた。

うめき声が渦巻き、看護師たちが走り回る院内は、野戦病院を思わせた。

病室や処置室に収容し切れない患者が廊下に溢れ、重なり合っている。

次から次へと運び込まれる急患、急激に悪化する症状。

虎ノ門中央病院の救急外来は、もはやあの世への入り口だった。

マスクで口と鼻を覆った白川は足早に廊下を歩く。廊下の壁、床、どこもかしこも患者の汚物で汚れていた。トイレの扉は開け放たれ、不快な臭気が辺りに立ち込めている。

「おい。きちんと処理しろと言ったはずだ。感染症患者の嘔吐物や下痢便を放っておくと、接触感染の原因になってしまうじゃないか。気をつけろ」

廊下で呆然と立ちすくむ若い医師に、白川は声を荒らげた。

集中治療室は、すでに破傷風患者で埋まっている。とはいえ、感染症患者を一般病床へ収容するわけにはいかないから、白川は救急外来エリアを閉鎖して緊急の隔離病棟とした。そうでもしないと、廊下にまで患者が溢れている状況ゆえに、院内ばかりか、下手をすれば病院の外にまで感染源が漏れ出してしまう。

「嘔吐物や下痢便を発見したら、すぐにペーパータオルか布タオルや雑巾で拭き取り、拭き取ったらすぐにビニール袋に入れて密封しろ。それから塩素系の消毒剤で嘔吐物や下痢便のあった箇所を広めに消毒しろ。大至急だ」

「こんな状況ですよ。無理です」

冷めた笑みを浮かべながら、医師が吐き捨てた。

「君は医者だろうが。しっかりしろ！」

白川の剣幕に看護師たちも、必要な道具を集めに走る。

その時、外で救急車のサイレンが響いた。

またか。廊下で患者の処置に当たっている看護師たちが顔を見合わせる。

「通りすぎてくれ。頼む」

誰かが悲痛な声を上げる。

救急外来のドアが押し開けられると、ストレッチャーに乗せられた患者が運び込まれる。

「先生、どこへ運べばよろしいですか！」

救急隊員も殺気立っている。

先ほどの若い医師が怒鳴る。

「おろす場所なんかない。他へ回してくれ」

「他の病院ではベッドも一杯だし、なにより原因不明の感染症には対応できないと断られました」

「そんなこと知るか！」

「重篤な症状ゆえに他の病院を探している暇はありません。ここへ搬送せよと指示を受けたのです。私に言われても困ります」

落ち着け、と若い医師の肩を叩いた白川は廊下の突き当たりを指さした。

「取りあえずあそこへ頼む」

「あそこって廊下じゃないですか」

「廊下でさえ、残っているのはあの場所だけだ。仕方がないだろう」

頻回の嘔吐や下痢の症状がある患者は、隔離しなければならないのに、そのようなスペースがない場合は、他の患者と二メートル以上の間隔を取るしかない。ところが、救急外来エリアでは、もはやその二メートルさえ確保できない。

「先生。我々の防護衣が足りません」

通常のスクラブを着た看護師が泣きそうな顔で訴える。

「仕方がない。患者の収容を行う際には、できる限りマスクと手袋を着用しろ。それから、処理が済むまで、他の者は患者から二メートル以上離れること。いいな」

「処理と言われても」

「発病している患者の体には嘔吐物や病原体が付着しているから、着替えさせろ。その時、お湯とタオルで患者の体を清拭（せいしき）する。その上で安静にさせ、水分の補給に努める。今はそれしかない」

別の看護師がトイレの前から叫ぶ。

「先生！　嘔吐する患者が多すぎて、トイレで処理し切れません」

「床に敷いたビニールシートの上で吐かせろ！」

医療機関としての責任を果たすのは当然だが、重篤な感染症ゆえに、医師や看護師だけでなく、病院のスタッフまでもが生命の危険にさらされていた。

なにかが狂っているのに、原因の特定がまにあわない。

目の前の惨状にベテランの看護師が声を押し殺す。

「部長。やはり赤痢でしょうか」

「おそらく。ただ、これだけ重症型ということは新種かもしれない」

しかも、破傷風菌による患者もいる。

内科部長の白川でさえ、まるで状況が把握できない。

「国立感染症研究所に連絡しろ！」

同時刻
東京都　千代田区　霞が関一丁目　厚生労働省　七階

「補佐。課長がお呼びです」

厚生労働省健康局の結核感染症課で課長補佐を務める降旗一郎（ふりはたいちろう）が部屋に戻ると、部下の係長が声をかけた。

上司の陣内（じんない）課長が用事らしい。

「わかった」

電話の鳴る音、コピー機の動作音、打ち合わせの声、雑然とした室内の通路で降旗は足を止めた。

降旗が所属する健康局は、医療、年金などの問題に加え、薬害などの突発的な問題で矢面に立つことが多い厚生労働省の内部部局の一つだ。保健所を通じて地域保健対策や感染症予防対策など、公衆衛生の施策を所管している。

降旗は、東亜大学法学部在学中に国家公務員Ⅰ種試験に合格し、卒業と同時に中央省庁の再編で誕生した厚生労働省に入省した。二〇〇一年（平成十三年）のことだ。厚生労働省の職員は、若いうちに、幅広い業務を経験することで必要な能力を身につけさせられる。降旗は、横浜市への出向や年金局への配属を経て、健康局の職務に必要な専門性を高める人事配置をされてきた。

入省してからは無難な人生を送ってきた。色々あったが、平たんな道だったことは間違いない。

降旗は島根県の小さな町で生まれ育った。三つ上の兄と二人兄弟だ。保守的な地域だから、両親はなにかにつけ家長となる兄に目をかけた。降旗は自転車も服も、すべて兄のお下がりで我慢させられた。授業参観では、母親が兄のクラスに顔を出したあと、そのまま帰ってしまうこともあった。小学生の頃は放任主義というより、どうでもよいというか、放ったらかされた。しかし、突然、父親に無理強いされた広島の有名私立中学校の受験に失敗してから、人生がおかしくなった。

なぜか、やることなすこと、すべてがうまく行かない。

狭い町だ。噂はすぐ広がる。「降旗さんとこの息子、広島の私立受けたんだって」「あの子、そんな出来良かったっけの」「身の程知らずじゃな」、そんなヒソヒソ話が、どこからか聞こえてきて肩身の狭さを覚え始めた。

登校の途中、挨拶するおばさんの笑顔の裏に「なにかあるんじゃないか」と、ささいなことが気になり始めた途端、どんどん気持ちが後ろ向きになる。

体育の授業ではバスケ、バレー、野球、どんな種目でも「ここで決めれば勝ち」という場面でシュートやスパイクを外し、三振し、ゴロを後逸した。

片思いの女の子に思い切って告白し、映画を観に行く約束をした。ところが、彼女は待ち合わせの場所に来なかった。もしかして場所を間違えたのかもしれないと、駅の周りを行ったり来たりしていた自分がほとほと馬鹿に思えた。

そうなると、自分の名前にさえひけ目を感じるようになる。あれもこれも、「旗を降ろす」というイケてない苗字のせいだと、本気で思い込んでいた。

のろまの帽子をかぶり、ヘタレのズボンを穿いた間抜けが歩いていた。当然、どんどんクラスの中で目立たない存在になっていく。席は最前列でも、気持ちは最後列の端っこに座っているのと変わらない。

成績は悪くなかったのに、私立高校の受験も失敗して、中学校のクラスがそのまま持ち上がるような県立高校に進学した。当然、中学時代の焼き直しでしかない毎日が始まった。とにかく町を出たかったから、大学受験にはそれこそ命を懸けた。なのに現役、一浪後、いずれも志望校に落ちた。結局、滑り止めの東亜大学で我慢するしかなかった。

親に迷惑をかけたくないこともあって、上京してからは、バイトで生活費を稼ぎながら懸命に勉強した。そして就職。厚生労働省に進むと決めた時は、全国に労働基準監督署を抱える旧労働省系に比べて、転勤が少ない旧厚生省系を選んだ。異動のたびに、初めての職場でなにかしくじるのではないか、と先々を心配したからだ。

ずっと、「無事勤め上げられればそれでよい」と思ってきたが、勤続年数が十五年を超えて中堅幹部になった今、出世欲がないわけでもない。

簡単に言うと、先を見るようになる。

いやらしい言い方をすれば、「もしかして」という色気が出始めたというのが本音だ。

そう考えると、それまで他人事だと思っていたあれこれが気になる。

事務次官には、だいたい医政局出身のキャリアがなるから、降旗のいる健康局が日の目を見ることは少ない。

それが現実であることは、理解しているつもりだ。

でも……。

降旗は見慣れた課内を見回した。役所の職場はどこも同じ光景だ。

個室を持つ局長や審議官クラスは別として、大部屋の窓際に課長や室長などの管理職が並ぶ。その他の職員たちは、課長の前に島を作る。新聞社やテレビ局のオフィスさながら、机の中央にパソコンが置かれ、その周りを書類の山が取り囲む。机の上に置き切れない書類は、足下のスペースに突っ込まれるのが常だ。

机が綺麗なのは、よほど有能か、さもなくば仕事をしていないかのどちらかだ。

そんな室内の一番奥に課長の頭が見えた。

陣内課長は、なんというか……そう、降旗の苦手なタイプだ。

「ボーッとしてるんじゃねーよ」

突然、後ろから背中を突（つつ）かれた降旗は、思わず転びそうになった。

振り返ると、同期の川上（かわかみ）だった。

「降旗。まだ髪、切ってないのか。課長がうるさいぞ」

「それは……」

「俺が課長好みの髪形に直してやるよ」

川上が降旗の髪の毛をぐちゃぐちゃにいじる。

「やめてくれよ」

降旗は、川上の手を振り払った。それから、ツーブロックにカットした前髪を、右手で撫でつける。

「相変わらずトロいな。童顔さんよ」

川上が涼しい顔で去って行く。

降旗は周りから童顔だとよく言われる。顔の丸い輪郭が子供っぽさを印象づけるらしい。顎先が丸く、頬がふっくら、おまけに目がパッチリして、肌も白い。以前、国際会議でドイツを訪れた際に、中学生と間違えられて議場への入場を断られたことがある。ぶっとばしてやりたかったが、警備員は見上げるほどの大男だった。

「お呼びでしょうか」

島のあいだをすり抜けた降旗は、課長の前に立った。

陣内は手元の書類に視線を落としたままだった。

気詰まりなこと、この上ない。

「官房から指示を受けた厚生科学審議会の疾病対策部会、感染症対策部会と結核部会の見直しについての調整は終わったのか」

仏頂面(ぶっちょうづら)の陣内が問うた。ご機嫌がすこぶる悪いらしい。

「その件は、課長が反対されたので保留にしてあります」

「誰が反対した。俺はうまく調整しろと言っただけだ」

思わず耳を疑った。

「すぐに岩渕(いわぶち)審議官のところへ釈明に行ってこい」

釈明？　俺が？

「さっき審議官から電話があった」

「調整を進めろということですか」

「大至急だ」

「審議官にはなんと申せば」

「自分で考えろ。業務多忙で手をつけられませんでした、でいいだろうが」

「しかし」

「しかし？　他に理由があるのか」

顔を上げた陣内が、本物の苛立ちをあらわにする。

先週、降旗は陣内に、この件の取り扱いを確認した。彼の指示は、「こんなものうまくいくわけないから、放っておけ」だったはず。上の考えがそうであれば、下が動くわけがない。

「お前、何年、この仕事やってるんだ」「課長補佐の役割は上と下の調整だろ」「そもそも部会設立の意味と今後の展望を理解しているのか」「もっと仕事に自覚を持てよ」

陣内お得意の説教が始まった。せりふはいつも異なるけれど、限られたキーワードが使い回される。自分の正当性を主張するというより、完全なる従僕を作り上げるための洗脳に思える。

そんな疑念を感じているのは降旗だけじゃない。それが証拠に、職員たちは「己のメリットしか考えない課長は、他部署から持ち込まれた案件には取りあえず反対する」と陰口を叩いている。

ただ、降旗に反論は許されない。それが官僚組織の不文律だ。

部下が上司を選べない以上、どちらかが異動になるまでは耐えるしかない。

「なんだ。まだなにか言いたいことがあるのか」

「いっ、……いえ」

発する声が次第にしぼんでいく。

どこかで川上に見られていないか、そんなくだらないことが気になった。

降旗が踵を返すと、課内の雑音が一瞬途絶えた。周りの職員が不自然に顔を伏せている。二人のやりとりに耳をそばだてている様子が見え見えだった。お疲れ様という同情と、要領の悪い男だという嘲りが入り交じっている。それも仕方ない。もし川上が同じ目にあっていれば、降旗だって素知らぬフリでやりすごす。

穴が空いた傘をさす者と一緒に、土砂降りの雨の中を歩く物好きなどいやしない。いたたまれない空気に、そそくさと部屋を出る。

待てよ、と川上が追いかけて来た。

「だから言ったろうが」川上がトイレ横の給湯室に降旗を押し込む。

「降旗。課長には二つのタイプがいる。その一つ、テキパキと指示を出すタイプには、お前なりの考えをどんどん伝えた方がいい」

誰も川上に忠告など求めてはいない。降旗は目を逸らした。

すると「お前、聞いているのか」と川上が降旗の頭をノックするように叩く。

「陣内課長は、お前が言うタイプじゃない」

降旗は、精一杯の抵抗に口を尖らせた。本当は、川上なんて無視すればいいのに、降旗はそれさえもできなかった。

川上がニヤリと笑う。

「そのとおり。彼は真逆のタイプだ。面倒な案件に限って自分の意見は決して言わない。部下の提案を待って、気に入れば受け取り、気に入らなければ黙って突っ返す」

「すべて俺たちの責任で、俺たちで決めろということか」

「気づくのが遅すぎる。お前、異動してくる時に、課長の情報を集めなかったな」

「そんなこと、誰も教えてくれなかった」

「当たり前だ。自分で動くんだよ。お前、何年、役人やってんだよ。ホントにトロいな」

「審議官が呼んでいるからもう行くよ」

そう言いわけした降旗は、そそくさと給湯室を出る。

これ以上、川上が追いかけて来ないよう、足早に、非常階段で十階にある審議官室へ向かう。

――俺、このままでいいのかな。

独りで階段をのぼりながら、ふとそう思った。

非常階段から十階の廊下に出た。エレベーターや配膳室などのコア部分を挟んで、厚生労働大臣室と反対側のゾーンに審議官室はある。扉を抜けた前室には秘書が控え、審議官の執務室はその奥になる。

顔なじみの秘書が降旗に微笑む。

「今、いらっしゃいますよ」

在室している場合は、執務室の扉を開けておくのが慣例だ。

失礼しますと壁をノックしてから、目隠しのパーティションを回り込んだ。

「どうした」

いつも、目元や口元に穏やかな笑みを絶やさない岩渕審議官は、ロマンスグレーの髪をカジュアルショートにカットし、シックなグレーのスーツにサックスブルーのシャツで決めている。役人というよりは、大企業の役員を思い起こさせる岩渕が、笑顔で降旗を迎えてくれた。

ソファを降旗に勧めた岩渕が自らも正面に腰かけた。

「実は……」

部会の見直し作業について、降旗の釈明を審議官は黙って聞いてくれた。

「これから急いで調整を……」

「いや、その話はここまでにしよう」

「と申しますと」

「この件に関する陣内君のスタンス。ここへ君をよこしたこと。つまり彼の答えは、部会の見直しは難しいということだ。違うかな」

　図星だった。

「課長補佐。君はどうだ。可能かどうかは別として、部会の見直しは必要と思うか」

「組織はシンプルな方が機能すると思います」

　なぜか、岩渕の前では臆することなく物が言える。

「では、なぜ三部会にわける必要があったと思うかね」

「取り扱う問題に専門性が必要だからですか」

「それもある。ただ、部会長たちの意思の疎通が充分なら一部会で構わないはずだ。そうならない理由は」

「部会長、そしてメンバーの相性……ですね」

　岩渕がうなずく。

「あれだけ濃いメンバーが集まれば、いつまで経っても中間答申すらまとまるまい。木田(きだ)部会長と増岡(ますおか)部会長の力は借りたいが、二人の相性を考えると相乗りは不可能。ではどうするか。部会の議論を活発にし、かつスピーディーに物事を進めるため、二人には別々の部会を仕切ってもらう。そうなると、結果として川崎(かわさき)部会長にも独立した部会をお願いすることになる。それが結論だった」

「議論の内容ではなく、人の問題で諮問機関の構成が決まるということですか」

「組織とはそういうものだ」

役所と人間。一つの群れがあれば、それぞれの掟と習性があるということか。

「降旗君。子犬が四匹いるとしよう。なにか興味を引くおもちゃを見つけた時、皆が一列になって駆け出したとする。それぞれの性格をどう考える」

「一匹目は好奇心が旺盛、四匹目は臆病……、真ん中の二匹は……」

「二匹目は強い者にしたがう腰巾着、三匹目は慎重な性格だ。君は自分がどれだと思う」

「二匹目と三匹目のあいだです」

「正直だな。一見、一匹目は勇敢で、なんにでも物怖じしないように見えるが、致命的な失敗を犯す可能性もある。反対に、四匹目はなにをか言わんやだ。大臣を支えるのが使命の官僚に求められるのは三匹目の能力だ」

思わず、降旗は頬に空気をため込んだ。

「慣れろとは言わないが、理解することだ」

「審議官。差し出がましいとは思いますが、一つお聞きしてよろしいでしょうか」

岩渕が微笑みで応える。

「なぜ、厚生科学審議会の見直しをお考えになったのですか」

「最近の国際的な感染症の発生をどう思う？　鳥インフルエンザやエボラ出血熱などについてだよ」

「他人事ではないと考えます」

前かがみになった降旗は、膝の上で指を組んだ。

「私もそう思う。最近、東京メトロ構内でネズミが大量発生しているという報告が届いた」

「ネズミですか」

「十四世紀にヨーロッパで猛威をふるったペストのように、ネズミが媒介する感染症も多い。突然、未知の感染症が発生した時、現状は、迅速で充分な対策を講じられる審議会になっているとは思えない」

「なにか手を打つ必要があると？」

「そうだ。ただ課長の反応を見ても、省内の意思をまとめるにはもう少し時間がかかりそうだな」

「それで、いざという時のリスクに対処できるのでしょうか」

「組織ってものは、そう簡単に舵を切れない」

「でも、もし明日、審議官の恐れていらっしゃる事態が起きたら？」

「トップの度量が問われる。そこへ間違いない情報を上げるスタッフの能力もだ」

「もし、それが不足していたら」

「最悪は組織が崩壊する。過去にそんな例はいくらでもある。もし、国内で大規模なパンデミックが発生すれば、国の対処の拠り所は『感染症の予防および感染症の患者に対する医療に関する法律』であり、『感染症健康危機管理実施要領』だ。マニュアルは整備されている。重要なのは緊急時対応、特に初期対応方針の決定と実施だが、今のままでは心配だな」

「なにかが起こると？」

「いや。そういうわけではないが、我々の仕事はあらゆる事態を想定して、先手を打つことだ」

「もしパンデミックが起これば、今の組織では対応できないという懸念ですね」

ふっと岩渕の顔に浮かんだ笑みが、すぐに消えた。

「そうならないことを祈っているよ」

十二月六日（木）朝

東京都　武蔵村山市　学園四丁目　国立感染症研究所村山庁舎

今日も寒い日だった。何日かぶりに東京の空から雲が消えたものの、代わりに氷のように冷たい青空が広がっている。

重篤な感染症が発生したおかげで、厚生労働省は蜂の巣を突いたような騒ぎだった。

特に降旗が所属する結核感染症課は、結核のみならず、すべての感染症対策の中核を担う部署ゆえになおさらだ。

局長から、早急で有効な対策の立案と実施を命じられた陣内課長は、降旗に至急、国立感染症研究所の都築裕室長を訪ねて状況を説明し、アドバイスを得るよう命じた。

ただ、いつものように言葉が足りない。

都築に関する情報だけでなく、なにをどう説明して、なにを求めるのか、ほとんど指示もなく、「取りあえず行ってこい」と陣内は降旗を送り出した。


国立感染症研究所村山庁舎は武蔵村山市の東方、ＪＲ立川駅からバスに乗って、三十分ほど北へ向かったところにある。

厚生労働省の付属機関で、一九四七年（昭和二十二年）に設立された国立予防衛生研究所を前身とする村山庁舎は、日本国内に二か所あるバイオセーフティーレベル４の研究施設の一つだ。

最寄りの停留所でバスをおりた降旗は、農地が虫食い状態になって宅地化の進んだ郊外風景の中を歩く。小児療育病院の横を通り過ぎて、決して広くない車道の突き当たり、「こんなところになぜ」と思う一画に、敷地約二万㎡、建物延床面積一万㎡を擁する国立感染症研究所村山庁舎があった。

正面の右奥には五階建ての研究棟とおぼしき建物、その左、白い外壁で二階建ての庁舎は一目で研究所とわかるが、本館前の広いロータリーと車寄せに人影はなく、妙にひっそりしている。

インフルエンザの予防接種を奨励するポスターが貼られたロビーに、降旗は入った。

降旗が訪ねるのは、都築という人物だ。

課長の断片的な情報によると、都築は感染免疫、ウイルス学、免疫アレルギー学の権威で、東京大学医学系大学院第三基礎医学・博士課程を修了。二〇〇八年から二〇一三年まで小児科医として勤務したあと、二〇一四年八月から半年間ＪＩＣＡギニア感染症対策プロジェクトに参画している。

なるほど、厚生労働省が一目置くだけあって、輝かしい経歴の持ち主だ。

フロントに置かれた電話で、降旗は都築の内線番号を押した。

（はい。免疫部第一室です）

秘書らしき女性が電話に出る。

「厚生労働省の降旗と申します。お約束を頂いている都築室長にお会いしたいのですが」

（お待ちしておりました。都築は只今席を外しておりますので、私がお迎えに上がります。しばらく、そちらでお待ちください）

「よろしくお願いします」と受話器を置いた降旗は、ロビーのソファに腰をおろした。

すでに一報を受けた研究所は問題の感染症について確定診断をすべく、動いているはずだ。

時計を見ると、約束の時間まで十分ほどある。

改めて辺りを見回すと、実に素っ気ないロビーだった。白い壁パネルと床は、病院の受付を思わせる。

ふと、遠くのソファで新聞を読んでいる同年代の女性が目に入った。ロングヘアをポニーテールに束ね、シンプルなクルーネックのセーターに、スキニーパンツを合わせている。研究所の職員にしては、ずいぶんカジュアルな服装だ。

どうやら派遣の事務職員が油を売っているらしい。これだから役所が馬鹿にされる。

まあどうでもいいや、と足を組んだ降旗は雑誌のラックに寄りかかって目を閉じた。

思わず眠気に襲われた。

昨日の帰り、川上に無理やりつき合わされたせいでろくに眠っていない。

「すみません」

いきなり誰かに声をかけられた。

目を開けると、さっきまで新聞を読んでいた女子職員が目の前に立っている。

「この新聞をそこのラックに戻してもらえますか」

彼女が、折り畳んだ新聞を降旗にさし出す。

「どのラックですか」

「あなたがもたれかかっているそれです」

彼女が降旗の背後を指さす。

降旗は舌打ちを返した。

渋々受け取った新聞を、降旗は邪険にラックへ放り込んだ。

再び目を閉じようとした降旗の横に、彼女が腰かけた。

「あなたお役所の人ですか」

「そうですが。それがなにか」

「どんなわけで、こんな辺鄙(へんぴ)なところに研究所を建てたのですか」

「辺鄙なところって、それは主観の問題でしょう。立地条件、地価、用途、様々な視点から検討を行い、ここが最適と判断されたのです」

「役所仕事では、どこになにを建てるか決めるのに、勤める者の事情なんて関係ないみたいですね。私みたいに片道一時間半もかけて通うのは、結構大変なんですよ」

「なら別の派遣先を探せばいいだけでしょ」

サボっているくせに、偉そうなこと言ってるんじゃないよ、と降旗は語尾の強さで相手を威嚇する。昨日からのゴタゴタで、ちょっとしたことでも気持ちがささくれる。

それでも、彼女はひるまない。

「ずいぶん、尖（とが）ってますね。あなたって、もしかして相手によって態度を変えるタイプ？役人の典型かしら」

「研究者ほどでもない」

「それって研究者への偏見じゃありませんか」

「なに言ってるんだ。あなたの役人への偏見も相当なもんじゃないか」

いい加減にしろ。

都心では重大な事件が発生しているのに、呑気（のんき）な奴もいるものだ。

彼女を無視した降旗は腕を組んで、目を閉じようとした。

「お待たせしました」

ロビーの奥から別の声がした。

年配の女性が駆け寄って来る。

「降旗様ですか」

そうです、と咄嗟の愛想笑いを浮かべながら降旗は立ち上がった。

「私は都築室長の秘書の並河と申します」

「よろしくお願いします」

内心、ホッとした。これでくだらない駄弁から解放される。

「そちらが都築です」

そう言って並河がさし示したのは、あろうことか派遣女性だった。

降旗は全身がフリーズした。

「あなた……、あなたが都築博士ですか」

舌がもつれた。降旗の中で、さっきまでの威勢のよさがあっというまにしぼんで、代わりにいつものいじけが頭をもたげてくる。何度繰り返しても直らない悪い癖。後先をよく考えず、軽率に行動してしまう。後悔で頭の中が一杯になって顔は引きつっているのに、取り繕う言葉を思いつかない。

気まずい雰囲気がロビーに満ちる。

秘書が怪訝そうに降旗と都築のあいだで視線を行き来させる。

「初めまして、都築裕です。ここではなんですから、私の部屋へどうぞ。コーヒーでも入れましょう」

都築が降旗を手招きした。

彼女は、エントランスホールから別棟へ通じる廊下をさっさと進む。

降旗は黙ってついて行くしかない。

なんの会話もないまま、気まずさを引きずりながら、降旗は廊下を歩いた。

階段を上がった別棟の二階、廊下の左にある扉を都築が開ける。

「どうぞ」

都築の言葉に、目を伏せたままの降旗は小さくうなずいた。

降旗を招き入れた都築が扉を閉める。

よく整頓された、明るい執務室だった。冬の陽がさし込む窓際に、パソコンだけが置かれたデスク。部屋の中央にテーブルと四つのソファ。壁際の本棚には値の張りそうな分厚い文献が整然と並んでいる。

「……すみません。先ほどは失礼いたしました」

ここへ着くまでのあいだに思いついた謝罪の言葉はそれだけだ。

彼女はその分野では『天才』との誉れも高い研究者だ。非礼は許されない。

意気消沈した降旗は、精一杯の恭順の意を示した。

「どうしたんですか。急に敬語なんか使って」

都築が微笑む。笑うと、八重歯とえくぼが魅力的だった。

屈託のない笑顔のおかげで、ほんの少し救われた気がした。

「おっしゃる意味はよくわかりますが、どうか勘弁してください」

「意外でしたか」

「はい」

正直に打ち明けた。自分に非がある、もしくは相手が目上の者だと知った瞬間、全身が萎縮してしまう習性がしみ込んでいる。

それにしても、よりによってお目当ての人物にあんな態度を取るなんて。この話が陣内の耳に入れば、また衆目の前で罵倒される。そう思うだけで涙が出そうになる。

「あまりにカジュアルな格好をされていたので。それに男性だと勝手に思い込んでいました」

「あなたの頭の中にある研究者というのは、そう、白衣を着てスリッパをつっかけているおじさんかおばさんでしょ。そもそも、人と会うのに相手のことを調べなかったのですか」

「……そんな暇はありませんでした」

ドキッとするほど綺麗な目で降旗を見つめてから、「まあいいわ」と都築がコーヒーカップをさし出した。

「で、ご用件は」

「今、都内で起こっている状況はよくご存じかと思いますが、博士のお考えはいかがでしょうか」

「昨日の夜、検体が届きました」

ただ、と都築が続ける。

「現場は相当混乱しているようですね。発症初期の抗菌薬投与前に検体を採取していない。しかも、私のところへ届いた検体の、かなりの数に常在菌や消毒薬が混入している。およそプロの仕事とは思えない。それに……」

「博士。いつ頃原因が明らかになりますか」

降旗はしびれを切らした。

都築が呆れ顔に変わる。

「病院からの報告と患者の症状を見ると、破傷風と細菌性赤痢の中でも新種の可能性が高いと思います。しかし、感染症の原因となる病原体はウイルス、細菌、真菌、原虫、寄生虫など様々です。まだ今の時点で、断定すべきではありません」

「重篤な症状からして我々に時間はありません」

「それはよくわかっています。私だって感染症研究者の端くれですから。今、分析室では細菌検査、直接抗原検出法、ウイルス抗体価検査、あらゆる方法で病原体を特定すべく努力しています」

「なにかないのでしょうか。これでは本省に報告もできません」

思わず口をついた役人の本音に、都築が小さなため息を返す。

「今回の疾病で特徴的なのは、都心の真ん中で破傷風が発生したことですね。土壌中に生息する嫌気性の破傷風菌が傷口から体内に侵入したわけですが、問題は、患者さんがどこかで転んで擦りむいたのか、動物に咬まれたのか、それを突き止めねばなりません。もう一つの細菌性赤痢と思われる発症者は同じ企業に勤務しています。そこに感染源を突き止めるヒントがあるでしょう」

岩渕が口にしていたネズミの話が頭をよぎる。

「博士。破傷風や細菌性赤痢は、地下で大量に発生しているネズミが媒介したのではありませんか」

「ネズミ？」

都築がキョトンとした表情を浮かべる。

「実はメトロの構内でネズミが大量に発生しています」

　ここ一年ほど、地下鉄構内を点検中の職員がネズミに咬まれる事件が多発している。そんな中、数人の職員が高熱や筋肉痛、黄疸などが出るレプトスピラ症に感染した。急遽、構内の調査を実施したところ、何か所かでネズミのコロニーと思われる大量の糞が発見されたとのことだ。

　ネズミが細菌性赤痢や破傷風を媒介する可能性もあるから、六本木で起きた感染症との関連をはっきりさせねばならない。

「もしネズミが原因なら感染者の勤務先、もしくはいつも立ち寄る場所に、ネズミが入り込んでいないかを調べる必要があります」

「博士、急いでください。すでに赤痢で七人の方が亡くなっている。本省では対策会議の開催を具申すべきか決めかねています。官邸からも一刻も早い対策の実施を求められているのです。早く原因と感染経路を特定してもらわなければ困ります」

　苛立ちのせいもあって、降旗の口調がつい命令調になった。

「お役所の責任論に、私は興味ありません」

　都築がぴしゃりとはねつける。専門分野の話になると、どこか取っつきにくくて、お高くとまっている。

そんな都築の機嫌を測りながら慎重に言葉を選んだつもりだったが、それ以上は怖くて押す気になれない。

「どうか私の立場もご理解ください」

「今回の疾病に関する意見を求められたから正直にお答えしただけです」

事態の本質だけを考える都築と、行政の役割と省内事情に拘る降旗。議論が嚙み合わない。

二人の会話が立ち往生していた。

「先生。一回目の同定・感受性検査の結果が出ました」

ノックの音とともに扉が開いて、若い研究員がファイルを持ってきた。

「虎ノ門中央病院に収容された患者の容態を見ても、やはり、破傷風と細菌性赤痢と思われます」

「二つの菌によるのね」

「はい。ただし劇症の赤痢菌は新種と思われます」

「それは厄介だわ」

都築が受け取ったファイルを開く。

「ここ一週間の患者の行動範囲と食事、そして接触者を調べる必要があります。至急、東京都健康安全研究センターに感染症発生動向調査を依頼する必要があるわ」

「先生。もう一つ。こちらをご覧ください。病院から送られてきた破傷風患者の写真に気になる点があります」

ここです、と研究員が患者の首筋を指さす。

「ちょっと腫れているわね」

破傷風を疑われる感染者の首筋周辺に赤い点が認められた。かすかな逆Y字形の傷の周囲が少し盛り上がっている。

「なにかで切られたように思えます。もう一点、赤痢で亡くなった小林聡子さんにもこの傷がありました」

切り傷。

感染症ゆえに、病原体の媒介として蚊が疑われるが、今は真冬だ。

「この時期に活動する昆虫といえば、一部のハエか冬尺蛾ぐらい」

その時、降旗のスマホが鳴った。

「降旗です」

(補佐。課長が川上課長補佐と八王子の西都大学に回って欲しいとのことです)

「西都大学？」

(動物学の権威である村上教授を訪ねてくれとの指示です。京王堀之内駅で川上課長補佐が

お待ちです）

頼むよ。なんで俺ばっかりなんだよ。

いつのまにか、部下にさえも物怖じしていた。

同日　午後一時

東京都　八王子市　東中野　西都大学

おそらく岩渕からの指示だろう。突然、陣内課長は、生物進化学と哺乳類学の世界的権威として知られる西都大学の村上教授を訪ねろと命じてきた。東京メトロの構内で大量発生しているネズミが、今回の感染症に関係があるかどうか、結核感染症課の課長補佐として調査せよとのことだ。

上北台駅から多摩都市モノレールに乗って、多摩センター駅で京王相模原線に乗り換えた。京王堀之内駅で電車をおり、改札で待ち合わせた川上と駅前広場からバスに乗る。

目指す西都大学の多摩キャンパスがある東中野は、東は大塚、西は堀之内、南は松が谷、北は日野市程久保と隣接する。この辺りは多摩ニュータウン建設にともなって南部は市街地化しているが、開発の手が伸びなかった北部は、いまだに山林が残されている。その一画を造成して西都大学が建てられた。

　キャンパスの北側は森に包まれた丘陵に接し、都心の喧騒とは無縁の静けさだった。歩道脇には、除雪された雪が積み上がっている。刺すような冷気に、吐く息が真っ白だった。

　正門を抜けた降旗たちは、理学部の校舎へ向かう。

　学内に植えられた、まだ樹齢の若い桜並木を歩く。

　歩きながら降旗は、昨夜、無理やり川上に誘われた立ち飲み屋での会話を思い出していた。


「降旗。お前、こんなジンクスを知っているか」

「ジンクス？」

「キャリアは異動した途端、着任先でトラブルが起こる。聞いたことがあるだろう」

　新しい職場に配属された途端、医療トラブルに関する訴訟問題、業者との贈収賄事件、出張費の水増し請求や薬害問題などに巻き込まれることは珍しくない。異動してきた職員にはなんの罪もないのに、なぜか「お前が厄介ごとを連れてきた」と皮肉を言われる。川上の言うとおり、役人の都市伝説だ。

「降旗。上と周りに気配りしているか」

「というと？」

「俺たちの年齢は大事な時期だ。この五年間を大過なくすごせるかどうかで、将来が違ってくるのはお前だって承知の上だろう。色々なところから見られているぞ」

いつものように無言で返す。なにか自分の意見を言って、百倍の説教になって返ってくるのが怖かった。議論、ましてや口論は好きじゃない。「そこまで言うなら、お前に任せたぞ」と振られるのだけは願い下げだ。

「課長は門外漢の局長を補佐すべき立場だが、失敗を恐れる性格ゆえに決断ができない。彼の興味は人事で、民政党とのパイプを作ることに腐心している。だからほら、高倉（たかくら）幹事長の講演会には必ず顔を出しているだろうが」

降旗は店の入り口に視線を移した。

摑んだグラスを口に運ぶと、一気に焼酎を飲み干した。あれこれ意見する奴に限って、肝心な時は逃げる。

「降旗、よく考えろよ。部会調整の件も自分で先送りしておきながら、審議官が本気だと知った瞬間、掌を返して賛成に回った。ずっと保留にしていた理由はお前に押しつけて、自分は進めるつもりだったと陰で釈明する腹だ」

「そこまでやるかなあ」

「だから、お前は甘いんだよ。昨日の午後には審議官のところへ詫びを入れているはずさ。

部下がいたりませんで、申しわけありませんとな。部下思いの上司というわけさ」

「ひどい言い方だな」

「もともと局長と党しか見ていない男だぞ。彼の得意技は部下の梯子（はしご）を外すことだ」

川上が焼酎を片手に、降旗を指さす。

降旗は空になったグラスに視線を落とした。

「俺には梯子でのぼる二階なんかない」

「そろそろ世渡りの術に慣れろよ。ソロバンは弾（はじ）くためにある」

「俺なりにソロバンはいつも弾いているさ」

「人よりも速く弾いてこそ意味があるんだぞ」

「でも……」

「でもって、なんだよ」

「速く弾こうにも、俺のソロバンは玉が一つ欠けている気がする」

言うべきことは言わねばならない。相手が課長であっても。

でも、いつもこう思う。

——この次にしよう。

そう思い始めた出来事がある。いつだったか、会議で一方的に指示を出した陣内が、最後になって発する口癖に気づいた。

『なにか意見はあるか。なんでもいい。言ってみろ』

ところが、誰かが自分なりの考えを述べた瞬間、百倍の罵声が飛んでくる。その時、皆は同じことを思う。

——あんたが意見を言えと振ったからだろうが。

「降旗。役人の仕事は、自分の意見にうなずいてくれるように仕向ける根回しと気配りだぞ。本当に世渡りが下手だな」

「放っておいてくれ！」

降旗はグラスを乱暴に置いた。

根回しと気配りだって？　いつも考えているさ。

ただ……。


降旗は、青く澄んだ冬の空を見上げた。

煩わしさに、思わずため息が漏れる。

今日も不吉な出来事があった。ホームにおりた瞬間、目の前で乗ろうとする電車が出て行った。

「どうした」

前を歩いていた川上が振り返った。

「すっ、すまん。ちょっと考えごとをしていただけだ」

降旗は早足で川上に追いついた。

正門から続く桜並木の両側には外壁が白で統一された校舎が並んでいる。春になって桜が満開となれば、さぞ見事だろう。二人が目指すのは二号館だ。キャンパス内で最も高い地上十階建てで、工学部と理学部が入っている。桜並木の突き当たり、坂をのぼり切った左にある。外から見る二号館は、壁と窓ガラスが碁盤の目模様になっていて、洒落たオフィスビルを思わせた。

玄関を入って、エレベーターで八階へ上がり、左に折れて廊下を進んだ先が村上の研究室だ。

『生物進化研究室　教授室』と黒い札がかけられた扉をノックする。

そっとノブを回すと、鍵はかかっていなかった。

「失礼します」と二人は部屋に入る。

なにか柔らかい物が床に落ちる音がした。見ると、扉の陰に白い毛皮の帽子が落ちている。

どうやら扉を開けた拍子に、帽子掛けから落ちたらしい。安っぽい毛皮のそれを、降旗は慌て元に戻す。

十畳ほどの細長い教授室は、左に本棚が並び、右手の奥、窓際にデスクの名残がある。名残といったのは、その上が本や書類で埋め尽くされていたからだ。その隙間から辛うじて、パソコンのディスプレイがのぞいていた。都築の執務室とは悪い意味で別世界だ。

「誰だ」

白い物が交じる髪をきっちり七三にわけ、丸メガネ、細身で長身の男が迎える。前髪が一束だけ額にかかっている。新興宗教の教祖を思い浮かべた。しかし、そのきちんとした身なりと、室内の乱雑さが、いかにも不釣り合いだった。

同じ天才でも、都築とは月とスッポンの変わり者らしい。

「村上教授ですか。私たちは厚生労働省の川上と降旗と申します」

自己紹介しながら二人は名刺をさし出した。

「またどこかで愚人が騒いでいるのか。妬みに知が屈服する時代が来て久しい」

凍ったように冷たい口調の村上が、軽く顎を上げた。

「お前たちはダーウィンの進化論を信じるか」

「……はい」

一瞬戸惑ったが、二人はユニゾンの愛想笑いで応じた。

村上が、右のこめかみに指先を当てる。

「ダーウィンの進化論が発表されたあと、大司教のウィルバーフォースは『皆さん。進化論に基づけば、私たちはあの醜いサルの子孫だということになる。こんな話を認めることができますか？　愚かな』と進化論を罵った。するとダーウィンの友人で『ダーウィンのブルドッグ』と呼ばれていたトマス・ハクスリーが『なるほど。しかし、論理的な話を信じない頭の固い人間であるよりは、私は論理を認める醜いサルの子孫でありたい』と言い返した。普段、高慢ちきに説教ばかりしている教会にうんざりしていた聴衆は、ハクスリーに大喝采。この話はたちまち大衆に広まり、『進化論』は社会に受け入れられた」

目を閉じた村上が言葉を続ける。恍惚として、大きくゆっくりと息を吸い込む。

「私にはハクスリーはいない。だから、こんな三流大学の研究室でくすぶっている」

意味不明の反応に、降旗は呆気に取られた。得体の知れない人物。それでも、役人の世界では学・官・民という序列が鉄則だから、村上に逆らうことは許されない。とにかく相手を立てるのだ。降旗は知っている限りの単語で話題を組み立てる。

「どんな時代でも新しい学説に反論はつきものですよね。ガリレオだって地動説を唱えた時、異端審問所審査を受けたわけですから」

「降旗とやら。無理に背伸びをしても、より己の無知を知ることになるだけだ」

いきなり、村上が低い声で二人を恫喝する。

カメレオンを思わせる村上の情緒の変化について行けない。結局、二人はだんまりを決め込むことになった。

室内に満ちた沈黙の向こうで、一転、村上が笑っている。その笑顔の真ん中で、ブラックホールを思わせる暗黒の目がこちらを向いていた。

降旗の体がフリーズする。仕事なのに、意見を聞きたいだけなのに。人と話すのに、これほど神経を遣うことになるとは思わなかった。

「教授……。最近、地下鉄構内でネズミのコロニーが発見されています。もし彼らが赤痢菌と破傷風菌の保菌者なら、厚労省としては感染症の発生を懸念しなければならないのです」

川上が迫る。降旗はハラハラしながら、二人のやりとりを眺めるしかない。

「お茶でも飲みなさい」

一転、猫撫で声を発し、窓際に置いたポットで、なにやらごそごそとお茶を入れた村上が、二人の鼻先にティーカップをさし出した。

のぞくと、妙に黒い紅茶だった。

「頂きます」と口に含んだ途端、舌の上にクソまずい味が拡散した。まるで泥を溶かしたような味だった。

「味はどうかね」

「……教授、これはなんのお茶ですか」

「イランの砂漠にいるセスジサソリだ」

降旗は慌てて壁際の洗面台に駆け寄り、口をゆすぐ。

「教授。ひどいじゃないですか」

ポケットから取り出したハンカチで口の周りを拭う。

「お前がなんのお茶か、聞かなかっただけだ」

「教授は、いつもこんなものを」

「拙(つたな)き者は他者の言を信じ、賢き者は何事にも愚かな行いを慎むものだ」

意味不明の言葉のせいで、一々会話が途切れる。

「感染症を恐れるなら、地下鉄全線を廃線にしろ」

「馬鹿な」

「それはお前たち、行政の問題で、研究者の問題ではない」

あなたね、と気色(けしき)ばんだ川上の前に降旗は出た。ここは堪えろ、と目線で川上をなだめた。

さっさとここから引き揚げるにはそれしかない。

「もう一つ。ネズミのコロニーの近くには、複数の死骸がありました。これはなんらかの病原体による病死でしょうか」

　降旗は構内で撮影されたネズミの死骸の写真を村上に手渡した。

　激しく傷んだ死骸の写真を、村上が顔の前に掲げる。

「これはまだ子供のネズミ。共食い、その中でも子食いだ」

「この死骸は親に食われた子ネズミだと」

「食う食われるの関係は、普通、異種間で成立する。なぜなら、同じ種族のあいだで無制限に共食いが起これば、群れが成立しなくなる、つまり種が全滅するからだ。ところがたまにおかしなことが起きる。親が子を食べる原因は、飼育下で飼い主が干渉しすぎた場合など、精神的なストレスであることが多い」

　村上が、部屋の隅に置いていた飼育ケージの扉を開ける。中には二十匹ほどのハムスターが寄り添っている。村上が群れの中から一匹のハムスターを取り出す。

　村上の優しげな仕草に少しだけ心が和んだ。

「教授。ネズミはストレスが原因で共食いするのですか」

「密度効果だ。個体群密度が上昇すると共食いの率が著しく上昇する。種全体が充分に食っていける食料がなかった場合などに起きる」

「数が増えすぎたと」

「人間も同じだ。東京を見ろ。こんな狭い土地に人が集まりすぎているから、皆イライラして喧嘩ばかりだ。イライラの先にあるのは愚かな殺し合い。自然の摂理だよ。密度効果で殺し合いが起きるとどうなるか。どんな生き物でも、種のためでなく自分の遺伝子をいかに残すかという本能で利己的に振る舞う。親も子も、雄も雌もない」

左手に載せたハムスターの背中を、村上が優しく撫でる。

ハムスターが気持ちよさそうに目を細めた。

「我々としては、病死ではないということで安心しました。それでは……」

さっさと退散するつもりが、村上は、降旗たちのことなどお構いなしの様子だった。オーケストラを指揮するように右手で8の字を描きながら、村上が目を閉じる。

「普通は子食いなど起きない。ある種族が生き残るかどうかは群淘汰で決まるのが一般的だ」

「群淘汰？」

「自分が属する集団にとって利益になるという考え方を群淘汰という。自分が犠牲になっても種が生き残ればそれでいい、という行動によって生物が淘汰されることだ。降旗、お前は恋人のために犠牲になれるかね」

「私に恋人はいません。それに、ここで私の……」

突然、村上がハムスターの首を、真横にひねった。

首の骨が砕けるかすかな音が聞こえた。

ハムスターの耳から血が滴り落ちる。

「これが利他的な行為だ。ケージはすでに過密状態だった。他の連中が生き長らえるために、この子に死んでもらうというのも一つの選択肢だ」

村上の顔から表情が消えていた。ナイフの刃先を舌でなめるような、およそ正気とは思えない言動。降旗は、つま先から冷たい物が駆け上がってくるのを感じた。

「もし、ある動物の集団が食物資源をすべて食い尽くしたなら、その集団は絶滅しなければならない。だから、種ごとに個々が餌の消費速度を調節するなどして環境に適応しようとする。他にも、バッタの密度が上昇すると、個々のバッタは成長が抑制されて体が小さくなるか、産卵抑制を起こす」

さよなら、と村上がキスをしたハムスターをゴミ箱へ投げ込む。

降旗は生唾を飲み込んだ。

「……では、なぜ地下鉄に棲むネズミは子を食い殺したのですか」

「淘汰にはもう一つ、個体淘汰というものがある。自分の子供をより多く残すことのできる行動によって、生物が淘汰されていく現象のことだ。限られた場所に限られた食料しかない時、自分が生き残るためには我が子さえ殺すという考え方だ」

「理由はなんにせよ、ストレスのたまったネズミの集団が地下鉄の利用者を襲い始めれば一大事です。レプトスピラ症以外の感染症だって懸念されるはず」

川上が険しい表情に変わる。

「普通は、利他的な行動をする個体の集団は生き延び、利己的な個体の集団は絶滅する。人を襲うといったケチな問題ではない。地下鉄の生態系でなにかが起きる素晴らしい前兆だ」

「前兆？」

「変異だよ」

その時、川上の携帯が鳴った。相手に一言二言話した川上が携帯を内ポケットに戻す。

「教授。急用ができたので役所に戻らねばなりません。今後もご相談したいことがあると思います。もし、ご不在の場合は准教授の方にでも、用件をお伝えすればよろしいですか」

「私の下に准教授はいない」

「では、メールを送らせて頂きます」

これで失礼しますと踵を返した二人を、「待て」と村上が呼び止めた。

「コロニーなら大量の糞が落ちていたはずだ。その糞はピーナッツのような形だったか？それとも細長くてもろかったか？」

「二種類あったと聞いています。ピーナッツのような糞がドブネズミ、それより少し細長いのがクマネズミの糞とのことです」

「糞は湿っていたか」

「はい。どちらも密度が高く、湿った糞とのことです。こちらの写真に写っていると思います」

川上がさし出したコロニーの写真に、額をすりつけるように村上が見入る。

「面白い。私の主張を証明できるかもしれない」

「教授の主張とは」

「進化は自然の選択だけで起こるのではない、ということだ。どんな場合でも最適な者だけしか生き残らないのであれば、『選択される』理由を自然だけが決めることになる。自然はそこまで万能ではないはず。もっと邪悪な物が進化を司ることがきっとある」

「邪悪な物」

「そうだ。邪悪な意志だよ」

村上がゆっくり唇をなめた。

降旗と川上は思わず顔を見合わせた。

十二月十日（月）朝
東京都　港区　六本木一丁目

週明けの東京は朝から雪がちらついていた。

泉ガーデンタワーの大手証券会社に勤める田中幸子（たなかさちこ）はコートの襟を立てて、足早に泉ガーデン庭園の散策路を歩く。先週の大雪がそこかしこに残っている。まだ十二月初旬なのに、今年はどうなっているのだろうか。

泉ガーデンタワーは、東京都港区六本木一丁目に建つオフィスビルだ。六本木一丁目西地区再開発事業の一環として、旧住友会館、多くの民家や小規模マンションの跡地に建設された『泉ガーデン』の一角をなす。

いつかはこんなセレブな場所に住んでみたいと思う。

歩道に枯葉が舞い、散策路の脇の水たまりに氷が張っている。

地下鉄神谷町駅から神谷町緑道の坂をのぼると、住友家所蔵の美術品を展示する泉屋博古館分館、スウェーデン大使館やスペイン大使館が並ぶ落ち着いた街並に出る。泉屋博古館分館横の道路を横断して泉ガーデン庭園を抜け、谷底まで続くようなエスカレーターを下れば、全面ガラス張りの泉ガーデンタワーや高層マンションが並ぶ再開発エリアだ。

白い息を吐きながら、足早に先を急いでいた田中はふと足を止めた。

庭園を抜ける散策路の脇に黒猫がうずくまっている。太っているくせに、寒さのせいか体が小刻みに痙攣している。

「どうしたの。可哀想に、寒いのね」

猫の横にかがんだ田中は、伸ばそうとした手を引っ込めた。

猫の胴の辺りが不自然に波打っている。

あっ、と田中は歩道の敷石に尻餅をついた。

猫の腹に無数の黒い生き物が取りついていた。ナメクジかミミズを思わせるヌルヌルした生き物が、絡み合いながら猫の毛の中を這い回っている。

あまりの気味悪さに足がガクガク震え出した。あとずさりしながら敷石についた手が、なにか柔らかい物を押しつぶした。見ると黒いヒルだった。

田中は「きゃっ」と悲鳴を上げた。

次の瞬間、田中は首筋に冷たい雫が当たるのを感じた。

恐る恐る首筋を撫でると、掌にべっとり血がついた。肩になにかが当たる。雨粒が落ちるような音を立てて、周りの敷石に、次々とヒルが落ちて来る。そこらじゅうで、身をよじり、くんずほぐれつ絡まり合い、皿に盛ったスパゲティのような塊を作る。

反射的に田中は頭の上を見上げた。

真上にクスノキの枝が張り出している。その枝から、ミートミンサーから押し出されるように、次々とヒルが落ちて来た。

たちまち、田中の全身がヒルに覆われる。

田中の耳、鼻、体中のあらゆる穴から、ヒルが体内へ潜り込んで来る。

庭園の散策路に、断末魔の叫び声が響いた。

同日　午後
東京都　千代田区　霞が関一丁目　厚生労働省　七階　小会議室

まもなく始まる会議に向け、降旗、都築と省に呼び出された村上は待機していた。

泉ガーデン庭園の散策路で、出勤途中の田中幸子なる女性が、全身をヒル、『蛭状吸虫科（カンテツ科）に属する吸虫』に襲われる事件が起きた。近くで死んでいた猫と同じく、全身がヒルに覆われた被害者は、干からびたようにしわだらけのおぞましい形相で悶死していた。

陣内課長の指示で、降旗は七階の第十一専用会議室を借り切って省の対策本部に充てた。

直ちに都築と村上を呼び寄せ、官邸からの要求に対応できる準備を整えた。

国立感染症研究所の報告では、ヒルの体内外から、破傷風菌と赤痢菌が検出された。しかも赤痢菌は新種とのこと。

「なぜこんなことに」

予想もしなかった展開に、降旗は室内を歩き回っていた。

それまでの事件と関係があるのかどうか、皆目見当がつかない。

「出来事には必ず原因がある。原因は天地万物の法則が作る。六本木は都内でも有数の繁華街だ。寒い時期は動きが鈍くて人間に取りつかないヒルが、都市熱のおかげで活動できる。お前がしかめ面を作るほどでもない」

タブレットに視線を落としたままの村上が、こともなげに答える。

「ヒルは本能のままに行動しているだけだ。問題は無知で無防備な人間の方だ」

一連の破傷風患者は六本木のマンション周辺をジョギングしたり、公園でトレーニングしている最中、知らぬまにヒルに咬まれたようだ。一方、東京都の調査によって、赤痢菌の感染者は同じ給食会社が配給する弁当を昼食に取っていた。亡くなった小林聡子がそこに勤務していたため、田中幸子と同じように通勤の途中、六本木のどこかでヒルに咬まれた彼女が、感染拡大の原因になったという噂が広まった。

「みなと保健所に六本木一丁目から神谷町周辺を詳細に調査させました。問題のヒルは下水道の中で繁殖し、気温が高い場所を選んで地上へ這い出ていました。ただ付近には、すでに使われていない暗渠（あんきょ）が数多く地中に残されているため、実態は摑めていません」

降旗は保健所からの報告書を村上にさし出した。

「地上に出たヒルは街路樹にのぼって身を隠す。彼らは、木の幹に擬態（ぎたい）しながら、下を歩く動物や人の気配を感じ取って枝から落ち、髪の中へ入り込んで吸血したあと、気づかれずに離れる。必然の行動だ」

「なぜ、今まで見つからなかったのですか」

「吸血したあとは、一旦、排水溝や下水道内に身を隠す。要するに様々な生物学上の状況が揃っているにもかかわらず、お前たちが六本木にヒルが生息している可能性を推測できなかっただけだ」

都市熱、地下開発。どうやら都会は、蛭状吸虫科にとっても都合が良い環境ということらしい。

「ヒルは病原体を体内に持っているのですか」

降旗は都築の方を向いた。

「従来、ヤマビルに吸血されても、細菌に感染することはないと考えられていました。しかし今回、ヤマビルの体表や腸内からは、日和見感染を起こすものを始め、様々な細菌が見つかり、吸血被害を受けた人が充分な免疫力を持っていない場合には、なんらかの感染症を起こすことが明らかとなっています。ただ、それはすべてのヒルに対していえるわけではありません」

「生物の多様性を浅知恵と思い込みだけで判断するなということだ」

研究室の時と違って村上の感情にまったく起伏がない。すべての抑揚が消え、平板で、そして冷たかった。

六本木の感染症発生は、街路樹に生息域を広げていたヒルが原因だ、という予想もしない事実。

降旗は問題の深刻さに戦慄していた。

「しかし、ヒルのような原始的な生物が、どうして樹肌に紛れて人を襲うなどという、巧妙な手を使えるのですか」

「原始的？　種を存続させるための生物の知恵を甘く見るな。多くの生物は背景に潜み、息を殺し、紛れ込む外見を手に入れている」

「保護色のことですか」

「トラの縞模様は、子ジカのまだら模様と同じくカモフラージュの一種だ。反対に、わざと注意を引きつけるような派手な色をしている生物もいる」

「その違いはどこからくるのですか」

「動物の体色は大きく二つにわけられる。一つは周囲に溶け込む隠蔽色で、鳥などの捕食者にとって味の良い種が身につけた。もう一つは派手で目立つ警告色だ。このタイプは味の悪い種に発達した。派手で目立つ色は、捕食者に自分は味が悪いことをアピールしているのだ」

「気持ち悪い毛虫や蛾のことですね」

「あらゆる生物は、天敵に対抗する能力と性質を持っている。しかし、その対抗方法は種によって異なる。鳥のような視覚の鋭い捕食者に狙われる種に擬態が発達した。お前たちは、まさにそれを目の当たりにしている」

「自分たちが選択されるためにですね」

「選択されるための進化の原動力は突然変異だ。ただ、突然変異に方向性はなくランダムに起こる。その結果、自然淘汰により、その生物の棲む環境に対して、より適応した形質を持つ個体の子孫だけが生き残る」

「ヒルが樹肌に対する擬態の術を身につけたことはわかりました。でも、新たな生息地を自分たちで選べるほど頭は良くないはず。なのに、どうやってヒルは東京へ、六本木へやって来たのですか」

　村上がスーツの肩についた埃を摘み上げる。

「池に生息するミジンコのような小さな生物の多くは、数十年も休眠状態でとどまり、泥中に卵を産み、鳥の足に付着した泥にまみれて分散する。つまり、鳥は一つの生物を、その土地から、はるか遠く離れたところまで分散させる」

「つまり、鳥が運んだと」

「鳥のどこかに取りついたヒルが都心へ運ばれ、最高の環境の六本木で急激に繁殖したんだよ」

「彼らはどうなっていくのですか。もし我々が全数を駆除できなければ、都心で繁殖していくのですか」

「都心という新たな環境に順応した彼らは、新たな進化を遂げる」

「進化？」

　村上が、ずっと眺めていた埃を、いきなり口に放り込んだ。

「生物は成長とともに変化する。成長に加えて、経験が生物の形や性質に影響を与える」

「体を鍛えた者は筋肉が発達する。鍛えなかった者と比較すると『できること』も異なる。ヒルも同じ。下水に潜み、木にのぼり、人を襲う。都会だからこそ後天的に獲得した能力や体の形が、子孫に伝わるとすれば、生物は世代を超えて変化していく」

「性質や体形が変わっていくのですか」

「都会での生活に合わせてだ。……必要に応じて獲得した形質が伝わるのならば、ある環境で必要な形質は発達して伝わり、必要でない形質は衰退していく。……ある体の特徴や能力がつけ加えられ、……ある物は削ぎ落とされる」

ふっと、村上の言葉が途切れた。口を開いたままフリーズしている。これで終わりかと思った途端、止まった秒針が動き出すようにおしゃべりが再開する。

「山で生息していたヒルが、都心で獲物を手に入れる手段を身につけたことこそが、生物が新たな環境に適応できることを証明している。都会で生きて行くために必要な性質は発達しながら子孫に伝わる」

その時、部下が降旗を呼びに来た。

「課長補佐。会議が始まります」

同じフロアにある第十一専用会議室。

大臣官房から岩渕審議官、竹内(たけうち)健康局長、総務課長、陣内結核感染症課長、感染症情報管理室長の他、関係職員を含めて二十名の担当者が長机を挟んで座っていた。

そこへ、降旗、村上と都築が加わる。

厚生労働省は、『感染症の予防および感染症の患者に対する医療に関する法律』『感染症の予防および感染症の患者に対する医療に関する法律施行規則』ならびに『感染症健康危機管理実施要領』に基づいた対応を検討するため、省内に大臣を本部長にした対策本部を立ち上げる。

これは、そのための準備会議だ。感染症がひとたび発生して拡大すれば、社会に深刻な影響をおよぼす恐れがあるため、迅速な初動対応が必要だ。さらに、危機管理に当たっては、必要かつ充分な情報管理が求められる。

「専門家のリストアップは」

岩渕が口火を切った。

「発生した疾病ごとの専門知識にかかわる研究、および疫学調査を行うことができる専門家の一覧表を作成済みです」

担当の職員が即座に答える。

「初動時のリスク評価と留意点を説明してくれ」

竹内健康局長の質問に陣内が答える。

「六本木一丁目周辺の発生状況を地理的、時系列的にまとめてあります。感染源、感染経路については、東京都健康安全研究センターを中心として、患者を収容した医療機関と国立感染症研究所が連携して究明中です」

「その他の疫学的特徴は」

「ヒルが持っていた病原体によるもの以外の疾病は認められません」

「起因病原体の性状は」

竹内が畳みかける。

書類に目を落としながら陣内が答える。

「すべて把握できています」

「感染拡大の防止方法は」

「ヒルを駆除するため、発症地区全域に立入禁止措置、並びに殺ヒル剤の散布を行います」

「それだけで充分なのか」

「当面は患者の隔離で対応可能と考えます」

「治療方法は？」

「それぞれの病原体ごとの対応となります」

結核感染症課は、得られた情報をもとに、必要に応じて国立感染症研究所と相談し、国際保健規則に則って初動時のリスク評価を行う。

岩渕が会議を仕切り直す。

「では、初期対応方針を決定しよう」

陣内が方針案の説明を始める。

「緊急時対応を行う事態と判断された場合には、局内、省内幹部へ報告するとともに、健康危機管理調整会議の主査を通じて内閣情報調査室に通報します。また、今回の感染症による健康被害が拡大する可能性がある場合には、厚生労働省健康危機管理基本指針にしたがって、厚生労働省対策本部を設置し、同時に結核感染症課は関係課とともに、派遣チームの編成を行います」

「関係部局と関係省庁および関係機関への協力要請は待機状態とせよ。同時に厚生科学審議会感染症対策部会の開催を段取りしろ」

竹内がつけ加える。

降旗は、いつかの岩渕との会話を思い出した。三類の感染症が発生したため、結核感染症課は、指定感染症制度の適用を検討する。そして、これらの手続きに当たっては、厚生科学審議会感染症対策部会の意見を聴取しなければならない。

降旗は、岩渕審議官の予感が当たらなければいいが、と思った。

「感染症制度の適用については、陣内課長のところでまとめてくれ」

「承知致しました」

岩渕の指示に陣内が即答する。

人から人に伝染すると認められる疾病で、今後の拡大の可能性が高い場合や原因病原体が不明の場合、さらに、その性質や毒性が解明されていない病原体による感染症が発生した場合、結核感染症課は新感染症制度の適用を検討する。

「当分のあいだ、都民への情報提供はホームページを通じて行う」

議論が進むあいだにも、会議室へは職員が入れ替わり立ち替わり出入りする。

「急げ」「大臣との連絡は？」「官邸には伝えたのか？」

会議の進行につれ、室内は張り詰めた緊張に満ちていく。

まもなく立ち上がる対策本部が的確な指示と対応を取るべく、現地の情報を集め、選択し、まとめなければならない。さらに対策本部で決断がなされ、対策が動き始めれば、陣内を補佐するのは課長補佐である降旗だ。

「では、ここで都築博士の意見をお聞きしたい。他に必要なことはありませんか」

「発症が六本木一丁目に限定されているなら、今の対策で充分だと思います。感染源の給食会社に赤痢菌を持ち込んだのは人間でしょうが、二種類の病原微生物を都心に持ち込んだのはヒルです。あのヒルがどこからやって来たのかが問題です」

「村上教授、いかがですか」

陣内が尋ねる。

「動物個体のＤＮＡや、川の水に含まれる環境ＤＮＡ情報から、動物の『群れ』の移動範囲や分布を調べる方法はある。ただ、ヒルに関しては基礎データが収集されていないためすぐには無理だ」

能面のように無表情な村上の一言で、議論がフリーズする。

陣内が室内を見回す。

「他に意見は。なんでも言ってくれ」

「今より範囲を広げて、大々的な駆除を実施する必要があると思います」

出席者の列の端で、誰かが意見を述べた。

反射的に降旗は首をすくめた。

「馬鹿を言うな。すでにマスコミが面白おかしく騒いでいるのに、不用意に事を大きくしたくない」

鼻持ちならないといった表情の陣内が、すぐに反応する。

「しかし……」

「それが最善という根拠はなんだ。思いつきで意見を言うな」

書類をチェックするフリをして、降旗は嵐が通りすぎるのを待つ。

都築が静かに右手を挙げた。

「課長、失礼ですがマスコミ対策と防疫の問題を一緒に議論しないでください。ヒルが今回の感染症の原因である以上、彼らを駆除するために最善の手段でないと意味がありません。都心のどこかで彼らが生き延びれば、再び繁殖を始めます」

「博士。ヒルはどこからやって来たのか、明らかになったのですか。生息地も不明なのに、大々的とはどこまでをいうのですか。もし別の場所で発生すれば、その時はその時だ。後追いだとの批判を受けないようにうまく対処します。行政には行政の判断基準がある」

彼の中ではすでに答えが用意され、すべてが完結している。そこへ他者が口を挟むことは許されない。なら、なぜ意見を求めるのか。自分の正当性を誇示するため。それとも他者をひれ伏させたいため。いずれにしても陰湿だ。

一人、また一人、職員たちが下を向いていく。

陣内のイビリが、ルーレットのボールのごとくホイールの縁をぐるぐる回る。ボールがどのポケットへ落ちて来るかわからない降旗たちは、来ないでくれ、と祈るしかなかった。

もはや誰も言葉を発しない。頼りになるのは都築だけだ。

「課長。ご無礼を承知で申しますが、あなたの意見は本質を見誤っています。感染症に対する予防措置に絶対という答えはありません。あなたのように結果論を優先されると、取るべき対策は過度に慎重なものになりますよ」

都築の毅然とした態度に、陣内がムキになる。

「我々は結果に対して責任を負わねばならないからこそ申し上げている」

「では、対策が後手に回った場合の責任をどのようにお考えですか。防疫では、臆測で物事を判断しなければならないことが多々あります」

「あなたにそんな経験がおありなのですか」

「ギニアです。エボラ出血熱があそこまで拡大した理由は、行政の無策でした。失礼ですが、課長はあの現場をご覧になったことはありますか」

皆の記憶に新しいパンデミックの事実を突きつけられた陣内が黙り込む。

手に持っていたペンを、陣内が机の上に放り投げた。

十二月十一日（火）
東京都　武蔵村山市　学園四丁目　国立感染症研究所村山庁舎

雪は昨日よりも激しくなっている。

気象庁の予報が現実となれば、道路や鉄道などの交通機関、上下水道、ガス、電気に代表されるインフラ施設の麻痺、積雪による孤立地域と孤立住民の発生、生活物資の欠乏などの事態が同時発生する。都心の機能が長期間ストップすれば、経済損失は数千億円におよぶだろう。急ぎ、全国からの除雪機械、融雪機器、緊急物資の輸送方法が検討されている。

六本木ではすでにヒル対策が実施された。『感染症の予防および感染症の患者に対する医療に関する法律』の第二十八条にしたがい、泉ガーデンを中心とした半径一キロの範囲で、当該感染症の病原体に汚染されたヒルを駆除するよう都知事が命じた。タイベックスに、ゴム長靴、ゴム手袋、マスクで防護した二千人の人員が投入され、地上、地下を問わず、ヒルが生息している可能性がある場所に対して動力噴霧機でスミチオン乳剤の散布を行った。

あとはその効果を待つしかない。

都築は研究所に戻った。

都築の責任は重大だった。もちろん省の対策本部には、厚生科学審議会の感染症対策部会に所属する重鎮たちが招集されている。ただ、得られた情報をもとに感染症発生状況の解析、評価、グラフ化、それらのコメントを作成して、速やかに厚生労働省へ報告するのは都築のチームだ。そもそも感染研は、パンデミック発生時に地方衛生研究所や検疫所の検査結果をコンファームし、確定診断する役目を担う重要機関なのだ。

今も新種の赤痢菌に対する検査業務、つまり疫学調査、情報収集・解析業務は進んでいる。

その結果を受けて抗菌薬や生菌整腸薬の検定業務へ進む。

ずっと気が張っていたせいか、慣れた椅子に座ると、全身から疲れが溢れ出た。

額に手を当てて、しばらく考え込んだ。思わず、ため息が洩れる。

スマホをバッグから取り出した都築は、娘の主治医である高中に電話した。

(もしもし。高中です)

「お世話になっております。都築です」

(お電話をお待ちしておりました)

「佳乃の容態はどうでしょうか」

(もう大丈夫でしょう。お正月はご自宅で迎えられそうです)

佳乃は、一週間前から蕁麻疹と軽い呼吸障害のアナフィラキシーの症状で入院していた。

娘は、生後一箇月頃から湿疹の症状が出た。処方された外用薬を塗るも良くならず、『アトピー性皮膚炎』と診断された。

半年後の血液検査では卵、乳、ハウスダスト、ダニなどへ陽性反応を示したため、都築は、母乳と一般の粉ミルクとの併用をやめアレルギー対応ミルクに替えた。

皮膚炎は一進一退の状態が続き、離乳食は生後七箇月から抗原性の低い野菜を茹でる、煮るでスタートした。

一歳まで野菜中心の除去食が続き、タンパク源はアレルギー対応ミルクから摂取させた。ところが、今度はぜん息の症状が出たために、小児科を受診した。一歳四箇月頃から、動物性のタンパク質も摂り出したが、抗原性の低い野菜と一緒に煮て、その野菜を食べることからスタートする。しばらくして魚を一口食べ、数日空けて、今度は少し量を増やして食べさせるやり方を試した。

佳乃が四歳になった時のことだ。他のアレルゲンに比べて無難な小麦なら摂取してもよいといわれたのに、ある日突然、アナフィラキシーショックを起こした。緊急搬送されるも、到着した病院では除去品目の多さを理由に入院を断られ、別の病院へ搬送された。結局、その日から半年にわたる長期母子入院となり、アレルギー専門の小児科医のもと、本格的に食物負荷試験とぜん息の治療を始めた。

娘もまた自分の運命と戦っていた。

そんな時、もう四年前になる。感染症学者としての都築に、エボラ出血熱が発生した西アフリカへの出動依頼がきた。夫は反対した。それもかなり強く。しかし都築は『あなたしかいない』という政府の要請に応える決断をした。

期間は一箇月の予定だった。ところが、現地の悲惨な状況に、結果として派遣期間は半年におよんだ。

ある日、ギニアのキャンプへ届いた夫からの手紙には、ニューヨークへ転勤するのをきっかけに都築とは別の道を歩きたい旨と、離婚届が同封されていた。

協議の末、佳乃の親権は都築が持ち、それ以降、アメリカへ行ったきりの夫とは会っていない。

学生の頃から都築は自分の才能への悩みや、成し遂げられなかったものはない。成績は学校であろうと全国模試であろうと常に一番だった。目標は苦もなく達成できた。夫は大学で同じサークルの同級生で、なんとなくつき合い始め、卒業後、深く考えることもなく結婚した。人に迷惑をかけたことはない。一方、人に世話をされた、迷惑をかけられたなどと考えたこともない。

自然体で流れに任せて生きてきた。それで充分だった。

しかし、娘を持って初めて、自分ではどうすることもできないことがあると知った。ある時、人の思いを知っても、すでに、道は引き返せないことばかり。

都築は顔を覆って、声を押し殺して泣いた。

第二章　猟奇殺人

十二月十二日（水）朝
東京都　港区　港南一丁目　芝浦水再生センター

富田主任は、高浜運河沿いにある沈砂池の点検に向かっていた。

品川駅の北、ＪＲの線路と高浜運河に挟まれた一画に、彼が勤務する芝浦水再生センターがある。敷地面積がおよそ二十万㎡のセンターでは、千代田区・中央区・港区・新宿区・渋谷区の大部分および品川区・文京区・目黒区・世田谷区・豊島区の一部の汚水が処理されている。敷地の南端に建つのは港南エリア最大級の商業施設、『品川シーズンテラス』だ。

三日ぶりに東京は青空を取り戻した。ただ、年明けから予想される寒波の影響について、マスコミが「終末思想」と結びつけて報道し、それに呼応して騒ぎ立てる新興宗教やエセ学者が騒々しい。この日の天気とは裏腹に重苦しい雰囲気が漂っていた。

役所はそれどころではない。凍結による水道管の破裂、同じくガスの供給ストップ、送電線の断線による停電、信号機の故障など、都市機能を麻痺させ、人命に影響をおよぼす事態への対策を講じておく必要がある。それもたった二週間ほどで。

死がすぐそこにあった。

人々がこれほど冬の到来を恐れたことはない。

臨海地区特有の真っ平らな土地に、レゴブロックを思わせる四角い浄水場の建物が並ぶ。

地平まで続く晴れた冬空には雲一つない。

富田は、足早に沈砂池の建屋に駆け込んだ。

沈砂池では、沈殿現象を利用して、下水からゴミや砂、小石などの無機物や浮遊物を除去する。下水浄化処理の第一段階として、処理設備内の土砂の堆積や、処理用機器の摩耗と閉塞を防止するために設置されている。

ただ、処理していない汚水の臭気が漂うため、沈砂池は可動式の蓋でカバーされている。

「さて、行くか」掌に息を吹きかけた富田は、いつもの順路で巡回を始めた。

巨大な体育館を思わせる建屋内は、鉄骨を組んだ梁で天井が支えられ、二階部分は点検用の通路が建屋の内側を『ロ』の字に取り囲んでいる。そして、体育館の床に当たる一階に、蒲鉾形で緑色の蓋をされた沈砂池が並んでいる。一つの大きさは、小学校のプールほどだ。

それぞれの沈砂池の蓋には脱臭ダクトが取りつけられ、それらは一本の太い鋼管にまとめられて脱臭装置に繋がっている。

いつもの日課が始まる。沈砂池に異常はないか、富田は一つずつ点検して行く。

「臭うな」

見ると、一番北にある沈砂池の蓋が半分ほど開いている。ただ、検査や汚水の確認のために蓋が開けられるのは珍しいことではない。

「異常なし」

指さし呼称で蓋の状態を確認する。

池の横を歩きながら、何気なく富田は中をのぞき込んだ。

ふと足が止まった。

なにかが泡の湧き出る汚水に浮いている。

白くて、三十センチほどの物体は、しゃもじを思わせる。

富田は手かぎを使って、それを池の壁際まで引き寄せた。

あっ、と富田は悲鳴に近い声を漏らした。

しゃもじのヘラの部分から、蜘蛛(くも)の足を思わせる白骨化した指が生えていた。

人の腕。

恐る恐る、富田は切断されたらしき腕に手かぎの先を引っかける。

それを池から引き揚げると、ブヨブヨの肉片から鼻をつく腐敗臭が漂った。

富田は震える手で、近くの内線電話を摑み上げた。

十二月十八日（火）
東京都　台東区　東上野三丁目　東京地下鉄本社　工務部

上野は、山手と下町の両方が共存している古い街だ。北には恩賜公園や動物園などの上野山を中心とした山手エリアが広がり、南の下町エリアには、有名なアメヤ横丁を中心として飲食店や物販店が立ち並ぶ。

多くの人で賑わうＪＲ上野駅の東、首都高速1号上野線沿いに、東京メトロこと、東京地下鉄株式会社の本社ビルがある。ほぼ正方形で、四隅の角が丸くなった十四階建てのビルだ。

外は再びの吹雪だった。

人々が傘を斜めにして、吹きつける雪の礫を避けながら、歩道を歩く。

コートの襟を立てたビジネスマンの頭にはうっすらと雪が積もっていた。

本社の五階に、線路の保守点検作業や施設の維持補修を担当する工務部がある。所狭しと机が並び、各係の島と島のあいだには、人がようやく通り抜けられるスペースしかない。

工務企画課長の山口は、寒波対策会議の資料に目を通していた。車両基地の雪害、ポイント故障、ブレーキトラブルなど、心配事を挙げればきりがない。もし、どれかの路線が不通になったら。考えるだけでもぞっとする。

列車遅延と輸送障害の経済損失は、遅延のパターン、遅延の波及範囲、平均遅延時間、影響時間などで評価される。ちなみに二〇一二年にニューヨークを襲ったハリケーン『サンディ』によって公共インフラ基盤がこうむった物的被害は約三兆円、全体では五兆円といわれている。

いきなり鳴った電話に、ビクッと体が反応した。

内線のランプが点滅していた。

(山口課長。警視庁の杉山様がお見えです)

「警視庁？　用件は」

お待ちください、と電話が保留になる。

(工務部のどなたかに協力願いたい、とのことです)

「先方は何名ですか」

（お二人です）

山口は額を指先で掻いた。

「では、私のところへ通してください」

警察がなんの用だ。いぶかしく思いながらも、不意の客を迎えるために山口はエレベーターホールへ出た。

すぐに到着音が鳴って扉が開くと、スーツ姿の男が二人おりてきた。

先におりてきたのは、いかにも公務員風の男だった。年齢は四十歳前後だろうか、拍子抜けするほど小柄で、手に持った傘から、溶けた雪が雫となって滴り落ちる。

「寒い。寒い」と独り言をつぶやいていた。

量販店の背広を身につけ、髪の毛は整髪料なしで七三にわけられている。ただ、身長に比べて大きな顔とエラ張りの輪郭が意志の強さを感じさせた。

もう一人は長身で痩せている。背広の上にグレーのレインウェアを羽織った彼が、なんというか、まるでコンビニの店長を思わせるやさしい眼差しと、穏やかな顔を山口に向けた。

「私は警視庁刑事部捜査第一課の杉山。彼は麻布署の石田（いしだ）です」

自己紹介しながら、小柄な杉山が内ポケットから警察手帳を取り出す。

「こちらへどうぞ」と廊下の反対側にある扉を開けた山口は、工務部の隅にある打ち合わせ机に二人を案内した。ここなら三方をロッカーに囲まれているため、会話が周りに漏れにくい。

警察がわざわざ訪ねて来るということは、それなりの事情があるに違いない。

「改めまして。工務部の山口と申します」

山口は自分の名刺をさし出した。

パイプ椅子に腰かけた杉山が「メトロさんにお邪魔するのは初めてですが、中はこんな感じなのですね」と興味深げに室内を見やる。

やがて、女性職員が紙コップでコーヒーを持って来てくれた。

失礼します、と笑顔の彼女が去るのを山口は待った。

「で、ご用件は」

「実は、高輪警察署の管内で発生した事件の捜査に協力して頂きたいのです」

真顔になった杉山が、こんな日にわざわざ訪ねてきたわけを説明し始めた。彼の口調は高圧的ではなく、落ち着いて一言一言が聞き取りやすい。

もう一人の石田は黙って杉山の横に控えていた。

六日前、港区の芝浦水再生センターで人体の一部が発見された。当初、被害者の身元は特定されなかったが、行方不明者に絞った捜査の結果、京橋駅近くに勤めている会社員と判明したらしい。

「被害者の左手の指に残っていた指輪が、身元特定の決め手になりました。名前は大槻隆之、五十一歳」

「なぜ手だけが発見されたのですか」

「何者かに切断されて下水に流されたと考えています」

猟奇的な話に、山口は顔を曇らせた。

「ところが、これは事件の一端にすぎません。実は大槻氏以外にも、この二年、二十人以上の人々が港区、千代田区、新宿区などで行方不明になっています」

彼らは性別、職業もまちまち、互いに面識があるとも思えないとのことだ。そして、最後に足取りが確認できた場所もバラバラだった。

不特定多数の人間を狙った通り魔的犯行なのか。

あれこれ思いが頭の中を駆け巡るが、その前に杉山のやって来た理由を知りたかった。

事件と東京メトロ、いや工務部とのあいだになんの関係があるというのか。

「死体の一部が発見されたのは水再生センターですよね。なぜ私どもメトロへお越しになったのですか」

山口は単刀直入に問うた。

ご説明します、と杉山が鞄の中からｉＰａｄを取り出した。

「こちらをご覧ください。これは銀座線の京橋駅に設置された防犯カメラの、十二月三日の映像です」

スリープ機能が解除されると静止画像が浮かび上がる。

画像の端に一人の男が映っている。

「彼が水再生センターで発見された大槻さんです」

杉山が画面にタッチすると、動画が再生される。

臨時に設置されていたカメラとのことで、画像は鮮明ではないが、鞄を右手に提げた男性が島式ホームの渋谷方面側に立っている。場所は京橋交差点への出口に繋がる階段の手前だ。

周囲に人影がないことから、深夜の時間帯と思われた。

ふと銀座の方向に顔を向けた大槻が、なにかに気づいた。

しばらくトンネルを凝視している。

突然、慌てた様子で辺りを窺う。どうやら他に乗客がいないか、もしくは職員を探しているようだ。

やがて大槻が、仕方がないといった様子でホームの端へ向かって歩き出した。

「ここです。ここを見てください」

杉山がディスプレイの左端を指さした。それはトンネルに入ってすぐの辺りだ。ホームに続くトンネルは箱型になっている。浅草方面の線路と渋谷方面の線路のあいだ、ちょうどトンネルの中央部分にあたる。

天井を支える中壁の陰でなにかが動いていた。

暗いトンネルでなにかがうごめく。

「これって、人ですか」

山口の質問に杉山が首を振る。

「わかりません。ただ、線路内になにかいる」

大槻がホームドアを乗り越えた。

線路を跨いで、中壁沿いにトンネルへ入って行く。

やがて大槻の姿が防犯カメラの視界から消えた。

映像を止めた杉山が山口を見る。

「カメラの位置と向きから、大槻さんは渋谷方面のトンネルにいたなにかを追って行ったように見えます。メトロの職員以外が線路に立ち入る可能性は」

「普通はありません。ただ、乗客がその気になれば不可能ではありません」

「大槻さんは、誰かに呼ばれたから、仕方なく線路へおりたのでは？　このような状況でメトロの対処は」

「もし緊急なら職員を呼んでくれるはず」

「映像を見た限りでは、彼は相当慌てている。電車が近づいたのに職員が見当たらないため、やむなく線路へおりたように見えませんか。防犯カメラのチェック体制は」

「駅事務室のモニターで常時チェックしています」

「でも、この時はそうでなかった」

杉山が尋問を思わせる口調で切り返す。

いくらなんでも、その言い方はないだろう、と山口はムッとした。

要するに杉山がやって来た目的は、東京メトロの責任追及なのか。

「たまたまモニターの前から席を外していたのかもしれない。そもそも構内の防犯カメラに犯罪と繋がる記録があったことなど、工務部へ報告は上がっていません。ですから、なぜ映像の状況に駅職員が気づかなかったのか、と急に聞かれても困ります」

「捜査中の情報ですから、映像の件は一部の関係者しか知りません」

杉山が、こともなげに答える。

「なら、なおさらです。あなたがお知りになりたいことが駅構内の管理体制についてなら、直接駅に問い合わせてください」

　半ば呆れた山口の反論に、杉山が手の中の紙コップへ視線を落とす。

「お気を悪くされたならお許しください。私がここへ伺ったのは捜査への協力をお願いするためです」

「捜査？」

「地下鉄のトンネル内を調べたいのです」

「警察は殺人事件の線で追っているということですか。トンネルにいた何者かが、大槻なる男性を殺害してバラバラにしたと」

「そう考えてもらって結構です」

　山口は生唾を飲み下した。

「しかし……、しかし構内から死体を簡単に運び出せるとは思えません」

　山口の言葉に、杉山が机に戻した紙コップを横へずらす。

「課長。それについては我々が判断します。それより、教えてください。トンネル内の保安体制はどのようになっていますか」

「保守点検のために行われる徒歩巡回と列車巡回が中心です」

「銀座線内、特に京橋と銀座間に異常がないかを調べたい。もちろん、私も同行させて頂きます」

「被害者が殺された場所を探すためですか」

「それだけではない」

「別の目的もあると」

「実は他の行方不明者も、通勤に地下鉄を使っています。ただ、大槻さんと違って彼らの足取りはわかっていません。もし、これらの事件が同一人物の犯行なら、彼らに繫がる手がかりが見つかるかもしれない」

背もたれに寄りかかった山口は、難しい顔を作って天井を見上げた。

「いつにしますか？」

「今夜、お願いします」

杉山が即答した。

山口は窓の外を見た。

吹雪が勢いを増していた。

猟奇殺人。

その言葉が山口の頭に浮かんだ。

同日　夜

東京都　中央区　京橋二丁目　東京メトロ銀座線　京橋駅

大槻隆之が姿を消した京橋駅のホームの南端で、山口、杉山、石田の三人は終電を待っていた。

通い慣れた場所なのに、今日はまるで違った景色に思える。

銀座線は、一九二七年（昭和二年）に浅草と上野間で営業を開始した日本で最初の地下鉄で、現在は、浅草駅から渋谷駅までの十四・三キロを結んでいる。浅草から上野、日本橋、銀座、新橋を経て、虎ノ門、青山、渋谷といった東京都心を走るため利用客が多い。特徴的なのは、新しい路線の駅に比べて、どの駅も低い天井といい、タイル貼りの壁といい、東京メトロの歴史を感じさせることだ。

トンネルの奥から、電車の近づく音が聞こえてくる。

遠くにヘッドライトの明かりが見えた。

――大槻以外の行方不明者たちも得体の知れない殺人鬼に殺されたのか。

柱にもたれかかりながら、山口はずっとそんなことを考えていた。

もともと、テロ対策として防犯体制の強化は実施されてきたはずだ。なのに、今回の事件ではその盲点を突かれたなら、マスコミが黙っていないだろう。

どうやって「保守点検に問題はなかった」と部長に説明するか。

もう一つ。杉山が持っていた防犯カメラの映像について、駅事務所に問い合わせたが「担当がいないので、調べて折り返す」としか答えない。安全・技術部に確認しても、妙に歯切れの悪い答えしか返って来なかった。

山口は床に視線を落としたまま、あれこれ考えていた。

「どうかされましたか」

石田の声が耳に飛び込んできた。

不意を食らった山口は焦った。

「すみません。ちょっと考えごとをしていたもので」と山口は柱から離れた。

「石田さんたちは、殺人事件にはお詳しい」

「それが仕事ですから」

「大変ですね」

「殺人事件であろうとなかろうと、捜査はいたって地味なものです。あなた方の保守点検作業と同じように地道な努力が続く」

実は、と山口は声を潜めた。

「先ほど、弊社に警視庁から捜査への協力要請がありました」

警視庁の依頼を受けた行動心理学者の「この犯人は都会の盲点を突いて、世の中への復讐を果たそうとしている」という指摘を受けた東京メトロ上層部は、構内の緊急調査と防犯体制を強化する方針を決定した。

「上も構内に殺人鬼が潜んでいる可能性を危惧してるかもしれません」

「その考えは多少大袈裟ですよ」

杉山がため息を返す。

「でも何者かが、二十人以上を殺害した可能性があるわけでしょ」

「殺人犯がメトロ構内に潜んでいるというのは可能性の一つにすぎない。それに動機も謎です。強盗が目的なら、人目につきにくい終電前の時間帯を狙って、酔客などから財布を盗む手もあるでしょう。反面、客がいなくなった構内にとどまる理由もない。終電後に閉鎖される構内で、食料や水などの生活用品を調達することはできないでしょうからな。メトロだけで路線総延長は二百キロ、都営線も合わせれば三百キロを超えると聞きました。どこかに民間人が忍び込める場所はないのですか。たとえば車両基地からなら地上との出入りも可能なのでは？」

「検車区は全部で八か所あります。そのうち、王子を除く上野、中野、千住、深川、綾瀬、和光、鷺沼は地上に車両基地があってトンネルと繋がっています」

「そこから人が構内へ侵入する可能性は？」

「車両基地の周囲は塀と柵で仕切られているため、それを乗り越えないと無理ですね。当然、防犯カメラも設置されています。それに、万が一検車区から民間人が侵入したとしても、我々はいつも巡回検査で構内をくまなくチェックしています」

強気で杉山の疑念を否定しながらも、山口は内心不安だった。

「日本も物騒になったな。地下鉄構内が犯罪者やテロリストの巣窟になる時代がきたんだから」

杉山が独り言をつぶやいた。

そうこうするうちに、零時二十九分の上野行の最終電車がホームを離れた。

終電に乗り損なった人や、泥酔した人たちをホームから送り出し、駅がひっそりしたのを待って、工務部の保守スタッフが集合する。

き電停止後、夜間の実作業時間は一時間半しかない。

山口は保安室に電話で作業開始を連絡する。

これで、線路に車両が通ることはない。

山口たち三人には、二人の保守スタッフと十人の警官が同行する。

十五人の集団が線路におりた。

杉山が誰かに電話している。どうやら、銀座線の各駅に警官を配置しているようだ。万が一、発見した容疑者が逃走を図った場合の措置らしい。

銀座線はビルの地下部分と同じく、地上から土を掘削して建設されたため、トンネルが丸でなく箱型をしている。山口たちはコンクリート道床の上に枕木が敷かれた線路を歩き始めた。目の前に暗くて長いトンネルが続く。

ヘルメットライトの明かりが、顔の向きに合わせて壁や枕木を照らす。

「課長。こんな場所にイカれた殺人鬼が潜んでいるのでしょうか」

若い東京メトロ職員が気味悪そうにささやいた。

「あり得ない。昼間、構内と地上のあいだを、防犯カメラや我々に気づかれることなく出入りするのは不可能だ」

「でも、人が行方不明になったのは事実ですよね……」しばらく考えていた職員が、山口の耳元に顔を近づけた。「大槻さんが行方不明になったのは、三日の月曜日ですよね。……実は、その翌日から京橋駅の岡原（おかはら）主任が無断欠勤しています」

「なんだって」

「彼は事件の夜、遅番で……」

やめろ、と山口は小さく首を振った。

「その話はあとだ。警察に聞かれるだろうが」

山口は前を歩く杉山と石田の背中に、ちらりと目をやった。

「でも、明日にはその辺りの事情を、警察に話すようですよ」

まるで他人事のように、職員が小さく肩をすぼめてみせた。

床、壁、天井、周囲に注意を払いながら十五人がトンネルを進む。所々にクラックが入って地下水がにじみ、カビが生え、埃が張りついたコンクリートの壁。

やがて会話も途切れ、静まり返ったトンネル内をライトの明かりだけが動き回る。靴音がトンネル内に響く。

百メートルほど進んだだろうか。前方に銀座駅の明かりが見えてきた。

その時、山口の長靴がなにかを踏みつけた。

パンを踏みつけたような感触に足を引くと、ネズミの死骸だった。

「こんなところにネズミが死んでいる」

全員の明かりが一点に集まる。

「なんだ。こいつ、食われてるじゃないか」

ネズミは、解剖されたように無残な姿に変わり果てている。

首から上がちぎれそうになり、内臓が激しく食い散らかされていた。死骸の周りには、長さが一センチほどで、ピーナッツに似た糞と、それより細長い糞が大量に散乱している。

「ここ数箇月、構内でこのような死骸をよく見かけるようになりました。去年まではなかったのに……」

若い職員がつぶやいた。

現場を撮影するカメラのフラッシュに、コンクリート道床が浮かび上がる。

おやっ、と山口は首を傾げた。枕木の下を線路と平行に走る中央排水溝から汚水が溢れていた。古い地下鉄のトンネルでは、壁からの漏水などを排水するため、道床に勾配をつけて中央排水溝に集めている。そこに汚水がたまっているということはどこかが詰まっているらしい。

山口たちは懐中電灯で枕木の隙間から、排水溝の様子をチェックし始めた。

注意深く、そして丹念に。

やがて職員の足が止まった。

枕木にしゃがみ込んだ彼が、溝の中をのぞき込んだ。

　その先の十メートルほどは排水溝に蓋がかけられ、その上にバラストが敷かれている。暗渠となった排水溝のどこかが詰まっているらしい。

「蓋を外してみよう」

　スコップでバラストを片側へ寄せた職員が、手かぎでコンクリートの蓋を持ち上げた。あっ、と叫んだ職員がその場を飛び退いた。蓋が床に落ちる音がこだまする。

　山口は口を押さえた。

「人骨じゃないか……」

　大半が白骨化しているとはいえ、重なり合った肉片が、汚水の流れを堰き止めている。動物の腸を思わせる白く変色した皮膚。わずかに残った肉の部分は、刃物で切り取ったように切断され、表面にはノミ先でほじくり出したような無数の傷がついている。一人とか二人とかいった数ではない。少なくとも十人はくだるまい。

「なにかに食われている」山口は強烈な腐敗臭に頬を引きつらせた。

「杉山刑事！」

　同行の警察官が声を上げた。

「これは……」後ろから駆け寄って来た杉山が声を失う。「頭部だ。ほとんど白骨化している」

バラバラにされた遺体の一部が、流されて排水溝に集まったらしい。

「鑑識を呼ぶ必要がありそうだ。今からまにあうか」

「まもなく、き電開始です。始発にはまにあいません。明日の夜ではだめですか」

「そんな呑気なことは言ってられない。電車と電車のあいだでなんとかするしかない」

無残な切断死体の断片を残したまま、山口たちは銀座駅に向かった。

「なんだ、これは」先頭の職員が片足を上げながら飛び退いた。

柱の陰で黒い群れがうごめいていた。おびえた職員が反対側の柱の陰に逃げ込む。

それはネズミの大群だった。

見たこともない数の黒い物体がうごめき、重なり合っていた。群れ全体が息をするように波打ち、のたうち、よじれている。

山口と杉山は顔を見合わせた。

十二月十九日（水）
東京都　港区　六本木六丁目　麻布警察署

この二年、二十人以上の人々が港区、千代田区、新宿区などで行方不明になっているが、彼らの失踪前後の足取りは摑めていなかった。しかし、大槻氏と思われる遺体発見を受け、地下鉄構内で一斉調査が行われた結果、行方不明者のうちの何人かと思われる切断死体が発見された。

水再生センターで大槻氏の体の一部が発見された翌日の十三日、所轄の高輪警察署より規模の大きい麻布警察署には、本件の捜査本部、通称『帳場』が開設されている。署の講堂に『港区における死体遺棄事件捜査本部』と墨で書かれた紙が張り出され、捜査の指揮所に充てられた。

大槻氏の事件直後から、警察の動きは迅速だった。まず、麻布署刑事課の刑事、鑑識、そして警視庁機動捜査隊が水再生センターに急行し、初動捜査が開始された。

その後、警視庁の室伏捜査第一課管理官のもと、捜査第一課から二個班が投入され、所轄署の刑事や鑑識を合わせて百人規模の捜査態勢が取られた。室伏の指示で、殺人事件の捜査経験が豊富な捜査第一課の刑事と、土地鑑のある所轄署の刑事による二人一組の編成が行われた。組分けされた刑事たちは、敷鑑、地取り、証拠品の三種の捜査に割り振られる。

敷鑑とは、被害者の人間関係を洗い出し、被害者を殺害する動機を持つ関係者を探し出す作業だ。多くの殺人事件は、金銭、怨恨、痴情のいずれかを原因としているため、これらの動機を持つ人間を探し出す。

地取りとは、現場周辺の住宅やオフィスなどを回り、不審者の目撃情報、犯人と被害者が争う声など、事件の手がかりとなる情報を聞き回る作業だ。

地取りと聞き込みはよく混同されるが、地取りは地図に境界線を引き、その範囲内のすべての建物を訪れて情報を集める作業であり、聞き込みは事件の関係者、あるいは新聞配達人など、事件を目撃した可能性の高い人間に対して情報提供を求める作業だ。

犯人にたどり着く可能性の高い順序は、敷鑑、地取り、証拠品の順となるため、敷鑑捜査に老練な古参刑事たちを配備することが多いが、今回は地取りに捜査の軸足を置く方針が決定された。

現状では、どこかで殺された人が、どこかでバラバラにされ、その一部が地下鉄構内に捨てられ、それをネズミが食ったということしか明らかになっていない。

「容疑者の存在を窺わせる状況は、ホームの防犯カメラだけに残されている。京橋駅周辺のカメラに、それとおぼしき人物は映っていない」

「地下鉄構内に住み着いているとか」

本部を出て、廊下を歩く杉山に、チームを組む麻布警察署の石田主任が問う。

杉山は首を振った。

「ニューヨークの地下鉄じゃあるまいし」

「構内のどこかに隠れ住んでいるホームレスが、人を襲っているとか」

石田が顎に手をやる。

「地下鉄構内にホームレスが住み着いているだって？」

「可能性がゼロとは思えません。酔客を狙った喝上げという新たな手口かもしれない。他にもなんらかの変質者とか」

杉山はしばらく考え込んだ。

大槻氏が殺されたのは間違いない。殺人であれ、強盗殺人であれ、犯人はどこかにいる。なら動機は？　金欲しさ、怨恨、異常者。動機によって犯人像が異なるゆえ、この捜査は厄介だ。

そして、なぜ地下鉄が犯行現場だったのか。

実は、捜査が遅々として進まないのには、ある理由があった。

組織の壁。

当初、大槻氏の足取りを追うのに、東京メトロから提供された京橋駅のカメラ映像が決め手になっていたが、それは、改装工事中の駅で、通常のアングルでは死角になる場所用に設置された臨時カメラのものだった。そこで、他のカメラ映像も提供するよう求めたが、東京メトロの対応は鈍かった。不審に思って問いただしたところ、京橋駅の常設カメラ映像が消去されていた事実が明かされた。

「なぜ、そんな重大な事実を隠していたのか」との問いに対しては、「データが消えたのは、単にシステム上の問題かもしれない。故意であったかどうかも含め、内部調査を行っていた」との回答だった。

「まさか、他にも隠していることはないでしょうね」との杉山の疑念に、東京メトロは「実は、もう一つ」と、大槻氏が京橋駅のトンネルに消えた夜、駅の遅番だった岡原なる職員が、その翌日から無断欠勤している事実を明かした。「なぜ、隠していたのか」と問い詰めると、「事件との関連はなく、大した問題ではないと思っていた」と答えたのだ。

組織の壁が生み出した、対応の遅れは致命的だった。

なぜ、大槻氏は簡単に線路へおりることができたのか、なぜ、ホームに駅職員がいなかったのか。その事情を知っている可能性が高い岡原は姿を消した。

不審な東京メトロ職員の存在。

文書等毀棄容疑で、杉山たちは岡原のマンションを家宅捜索し、彼の交友関係、電話やメールの送受信記録などを調べ上げた。

その結果明らかになったのは、この三箇月、彼の金遣いが荒くなったことと、一人の前科者との接点だ。

「石田主任。京橋駅と銀座駅、並びにその周辺の防犯カメラ映像にスリ、窃盗、殺人などの犯罪歴がある者、同じく容疑者の記録が残されていないか、顔認証システムを使ってチェックしろ」

「膨大な人数になりますが」

「やるしかない」

同日　夜

東京都　台東区　上野恩賜公園

夜になると雪が止み、束の間の星空が広がった。

台東区のホームレスたちは、上野から隅田川沿岸、そして南千住の東部を移動しながら冬をすごす。上野公園の奏楽堂付近や、美術館と動物園のあいだで行われる炊き出しに並び、食料を手に入れる。

高台の忍ケ岡には、東京国立博物館、国立西洋美術館や上野動物園などの文化施設が点在し、広い遊歩道で区切られたブロックは緑地帯になっている。

かつて、ホームレスたちは緑地帯に段ボールハウスを作っていたが、数年前に撤去させられた。それ以降、公園の管理者の目を盗みながらブルーシートなどで雨風をしのぐ日々だ。

今日も、東京都美術館横の緑地帯に四人で集まり、カセットコンロで鍋を、ガスバーナーコンロで焼酎の熱燗を準備して宴会の最中だった。

頭上には、冬の夜空が広がっている。寒さが厳しいこの時期だけは、公園の管理事務所も、屋外での火の使用を大目に見てくれる。

厳しい冷え込み、降り積もった雪に凍えながら、彼らはなんとか生きていた。

「最近、やっさんの姿を見ないけど、どうした」

昔は大学の准教授だった武田は鍋を味見した。元動物学者の武田は、研究室の教授と揉めて大学を飛び出し、結局はホームレスになった。ただ、その詳しいわけは誰にも話していない。

突然、遠くの緑地帯で「俺のコンビニ弁当を食っただろう」と取っ組み合いの喧嘩が始まる。

それを横目に木下が鼻をすする。

「この寒さじゃ死んじまうと言っていた。割のいい稼ぎ口が見つかったらしい」

「そんなうまい話に乗って、逆に神隠しにあったんじゃないのか」

元は商社マンだったと仲間に吹聴している海老原が鍋に醬油を足す。

木下が眉根を寄せる。

「神隠しって、最近噂になっている殺人鬼のことか」

「ここのところ、お仲間が六人ほど行方知れずだ。そう言えば、近々、金が入ると連中は言ってたな」

「どんな仕事だよ」

「夜、なにかを運ぶだけらしい」

六人もの仲間が金を稼ぎに出かけたまま戻って来ない。

不吉な事件に会話が途切れる。およそ尋常ではない。

「これ読んだか」と最長老の山（やま）ちゃんが、山手線の網棚から調達した夕刊紙をさし出す。

『現代の神隠し。なんらかの異常者、もしくは無差別殺人者が都心に潜んでいる』

「こんな記事のおかげで、仲間内に不安が広がっている」

「どこへ移っても同じだ。どうせ俺たちはのたれ死ぬ」

武田は冷めた言葉を発した。

「縁起でもないことを言うな」

木下が口を尖らせる。

「俺たちだけじゃない。人類はみんな同じ運命をたどる。資源を食い尽くし、物を浪費しながら、空調の効いた住環境にしがみついている。文明と称して、行きすぎた衛生管理や薬漬け医療の結果、病原体への抵抗力を失くしてしまった。都会の生活は結果として、生物の生存能力を低下させる。カラス、電線に群れるムクドリ、みんな同じ。自滅への道を突き進んでいるだけだ」

「俺たちが町のカラスと一緒だって言うのか」

「山ちゃん。あんた、カラスといえばどんなイメージを持っている？　頭のいい鳥、不気味で怖い鳥、あるいはゴミを散らかして困った鳥。どれだ」

「最後のに決まってるだろう」

山ちゃんが肩をすくめた。

「カラスは都会という環境で餌を探すためにやっているだけだ。奴らは昆虫、トカゲ、小鳥の卵や雛などなんでも食べるが、生ゴミが手っ取り早く、かつ大量に手に入る餌なんだ。手に入れた獲物を食べ切れない時には、秘密の場所に運んで隠し、あとで取り出して食べる。これを貯食行動と呼ぶ」

「あんたやけに詳しいな、さすがに大学の先生だったことはある」

ガスバーナーコンロの調整をしていた木下が会話に戻る。

「先生？　そんなお偉いさんが、なんでここにいる」

「世の中は色々あるんだ」と、武田は苦笑いを浮かべた。「それより、カラスが優れているのは、どこになにを隠したのかを記憶していることだ。傷みやすい物から先に食べ、クルミのような保存食は数箇月もあとに食べる。備えあれば憂いなしというが、連中はそんな習性ゆえに、大雪や暴風雨などで食物が手に入らなくても生き延びることができる」

「先生。俺たちも見習えってことか」

「人間より知能指数は低いが、彼らなりに知恵の使い方を学んでいる。そこは見習うべきだ。クルミのような固い物は、上空から落として割る。信号待ちの車の前にクルミを置いて、タイヤで割らせるカラスもいる」

「それはカラスが頭の良い生き物だからだろ」

木下が、ほどよく温まった焼酎を武田の紙コップに注いでくれる。

武田は首を横に振る。

「違う。知能という物さしだけで動物を評価するな。知能を基準にすると、人にどれほど近いか、あるいは、似ているかを比較してしまう。意外な動物が意外な習性を持っていたり、下等生物でも人に勝る習性を持っていたりすることは珍しくない。人間の視点ではなく、生物の視点に立って考えてみることだ」

　武田は焼酎を喉に流し込んだ。

「競合する鳥類が少ない、『東京』という生息環境にカラスたちはやって来た。彼らは『適応放散』を始めている。様々な生物が生きる都会の生態系で、自分たちのテリトリーを確固たるものにするため、異なった種へわかれながら進化しているんだ」

「東京の空が、様々なタイプのカラスで埋め尽くされると」

　海老原が頭上の星空を見上げた。

　四人の周りで、風はないが、しんしんと冷える夜が更けていく。

「ところが、そう簡単ではない。すべての生物は、地球という生態系で自分たちのあるべき数よりもはるかに多くの子供を作る。もしすべての子供が生き長らえれば、たちまちのうちに世界の何倍もの空間を埋め尽くしてしまう。しかし、数が増えるのを妨げる物があるために、そんな面倒は起こらない。捕食者に食べられたり、病気や寄生虫のために死んだり、同種間の競争に敗れたりするからだ。今年だってそうだ。食物の乏しい冬に厳しい寒気がくれば、飢え死にする奴が溢れる」

「じゃあ、どんな連中が生き残るんだ」

「厳しい自然の中で生きるうち、身の丈、形、色といった身体的特徴に差が生まれる。敏捷性、耐久性、あるいは周囲に溶け込める度合などのことだ。そのような変異が生死をわかつことになる」

「俺たちも生き残るために進化しろということか。この寒さに耐えられる体を持てと」

木下が、ぶるっと身震いした。

「常識からすれば、寒さや暑さ、湿度といった環境条件が、生物の進化に最も影響を与えると思うだろ。でも、ダーウィンという進化論者は、北極や砂漠のような極端な環境条件を除けば、自然環境より生物相互作用によって生物は淘汰されると言った」

「生物相互作用？」

「生物同士の生存競争だ。食うか食われるかの世界のことだよ。乾燥した砂漠なら、動物は利用可能な水をめぐって殺し合う。アフリカのサバンナと同じ弱肉強食の争いが、この東京でも起きている。カラスと鳩がそうであるように、やがてカラスと人が、生き残りを懸けて争うことになるかもしれない」

「もしカラスが勝てば」

海老原が身を乗り出した。

「彼らにとって束の間の天下が訪れる。ところが、その先、カラスになにが待っていると思う？　そもそも、彼らは都会で生き、数を増やし、進化した。でも、餌や快適な環境を与えてくれる人が滅亡すれば、カラスも行き着くところは絶滅しかない」

「カラスは黙って絶滅の運命を受け入れるのか」

「彼らの生存本能が目覚める」

「というと」

「生き残りを懸けて連中は、どこか他の場所を探すだろう」

「群れでか」

「そうだ。東京中のカラスが全国各地へ大移動、つまりカラスによる蝗害（こうがい）が起こるかもしれない」

「なんだそれ」

「餌を求めて無数のバッタが群れをなして移動し、立ちはだかる物すべてを食べ尽くす現象だ」

山ちゃんが恐怖で、両目を見開いた。

「木下。あんた聖書を読んだことはあるか」

「ない」

「海老原。あんたは」

「あるわけないだろ」

「トビバッタによる蝗害といえば旧約聖書の『出エジプト記』に記された第八の災いを思い起こさせ、人類を震え上がらせる。そこでは、エジプトのファラオが約束の地を目指すイスラエルの民の出国を拒むと、トビバッタの大群が天の災いとして送り込まれるんだ」

武田は紙コップに焼酎を注ぐ。

「地面はバッタで覆いつくされ、真っ暗になった。地上のあらゆる草、木の実はことごとく食い尽くされた。緑はなに一つ残らなかった、とある」

海老原、山ちゃん、木下の三人が顔を見合わせる。

「同じ行動をカラスも起こすのか」

「過去にそんな事例はない。ただ」

「ただ？」

「さっき言ったろう。彼らも進化するから、バッタと同じ習性を身につけるかもしれない」

「脅かすなよ」

「冗談だよ、冗談。でもな、そんなホラー話より重要なのは、進化と絶滅は表裏一体ということだ。それはカラスも人も同じ。つまり、俺たちはカラスより早く進化したけれど、それが永久に続く保証などない。人類の繁栄がある日突然、終わりを迎えることになるかもしれない。やっさんが神隠しにあったように」

どこかでうめき声が聞こえる。

ぎょっとした皆が辺りの様子を窺う。

声の方向を見ると、前日から具合の悪かった新顔の鈴木が、段ボールの上でもがき苦しんでいた。

「どうした、すーさん」

心配した木下が声をかける。

「こいつ、しばらく、ばっくれていて昨日戻って来たばかりだ。土地鑑のない場所をフラフラするからだよ」

海老原が鈴木の腹をさすってやる。

「く、苦しい」

口から泡を吹きながら鈴木がもだえる。

山ちゃんや木下は頭をかきむしり、ぴょんぴょん飛び跳ね、あとずさりする。ただ、慌てふためくだけだった。

「どうしたっていうんだ。いったい」

鈴木が手足をばたつかせて暴れ始める。

「しっかりしろ！」

武田が鈴木の頭を、木下が足を押さえる。

ぐっと息を詰まらせた鈴木がのけ反る。

「やばい。やばい」

山ちゃんが立ち上がった。

白目をむいた鈴木が、電気で打たれたように激しい痙攣を起こす。歯をむき出しにして、意味不明の言葉を吠える。

自分で引っ掻いた頬の傷から血が滴る。

「救急車だ。救急車を呼べ」

武田の怒声に、山ちゃんが管理事務所へ走る。

裸電球が切れるように、鈴木の動きが止まった。

「こいつ、息してないぞ」

「死んだのか」

もはや、武田たちはなす術もない。

やがて、鈴木を収容した救急車が走り去った。

小さくなっていく赤色灯を四人は呆然と見送っていた。

「そういや、あいつ変なこと言ってたな」

木下がつぶやいた。

山ちゃんが地面にへたり込む。

「変なこと？」

「溜池山王駅で、無数の気味の悪い生き物を見たって。この世は終わりだって」

誰もが黙り込んだ。

なぜか生暖かい風が武田たちのあいだを吹き抜けた。

なにか不吉なことが起きようとしている。

言い知れぬ胸騒ぎと寒気に、武田はすくめていた首を亀のように伸ばして、辺りの様子を窺った。

すると、いつのまにか周りから生き物の気配が消えているように感じた。

闇に吸い込まれたかのように、人の足音、犬の鳴き声、都会の喧騒、すべてが消え失せた。

鈴木が見たといった生き物とは。

葉を落とした公園の樹木が、地中から突き出た悪魔の手に見えた。

十二月二十日（木）

東京都　八王子市　東中野　西都大学

「この死体をこれほどひどく損壊したのは、どのネズミでしょうか」

警視庁の杉山刑事と麻布警察署の石田主任は、動物学の権威である村上教授を訪ねた。

芝浦の水再生センターと、銀座線京橋駅近くのトンネルで発見された切断死体の写真を、石田が村上にさし出した。

杉山たちは、大きな壁にぶち当たっていた。京橋駅近くで発見した切断死体に、大槻氏は含まれていなかったのだ。杉山たちが中央排水溝で発見したのは、この二年のあいだに都内で行方不明になっていた別の男女十数人の死体だった。それだけではない。地下鉄構内で行われた一斉調査の結果、東京メトロ日比谷線の東銀座駅近くのトンネルで発見された切断死体が大槻氏だったのだ。

写真を一瞥した村上が、猿のおもちゃのように両手を叩いている。

「この切断死体は地下鉄構内で発見されました。何者かに殺され、バラバラにされ、地下鉄構内に放置されたあと、ネズミに食われたと我々は考えています。ところが、教授。この切断死体には二種類の咬み傷があるように思える。ここを見てください」

杉山は、死体の切断箇所ではなく、表面部分を指さした。死体の皮膚に別の傷が残されている。

ヒルが媒介した病原体の感染者には、小さな逆Y字形の咬み傷が残されていた。もちろんそれはヒルの咬み傷だが、今、杉山がさし示す写真の傷は、それとは異なっている。

「この傷は、どのネズミによるものですか」

なにかを引っ搔く仕草で十本の指を曲げた村上が、チューチューと鳴き真似をする。

「警察にしては、ずいぶん細かいことを気にするじゃないか。動物学者にでも転職するのか。歓迎するよ」

石田が舌打ちを返した。

「私が担当する事件の被害者が自然死でない以上、その原因を明らかにするのは警察官の責務です。そもそも、ネズミが死体を食うなんて……」

「ネズミは雑食性で、魚介類や肉など動物質の物を好んで食べる。死んだ動物だけでなく、他の小動物を捕食する習性も持っている。当然、死体なら食べる」

もともと、本件の遺体発見状況は不自然だった。被害者が行方不明になった場所と遺体の発見された場所が異なっているだけではない。もし、被害者が殺され、トンネル内に放置されたとして、ネズミが遺体をあそこまで見事に食べ切るだろうか。仮にそうだとしたら、もっと多くの骨が残されているのではないか。そうなら、杉山たちより早く、保守点検作業中の職員が発見するだろう。また、被害者がトンネル内でバラバラに解体されたなら、現場に大量の血痕が残されているか、血液反応が出るはずだ。

とにかく、捜査に関する手がかりに乏しい。

最も厄介なのは、発見されたのが人体の一部でしかないため、銃創、切創、刺創など、直接的な死因となる損傷を特定できていないことだ。

世界的に有名な動物学の権威とはいえ、こんなイカれた教授に頭を下げねばならないのも、情けない理由からだ。つまり、検死の結果、死体現象についてはかなりの事実が明らかになったものの、死体に残された二つの歯形のうち、小さい方の歯形が記録にない形で、どの動物によるものか特定できていない。死体検案書に『不明』と記載するわけにはいかないから、村上の意見を求めにきたのだ。

杉山は鞄から取り出したタブレットに、地下鉄構内で切断死体が発見された場所のプロット図を呼び出した。

「最近の東京はなにかと騒がしい。しかし、警察が関係するのは、バラバラ殺人事件の究明と容疑者の特定のみです。ネズミが死体を食おうが、ヒルが都心に感染症を持ち込もうが、我々の知ったことではない。ただ、本件への人と動物のかかわり方が区別できなければ、犯人像を絞り込めない」

杉山はタブレットを村上へ向ける。

「切断死体の発見された場所がメトロの沿線で点状に分布し、かつ、すべての死体がネズミに食われているということは、地下鉄全域に、死体を食う習性を持ったネズミが棲んでいるということですね」

ドラムを叩くように、村上がリズミカルに机を叩く。両肩が左右に揺れる。

「それが答えですか、教授」

呆れ顔で杉山は天を仰いだ。

今おどけたばかりの村上が、『ぬりかべ』のような無表情に変わる。

「お互い、時間の無駄遣いはやめましょう。構内で発見された切断死体に残された二種類の歯形と、死体の周辺で発見された二種類の糞。一つはドブネズミのものと特定しましたが、もう一つはどのネズミによるものですか」

「知識のない者に限って答えを急ぐ。自身の学ばざるを省みることなく、他者の知性に頼ろうとする。しかも、なんの対価も払わずに」

薬物中毒者を思わせる虚ろな視線が、宙をさまよっている。

いい加減にしてくれ、と杉山は村上の胸を指先で突いた。

「我々はいくつかの謎を抱えたままです。その答えにたどり着くため、専門家の意見が必要な時もある。捜査とはそういうものなんです」

「糞の形とあわせて考えてみれば答えはそこにある。糞はどちらも密で湿っていたはずだ。ということは、肉を食った糞だ。それがヒントだよ。ピーナッツの形をしたのはドブネズミ。それより細長いのがどの種のものかを考えてみろ。つまり、小さい方の歯形を残した奴だよ。ある変種が発生した可能性を考えればよい」

「なぜ糞のことをご存じなのですか」

「おいおい。私は世界的権威だぞ。意見を求めにくるのはお前たちだけじゃない」

村上が顔の横で、右手の指先をくるくる回した。それから、杉山の肩に手を置いて、子供をなだめるようにポンポンと叩いた。

「ありがとう。心から礼を言うよ。お前の情報が、私にある確信を与えてくれた」

突然の思わせぶりな村上の発言。

杉山にしてみれば、この男は頭の回路がどこかで切れているとしか思えない。

十二月二十四日（月）
東京都　港区　芝浦四丁目　旧海岸通り

今年もクリスマスイブがやって来た。

吹雪の中、石田が運転する覆面パトカーは、サイレンを鳴らし、赤色灯を回転させながら麻布警察署を出た。

街灯の明かりに照らされて綿のように舞う雪が、フロントガラスにぶつかる。

十五分前、岡原と、捜査本部がリストアップした容疑者の前田正博（まえだまさひろ）が、品川シーズンテラスのカフェにいるという情報が入った。

「石田。岡原には相当の借金があったようだな」

助手席の杉山はタバコに火をつけた。

「先物取引で失敗したようです。その借金を返すため闇金融に手を出し、そこで前田と知り合った。さらに、十二月三日の夜、前田が京橋駅近くのカフェの防犯カメラに映っていました」

「前田を張ったのは正解だったな。思惑どおり岡原のところへ導いてくれた」

「杉山さん。なぜ岡原は大槻氏をトンネルへ入れ、防犯カメラの記録を消去したのでしょうか」

「そこで起こったことを隠蔽する目的しかあるまい」

「彼が殺人犯だと」

杉山は灰皿に、二服しか吸っていないタバコを押しつけた。

「それはどうかな。仮にそうだとして、なぜあんな手の込んだ殺害方法を選んだのか」

「異常者……」

六本木ヒルズに近い麻布警察署を出た車は、環状3号線を走り、麻布十番で有名な『新一の橋』の交差点を抜け、首都高沿いに走る。『赤羽橋』の交差点を右折して桜田通りを南進し、慶應義塾大学前を通りすぎ、田町駅の南で山手線を越えると、三田警察署の前を抜けて『八千代橋』の交差点を右折した。

芝浦の運河近くの旧海岸通りを飛ばす。

品川シーズンテラスはもう目と鼻の先だ。

「捜査員の配備状況は」

杉山が無線に吹き込む。現場がすぐに応答した。

(現在、私服十名で周囲を固めています)

「容疑者の状況は」

（カフェで食事を取っています）

「同伴者は」

（いません。二人だけです）

港区港南一丁目の芝浦水再生センターに併設する品川シーズンテラスは、地上三十二階、地下一階、地上高百四十四メートルの超高層ビルで、オフィス・商業複合施設が入居している。一階から三階は、商業店舗とカンファレンスなどのオフィスサポート施設、三階のロビーから上がオフィスゾーンになっている。

そして、ビルの北側に隣接する水再生センターで大槻氏の切断死体の一部が見つかった。

これもなにかの因縁なのか。

「杉山さん。見えてきました」

石田が前方の闇をのぞき込む。雪雲の中にぼんやりと品川シーズンテラスの明かりが浮かび上がる。

杉山は赤色灯とサイレンを切った。先行する一般車両はいない。

ハンドルを切った車が、鮮やかな電飾で彩られた品川シーズンテラス一階の車寄せに滑り込む。

「ご苦労様です」

先着していた捜査第一課の江川主任が、車の扉を開けてくれる。

「容疑者は」

「二階のカフェです」

杉山は早足で歩きながら、江川から報告を受ける。

前田正博は、窃盗と傷害で前科二犯だった。それ以外、不起訴になった事件も含めると度々揉め事を起こしている札つきのワルだ。出所して一年になるが、一向に悔い改める様子が見えない。性格が短気で、とにかく喧嘩っ早いらしい。

三人は正面エントランスの階段を駆け上がる。

二階のフロアは、ビルのコア部分を取り囲むロの字形の通路沿いに、店舗が並んでいる。

エントランスホールの陰から江川が「あの店です」と指さす。小洒落たカフェだった。木目調で統一された店は、大きく間口が取られているものの、前田の姿は見えない。

「一番奥に座っているため、向こうからもこちらは見えません」

「店内には」

「三名、配置しています」

その時、イヤホンから声がした。

(二人が店を出ます)

少しの間を置いて、支払いを済ませた前田と岡原が店から出て来た。

長身の岡原は、今時のショートの髪型で決め、こそこそ逃げ回っているわりには、スキニージーンズに派手な赤いダウンジャケットを羽織っている。

前田は正反対の風体だ。背は高くない。百七十センチそこそこだろう。小太りで二重顎、テカテカ光るスキンヘッド。ポーチを持つ右の手首には銀のブレスレット、紫色のダブルのスーツを着込んでいる。その筋の組長気取りらしいが、どう見てもくすぶっているチンピラだ。

すでに杉山は逮捕状を用意していた。

「背後を固めたら、岡原を逮捕しろ」

(了解しました)

エントランスホールの先、防災センターの横に待機していた若い刑事が、二人に近づく。

「馬鹿！　イヤホンに指を当てるな」

マイクにそう怒鳴った瞬間、前田が彼の動きに気づいた。

ギョッと目を見開いた前田が立ち止まる。

スーツの懐に手を入れながら、前田が岡原を振り返った。

フロアに乾いた銃声が響いた。さらにもう一発。

前田に撃たれて胸を押さえた岡原がその場に崩れ落ちる。

拳銃を持ったまま刑事を突き飛ばした前田が、コア部分の中央を抜ける連絡通路へ駆け込む。

「確保しろ！」

杉山の指示に、捜査員が一斉に動く。オフィスロビーと防災センターのあいだの連絡通路に前田を追う。

狭い通路を前田が走る。

前方から別の刑事が三人、向かって来る。挟み撃ちだ。三人が銃を構える。

前田が足を止める。前後を何度も振り返る。すぐ横の非常階段に駆け込んだ。杉山たちも追う。階段を駆けおりる足音が交錯する。

「止まれ！」

前田が地下一階のフロアに出る。杉山たちも続く。

階段近くの警備室に駆け込んだ前田が、警備員の喉に拳銃を押し当てた。

「来るな！」

「落ち着け。これ以上、無茶をするな！」

両手をかざしながら、杉山は一歩、前に出た。

警備員を羽交い締めにした前田が一歩下がる。

「一緒に来い」と警備員を引きずるように部屋を出た前田が、警備室のすぐ先にある鉄扉の前まで進んだ。

「彼を放せ」

「うるさい！」

後ろ手に扉を開けた前田が、警備員を杉山たちの方に突き飛ばした。

前田が扉の奥に消える。

「行くぞ」

杉山たちも扉を抜けた。

最初の一歩で、思わず「なんだこれは」と杉山は声を上げた。

扉の向こうに、とんでもない地下空間が広がっている。巨大な倉庫を思わせる大空間に、太いコンクリート柱が整然と並ぶ。

「雨水の貯留池です。大雨の時、ここへ雨水を流し込んで洪水を防ぐのです」

土地鑑のある石田が答える。

品川シーズンテラスの地下には、幅約百十メートル、長さ約八十四メートル、高さが約二十メートルもある雨天時貯留池が建設されていた。ここだけで、七万六千㎥の水を貯めることができる大空間だった。碁盤の目状になった壁で、貯留池がいくつものプールに仕切られていた。

前田がプールとプールのあいだの通路を、反対側の非常口へ向かって逃げる。しぶきを上げながら前田が水たまりを走る。

「止まれ！」

四方向にわかれた杉山たちは、別々の通路で前田を追う。

幅が二メートルほどしかない通路の両側は貯留プールだ。中には汚水がたまっている。腐臭が辺りに立ち込めていた。

貯留池の丁度真ん中辺りで、両側から挟み込むように追っていた刑事たちが先回りして、前田の進路を塞いだ。

立ち止まった前田が、二発、発砲した。

前方の刑事が肩を撃たれた。

貯留池に警察のM37の銃声が響く。

右足の太ももを撃ち抜かれた前田がバランスを崩した。

「危ない！」

石田が叫ぶ。

悲鳴を残して前田がプールに落ちた。

水しぶきが上がる。

通路の端からプールを見おろした杉山は声を上げた。

「これはいったい」

スパゲティを放り込んだかのごとく、プールの中で黒くて細長いミミズのような生物が絡み合いながらうごめいている。

あまりの気味悪さに杉山は声を失った。

プールの中一面で、身をよじり、くんずほぐれつ絡まり合い、何十万、いや何百万ものヌルヌルしたヒルがうごめいている。

虫唾（むしず）が走る光景だった。

血に飢えたヒルたちが獲物に泳ぎ寄る。

前田がヒルの群れに飲み込まれていく。

「助けて、助けてくれ！」

断末魔の叫び声が地下空間に響いた。

十二月二十五日（火）夜
東京都　港区　六本木六丁目　麻布警察署

クリスマスの今日も雪が降っている。

杉山たちにとっては最悪の夜だ。

杉山は机の上に足を投げ出し、ボールペンの尾栓を額に押し当てていた。

昨日の悪夢がまだ頭から離れない。

あんなことが起きるなんて。人があんな死に方をするなんて。

品川の地下貯留池のヒルに対しては、直ちに殺ヒル剤による処分が実施されたものの、その死骸をすべて処理するには一週間はかかるとのことだ。

前田の遺体を回収するのは、そのあとになる。

なぜ、あの場所にヒルが生息していたかといえば、おそらく千代田区・中央区・港区・新宿区・渋谷区など、都心から流れ込む汚水に紛れてたどり着いたのだろう。六本木の騒動でヒルの殺処分が行われたのに、シーズンテラスが処分の対象エリア外だったこと、さらに大雨時の対策施設ゆえに、普段はほとんど巡視が行われていなかったことから、ヒルの大繁殖に気づかなかったらしい。

ただ、そんなことはどうでもいい。

バラバラ殺人の犯人は岡原だったのか。なぜ彼は殺されなければならなかったのか。前田の動機は。なぜ、前田は品川シーズンテラスの地下の貯留池に逃げ込んだのか。

すべてが地下貯留池の汚水に沈んでしまった。

捜査は振り出しに戻った。

ほとんどの捜査員が出払った本部内は、がらんとしている。

壁際のホワイトボードには、夕方の捜査会議で報告された内容が走り書きされていた。警視庁の二個班を頭に、百人を超える捜査員たちが駆り出されていた。他にも防犯カメラの映像解析、東京メトロの保守点検記録のチェック。およそ考えられる手は打っている。岡原以外にも、リストアップされた容疑者は三十二人。しかし、誰もが本件にかかわっているとは思えなかった。

ボードに書かれたのは、それらをまとめた報告だ。

殴り書きされた文字は、室伏管理官の機嫌そのものだった。

「いい加減にしろ。マスコミの書きたい放題をなんとかしろ」が、この数日の室伏の口癖だった。

「管理官はずいぶんとおかんむりですね」

コーヒーを運んで来た石田が杉山に声をかける。

「当たり前だ。都内でこれほど短期間に、あんな異常な死体が出た例はない」

「この二年間に行方不明になった人たちは、全員、殺されていると」

「そう考えるのが妥当だろうな。問題は誰がやったかだが、俺には岡原の単独犯行とは思えない。彼が証拠隠滅を図ったのは間違いないとしても、殺人については動機がない」

「やはり、犯人はどこかにいると」

杉山は一瞬、言葉を飲み込んだ。

「もしそうなら、もはや『テキサス・チェーンソー』の世界だ」

「杉山さん。百人を張りつけて手がかり一つ摑めないなんて、なにかがおかしいと思いませんか。もしかして前田が犯人だったのでは」

東京メトロに絞った捜査も完璧だったはず。周辺の地取りだけでなく、関係者への徹底的な聞き込み捜査はもちろんだ。地下鉄構内はくまなく調べた。防犯カメラ映像だって、駅舎だけでなくその周辺に設置された物までチェックした。あらゆる手を尽くしたが、犯人に繋がる手がかりは皆無だった。

杉山は握り潰した紙コップをゴミ箱に放り込んだ。

「地下鉄に拘りすぎたかな」

はっ？　と石田が面食らう。

「過去、地下鉄構内でこんな事件が起きたことはなかった。警察でさえ不慣れな場所、足下に張り巡らされた総延長三百キロのトンネル。恐怖すら感じる未知の世界に拘りすぎて、初動捜査を誤ったのかもしれない」

杉山は腕を広げ、肩をすくめた。それから、あきらめた様子で立ち上がり、両手を突き上げて背筋を伸ばした。

「我々の見当違いだと」

石田がホワイトボードに視線を移す。

「石田。やはり俺には組織犯罪の臭いがする。行方不明者、バラバラ殺人、もしかして都心の感染症も。ただあまりに多くのことが一度に起こりすぎて、真実が見えなくなっている」

杉山は額に手を当てた。「俺たちが追わねばならないのは、前田の背後関係に違いない」

石田がボサボサの髪をかき上げた。

「昨日のようなことがあったわけですから、もう、ちょっとやそっとのことでは驚きませんん」

同日　深夜
東京都　中央区　銀座四丁目　東京メトロ日比谷線　東銀座駅

クリスマスだというのに、関東新聞の特派記者、山田宏(やまだひろし)はホームで最終電車を待っていた。イブもそうだったけれど、一緒に祝ってくれる人もいないから仕方がない。

都心でおかしな事件が続き、報道各社はスクープ合戦になっていた。他社に遅れを取るな、とデスクからハッパをかけられた山田は、まだ警戒が手薄な日比谷線の東銀座駅を選び、特ダネを狙って張り込んでいた。

外は吹雪だが構内は暖かい。信号待ちをする歩行者が足踏みするほどの寒さなのに、ここは別世界だった。これも都会生活の特権だ。

ホームのベンチに腰かけていると、連日の張り込みのせいで睡魔が襲ってくる。抗しがたい心地よさに、ついウトウトしかけた。

ふと、どこかで音がした。

顔を上げ、辺りを見回しても、ホームに人影はない。

築地方向へ通じるトンネルの入り口へ目をやると、天井を支える中壁の陰でなにかが動いていた。

目を凝らすと女性、しかも毛皮のコートを着た女性に見える。頭には白い帽子をかぶっている。

まもなく電車がやって来るというのに、線路脇に人が立っている。

「危ないですよ！」

ホームの端まで駆け寄った山田は女に声をかけた。

女はなにも答えない。

「もしや、犯人では」と山田はカメラを構える。

ホームの非常停止ボタンを押すことも忘れ、山田は夢中でシャッターを押した。

フラッシュが光る。

次の瞬間、女性の姿がふっとトンネルの奥へ消えた。

間違いない。山田は確信した。狙っていた獲物だ。

一瞬躊躇(ちゅうちょ)したものの、こんな機会を逃す手はない。特ダネが目の前に転がっている。

山田は線路へ飛びおりた。

十二月二十六日（水）午後
東京都　千代田区　霞が関一丁目　厚生労働省　七階　第十一専用会議室

あと六日で年が明ける。そして寒波が東京を襲う。

戦後、東京の積雪が二十センチを超えた年は十回ある。しかし、来年はその比ではないだろう。交通インフラが止まれば経済に支障が出る。そこへライフラインの障害が追い討ちをかければ、首都だからこそ、一千三百万人が住む大都市だからこそ、東京は息の根を止められる。

感染症と大寒波への対応を迫られている政府は殺気立っていた。

今朝、官房長官が記者会見で、大雪への対策と、万が一の場合の緊急経済対策を発表した。静まりかえった会見場に、官房長官の上ずった声が響く。

皆が来るべき未来を恐れている。

「課長。マスコミへの投げ込みはどうする」

丸テーブルを一巡した竹内健康局長の顔が陣内で止まった。

珍しく、陣内が眉根を寄せて真剣な表情を浮かべる。

「マスコミですか」

「品川シーズンテラスで起きたヒルの大量発生と、地下鉄構内の切断死体事件を絡めて、あれこれ書き立てているぞ。切断死体と猟奇殺人犯、死体をむさぼり食らうネズミと得体の知れないヒルが持ち込んだ感染症。ホラー映画じゃないが、都民の不安を煽るネタは山ほどある。中には、何者かが都心で病原体をばらまいたのではないか、それが地下鉄の事件と関係があるのではないか、と話を盛る社まで出る始末だ」

ここのところ、都心はなにかと物騒だ。地下鉄の事件とヒルによる伝染病を絡めれば、読者の興味を引くことは間違いない。マスコミが大きく取り上げ、面白おかしく報道している。

『都心で正体不明の生物によるパンデミックが発生か』『地下鉄構内の切断死体との関連は』『大量発生しているヒルによる感染症の危険』『テロの可能性が懸念される』

そんな記事が降旗の頭に浮かんだ。

売れれば売れるほど、よりインパクトのある記事を書くため、「まだなにか隠しているんじゃないか」「もっと情報をよこせ」と、記者たちが詰め寄ってくるだろう。

「あの」と遠慮がちに若い職員が切り出した。

「なんだ」

目を合わせず陣内が応じる。

「病院で亡くなった小林聡子という患者が、すべての元凶のように報道されています」

「なぜ」

「新種の赤痢の発症は、彼女が原因ではないかと思われています。多くの感染者が出たこともあって、給食会社で働いているくせに、あまりに不注意で不用心だと責められているようです。そんなマスコミ報道をきっかけに、残された家族への取材やネット上の書き込みが多発して、ご遺族も感染しているのではないか、小林聡子の体調の変化に気づいていたのではないか、と疑われて大変なようです」

「一家族の風評被害まで面倒は見ていられない」

「そのような事態が起きていることは、マスコミへの対応が不足しているからではないでしょうか」

真っ当な意見だ。でもこの場でそんな発言をするなんて、若い者は組織の怖さを知らない、と降旗は胸の内で毒づいた。

「いいだろう。厚生労働記者会の対応は降旗、お前に任せた。うまく取り計らえ」

えっ、と降旗は声を上げた。なぜ。なぜ、自分に。マスコミ対応は広報の仕事だ。気が動転して次の言葉が出ない。

「降旗、聞こえないのか」

陣内の苛立ちが降旗へ向く。

「……わかりました」

疫病神の職員を睨みつけながら、降旗は不承不承、答える。

取りあえず、会議が終了した。そして、降旗の仕事が始まる。

厚生労働省の記者クラブである厚生労働記者会は、一般紙やテレビ局が加盟している。

二十四日の事件を受け、都心で二度目の大規模な殺ヒル剤散布が行われた。ヒルが大繁殖したという風説の流布を避け、事を沈静化させるために、記者室への投げ込み資料を作成することになった。

なにをすべきなのかは、それほど難しくない。問題は記事の内容と、なぜ降旗なのかということだった。

ほとんどのプレスリリースは記事にしてもらえない。発表する側が『重要な情報』だと考えても、報道機関が『記事に値しない』と判断すればボツになる。記事にするしないは、報道機関側の判断に任される。

お気の毒に、と言いたげな同僚の憐れみを背中に感じながら、会議室から自席に戻った降旗は、急いで今までの事実を整理し、プレスリリースの資料を作成し始めた。公表する内容は四点だ。

『一つ。六本木で発生した感染症は原因が特定されており、事態は政府の管理下にある。二つ。病原体を運んだヒルが、地下鉄構内や下水道に活動範囲を広げている可能性があるため、二度目の薬剤散布を行った。三つ。地下鉄構内でネズミが大量発生しているが、六本木の感染症とは無関係である。最後に、六本木の赤痢感染拡大について、小林聡子が感染源と特定されたわけではない、まして家族には一切関係がない』

降旗は三十分で初稿を仕上げた。

「これでよろしいですか」

降旗は決裁を得るため、陣内課長に出来上がったばかりの資料をさし出した。

冬だというのに噴き出る額の汗を拭う。

ろくに内容も確認しないまま、陣内が書類を返す。

「あとはお前に任せる。話がややこしくなるから、今回は広報を通すな。こちらの部局、名前も伏せて、あくまでも非公式資料として流せ。ニュースソースは明かさぬよう、報道各社には俺からも話をつけておく」

なにかつけ加えることがあるかもしれないとしばらく待ってはみたが、完全に無視された。

「では、これで投げ込んできます」

気まずさを感じたまま課長の席を離れる。

所属会員分に相当する四十八部のコピーを用意し、記者会へ向かうために課を出ようとした降旗の腕を川上が摑んだ。

降旗の耳元に川上が口を近づける。

「降旗。課長になんと言われた」

やはり見ていたのか。

「俺に任せると」

「何回言わせるんだ。簡単に、うん、と言うな、このヘタレが」

そう言う川上だって、陣内課長の前では黙り込むくせに。要は、いじりやすい者にちょっかいを出して、自分を大きく見せているだけだ。

「わかっている。わかっているよ、川上。課長は絶対に自分の口から具体的な指示を出さない。言質（げんち）すら取られないようにしていた。俺が判断し、独断で行動したと申し開きができるようにだ」

なら、と川上が畳みかける。

「下の者だって、お前を見てるんだぞ。上司らしく振る舞え。情けない奴だな」

「仕方ないじゃないか。命令なんだから！」

思わず声を荒らげた。

一瞬ひるんだ川上が、降旗の頭をいつもの調子で小突く。

「聞こえてるか、降旗。一度しか言わんぞ。お前独りで背負い込めることじゃない。失敗しても成功しても、独断専行だと、しっぺ返しがくるぞ」

「悪いが時間がないんだ。もう行くよ」

川上を置き去りにした降旗は、九階の記者室へ急いだ。

階段をのぼりながら考えた。自分にだって、それなりのプライドはある。

岩渕の顔がふと頭に浮かんだ。

課長の指示どおり、「非公式資料として扱って欲しい」旨を幹事会社である日報新聞の記者に伝えてから、コピーを手渡した。

「了解しました。各社に伝えます」

人が好さそうな記者が笑って答える。

よろしく、と伝えて踵を返した降旗は、都築たちの待つ会議室に戻った。

疲労のせいか、軽いめまいを覚える。

都築が机の上でメモを取りながら電話で指示を出していた。

（体液は調べたの）（そう。異常なしね）（とにかく、ヒルから一つでも新たな病原体が見つかったら、すぐ培養に入って）（お願いね。また電話するわ）

テキパキと仕事を進める都築。ところが村上がいない。

「村上教授はどちらですか」

どこへ行っているのか、このところ、ちょくちょく姿が見えなくなる。

「退屈だから散歩に行くそうです」気にもしていない様子の都築がスマホを机に置いた。

「ところで、あなたの上司は、理屈っぽい上に高圧的ですね」

「仕方がありません。役所が決断を下すのは、その他の可能性を百パーセント潰してからなのです」

降旗はパイプ椅子に腰かけた。この世は矛盾と不公平に満ちている。

「私も、博士みたいにガリ勉してでも医学部に入っておけばよかった。そうすれば医系技官の道もあったのに」

つい愚痴が口をついた。

「降旗さんは、学歴にコンプレックスでもあるの」

「ありますよ。官僚になるなら、東大出身は約束手形ですから」

「東大を出て国家公務員になりたかった？」

「そんなことは思っていなかった。でも、いざ入省すると、色々考えるものです」

「周りが気になる？」

「いけませんか」

「東大卒という経歴が、そんなに重要なことでしょうか」

「あなたに私の気持ちがわかってたまるもんですか！」

突然の降旗の剣幕に、都築が首をすくめた。

「……すみません、博士。失礼なことを申しました。ただ、世の中はあなたのように陽の当たる場所ばかりを歩いてきた人だけではない」

「陽の当たる場所？」

「私のようにずっと日陰で生きてきた者もいる」

「国家公務員が日陰の身なのですか」

「そういう意味じゃありません。でも、国家公務員になっても結局同じだった」

降旗は力なく微笑んだ。

都築が小首を傾げる。

「博士。一つ聞いてもいいですか。あなたに悩みってあるんですか」

途端に都築の表情が曇った。

その時初めて、降旗は都築に、立ち入ってはいけないが、気遣わねばならない事情を感じた。

十二月二十七日（木）朝
東京都　千代田区　霞が関一丁目　厚生労働省　七階

スマホの着信音に叩き起こされ、仮眠室から眠気の残る目を擦りながら降旗が七階の会議室に戻ると、若い職員が落ち着かない様子で待っていた。

「課長補佐。課長が大至急とのことです」

周囲の職員が、チラチラ視線を向けてくるあいだを抜けて降旗は歩いた。それだけでも悪い予感がする。

降旗に気づいた陣内が、顎で奥の小部屋をさす。

陣内に続いて部屋に入ると、脚を組んだ堺広報室長が待っていた。

陣内が降旗の作成したプレス用資料を机の上に放り投げる。

「誰がこんな情報を流せと言った」

堺がギロリと降旗を睨む。

「メトロがカンカンだぞ」

降旗は色を失った。

「地下鉄構内でネズミが大量発生している事実、そしてヒルが生息している可能性を公表するのにメトロの了解を取ったのか」

しまった、と降旗は唇を噛んだ。額の辺りから、すっと血の気の退くのがわかる。

「いえ」

「君は自分の目でそのネズミを見たのか」

「見ていません」

「ヒルを見たのか」

「いえ」

「ということは公表した情報の裏を取っていないということだな」

「はい」

「この記事に都民が反応し、もしかして地下鉄内に病原体を持つヒルが生息しているのではないかという風説が広がっている」

「でも、それは課長に……」と言いかけて、降旗は口をつぐむ。

「この記事を読んでみろ」

『今、地下鉄構内でなにが起きているのか。多発するバラバラ殺人事件の捜査が継続中の段階で、ネズミの大量発生と、病原体を媒介するヒルが生息している可能性を厚労省が認めた。正体不明の容疑者と危険な生物。メトロは安全なのか』

「ヒルが生息する可能性まで公表することになんの意味がある。都民の不安を煽るだけだ。ネズミについても同じだ。メトロが伏せていた事実を、厚労省が公表する必要性がどこにある」

堺広報室長の叱責に、冷や汗とも脂汗ともつかない物がにじんでくる。

陣内のうんざりした目がこちらを向いた。

「マスコミへは内部資料として流せ、と私は指示したはずだ。なにを勝手に動いている」

課長が話をつけておくとおっしゃったからです、という弁明を降旗は飲み込む。彼は、なにかあった時の逃げ道を見事に忍ばせていた。

そのあとは、しどろもどろの言いわけを繰り返すばかりだ。

「直ちに訂正情報を流せ」

「どのようにですか」

「自分で考えろ！」

陣内が怒鳴りつける。

降旗は完全に梯子を外された。

急遽、その日の午後、「地下鉄構内にネズミやヒルが発生しているという誤解を与えたことは本意ではなかった」旨のコメントを降旗の名前で記者会へ流すとともに、降旗は謝罪の電話を東京メトロに入れた。

相手の対応は邪険なものだった。


『エリート官僚の失態』


夕刊紙に降旗を嘲笑する記事が出た。降旗の先走りを官僚らしからぬ軽率な行為だと非難していた。中には、降旗の実名と役職名入りで、世間を騒がせた責任を取らせるべきだと責める論調もあった。おまけに次の定例会見で、大臣が謝罪することになった。

大臣に頭を下げさせる。役人としては致命的な失態だった。

誰もいない会議室に戻って扉を閉めた途端、降旗の中でなにかが切れた。

ずっとため込んでいた物が全身から噴き出した。

机を両手で叩きながら大声を張り上げた。

周りの書類を払いのけ、椅子を蹴り上げる。

勢い余って、尻餅をついた。

突然、扉が開いて都築が入って来た。書類やノートを山ほど両手に抱え、耳と肩でスマホを挟み込んで誰かと話している。昨日と同じだ。自分が厚生労働省を離れられないため、研究所の部下から報告を受け、指示を出している。責務に向き合う姿勢は、頭の良し悪しとは違う、真摯（しんし）さを感じた。雑談している時の女性らしい穏やかさや茶目っ気と、仕事をしている時の鋭さや厳しさのコントラストが、降旗にはうらやましかった。

正真正銘の天才とは、彼女のことをいうのだろう。

降旗の尋常でない様子に都築が目を見開いた。

「大丈夫ですか」

「なにが」

すべてを見透かしているような都築の目が降旗を見つめる。

「……放っておいてください」

「新聞のこと聞きました」

「私はもう終わりです」

ちっぽけな自分への不甲斐なさが募り、降旗は都築を押しのけて廊下へ出ようとした。

「待ってください！」

都築が珍しく苛立った声で呼び止めた。

まだなにかあるのですか、と降旗はうんざりした顔を向ける。

「あなた、なにか勘違いしていませんか。個人的な感情と行政官としての責務を秤にかけてどうするつもりですか」

「そんなことしてませんよ」

口の端を歪めながら、降旗は小声で返す。語尾がしどろもどろになっていく。

「私には役人の約束事はわかりません。でもあなたは大事なことを一つ忘れている」

「なにをですか」

「人の命を預かる者が持つべき信念です。多くの人が亡くなった。これ以上犠牲者を出さないために、今、あなたは必要とされているんじゃないの。あなたは崖を目の前にして怖気づいているだけ。でも他に代わってくれる人なんかいないわ」

「あなたは、崖を飛び越えようとしたことあるんですか」

「あります」

「どこで」

「ギニア」

「所詮は腰かけの派遣じゃないですか」

「なんですって」

都築の顔色が変わった。

「あなたになにがわかるの。あなた、パンデミックの現場に居合わせたことあるの」

常に冷静な都築が、初めて見せる感情の発露に、降旗は言葉を失った。

「崖から落ちた者の気持ちも知らないくせに。あなたにこそ、なにがわかるっていうのよ！」

唇の端を噛んだ都築が、両の拳を握り締めた。

二人のあいだに越えられない隔たりができていた。

逃げるように、降旗は部屋を出た。

階段で屋上へ上がる。

外は、年明けの天候を予感させる猛吹雪だった。横殴りの風が降旗の体を突き飛ばし、雪が礫となって降旗の頬を張る。

後悔だけが頭の中で渦巻いている。己の浅慮、軽率、役人としての立ち回り方、将来。そして上司への信頼。

今の降旗は、くたびれた案山子(かかし)に人の皮をかぶせたようなものだ。課長への恐怖心と焦りから、なにをすべきかではなく、いかに課長の機嫌を損ねないかに気を取られた結果、今日まで積み上げてきた自身のキャリアが崩れ去ろうとしている。

役人独特の処世は苦手だから、そんなに高望みをしていたわけではない。ただ、入省してからの仕事に自負があるのも事実だ。それなりの役職に就きたいとも思っていた。だから、次は医政局配属を望んでいた。

正直、次は異動できると思っていた。

その矢先の大失態だ。

降旗は人生の節目を、難なく通りすぎたことなど一度もない。中学受験、高校受験、大学受験、すべて失敗してきた。

「ドジなくせに調子こきやがって」

同級生の一言に凹まされた。

それもこれも、持って生まれた運命だと受け入れてきた。いつかは終わると自分に言い聞かせてきた。ほとほと自分が嫌になって、頭から布団をかぶった夜も数知れない。

でも今回は、そんなものでは済まされない。

あまりに多くの組織と人々に迷惑をかけてしまった。省内でも降旗のことを知らない者はいないだろう。

両掌を見た。

震える指先の感覚がなかった。濡れた上着が体にまとわりつく。融けた雪が雫となって、顎から落ちる。

吹雪にさらされながら、両手を突き上げた降旗は吠えた。

同日　夜

東京都　港区　六本木六丁目　麻布警察署

世の中は明日で御用納めだ。

そんな師走、しかも午後九時を回った時間に、杉山は村上と降旗を麻布警察署に呼び出した。初対面になる降旗のことはよく知らない。ただ、一言伝えないと気持ちが収まらない理由があった。

名刺をさし出す降旗を、杉山は仏頂面で迎えた。

杉山は、椅子にふんぞり返った村上に一枚の写真を見せた。

「教授、これはなんだと思われますか」

激しく手ぶれした写真に、密集した黒い物体が写っていた。

「見事だ。素晴らしい。ついに種が芽吹いたのだ」

「被写体との距離が不明のため、その大きさを特定できませんが、やはりネズミですか」

「きちんと説明しろ、素人が。これをどこで手に入れた」

やけに不機嫌な村上が喉を鳴らす。研究室で話した時とは別人のように好戦的だった。

「東銀座駅近くの線路脇です」

「警察が撮影したのか」

「この男です」

杉山はもう一枚の写真を見せる。

降旗が写真から顔を背けた。

写っているのは無残な死体だ。全身の皮膚がなくなり、無数の咬み傷が肉の表面に残されている。肋骨の下からへそにいたる部分が左右に裂け、内臓が食い荒らされていた。

「汝自身を知れば、天より降れり定めに翻弄されることもなかったろうに」

一転、村上の目が腐った魚のそれに変わる。

「教授。この変死体は関東新聞の特派記者です。殺人犯のネタを探しているうち、メトロに無断で線路におりた。その結果がこれです。彼以外にも、構内で複数の死体が発見されたが、体のすべての部位が揃っていて、かつこれほどひどく食い散らかされたのは彼だけです」

「アフリカのサバンナに行けば、どこでも見られる」

「今回の事件で我々は死体現象、生活反応、死斑などから、被害者は何者かに殺害されたあとバラバラにされ、地下鉄構内に遺棄され、その死体をネズミが食べたと結論づけた。我々はその謎を追っていました。ところがこの記者は違う。初めて生体反応が出たのです」

ため息をつきながら、杉山はしかめ面を作る。

「遺体に残された歯形は、大槻氏の体表に残されたものの一つと同じだった。そして、近くに落ちていた糞は細長い形をしていた。あなたのアドバイスを参考に、我々は彼が、記録にない歯形をもつ変種のクマネズミに食い殺されたと判断しました」

驚愕の事実に降旗が目を丸くする横で、村上の口端が気味悪く緩んだ。

「何度も死体を食っているうちに、ついにネズミが直接、人を襲うようになったのですか」

「要するに、お手上げだから教えを乞うために私を呼んだのか」

「いい加減にしろ！」

堪らず切れた杉山は、村上を怒鳴りつけた。

「メトロは、構内でネズミが大量発生している事実を、以前から摑んでいた。そして、あなたはその原因や対策について、メトロから相談を受けていましたね」

　東京メトロに問い合わせたところ、二年前から保線の職員が手を咬まれるなど、ネズミに襲われる事件が発生していた。彼らへの村上の回答は、「都内のゴミ管理が進んだことでネズミの餌が減り、空腹と危機感のせいで興奮状態に陥って、人を襲うようになったのではないか」だったらしい。

ただ、この事実は公表されていない。理由は、利用者に不安を与えることや、動物保護団体、保健所から過剰な対策を求められることにあった。そこで、東京メトロは内密にネズミ駆除を進めている最中だった。

　杉山に向かって顎を突き出した村上が、前歯をむき出しにする。

「それがどうした。私はお前たちにすべてを話す気などさらさらない。ただ、忘れるな。げっ歯類に集団で襲われれば、人間など簡単に骨だけにされる」

「もう一度聞きます。地下鉄構内でネズミが突然、人を襲った理由は」

「これも進化だ」

　孤高の教授は、どこにも悪びれた様子がない。

「我々に無駄な時間と労力を使わせないでください。地下鉄構内のバラバラ殺人事件に関して、我々は捜査方針を大きく変更した。怨恨や窃盗などの単独犯ではなく、組織犯罪の疑いが大きくなってきたからです。ところが、今度の事件の犯人は人食いネズミだなんて」

「お前たち警察に、ネズミが人を襲うかどうかなど関係ないだろうが」

「そうはいかないのです」

「なぜ」

「特派記者が食い殺された現場に、事件の容疑者らしき人物がいたからです」

ご説明します、と杉山は、鞄の中からｉＰａｄを取り出した。

「こちらをご覧ください。これは東銀座駅に設置された防犯カメラの映像です」

スリープ機能が解除されると静止画像が浮かび上がる。

画像の端に一人の男が映っている。

「彼が関東新聞の特派記者、山田宏です」

杉山が画面にタッチすると、動画が再生される。

カメラを首から下げた山田が、島式ホームの築地方面側のベンチに腰かけている。どうやら、うたた寝しているようだ。周囲に人影がないことから、深夜の時間帯と思われた。ベンチからずり落ちそうになった山田が目を覚ます。ふと築地の方向に顔を向けた山田が、なにかに気づいた。

しばらくトンネルを凝視している。

突然、慌てた様子で辺りを窺う。他に乗客がいないか、もしくは職員を探しているようだ。

やがて山田が、ホームの端へ向かって駆け出した。

「ここです。ここを見てください」

杉山はディスプレイの左端を指さした。それはトンネルに入ってすぐの辺りだ。ホームに続くトンネルは箱型になっている。北千住方面の線路と中目黒方面の線路のあいだ、ちょうどトンネルの中央部分に当たる。

天井を支える中壁の陰でなにかが動いていた。

暗いトンネル内になにかがうごめく。

「これって、人ですか」

降旗が上ずった声を出す。

「ええ。私には女性に見えます」

カメラが捉えたのは女性、しかも毛皮のコートを着た女性だ。頭には白い帽子をかぶっている。

なにより、線路内に人が立ち入っている。

次の瞬間、女性の姿がふっとトンネルの奥へ消えた。

夢中でシャッターを押していた山田がホームからおりた。

線路を跨いで、中壁沿いにトンネルへ入って行く。

やがて山田の姿が防犯カメラの撮影範囲から消えた。

映像を止めた杉山は、降旗と村上を見る。

「山田氏は築地方面のトンネルにいた女性を追って行った」

「もし緊急なら職員を呼ぶんじゃないですか」

「おそらく彼は、毛皮の女性がバラバラ殺人事件の犯人、もしくはその関係者だと考えた。特ダネをものにするため、敢えて彼は一人で女性を追って行った。その結果が、先ほどの写真です」

「人食いネズミと殺人犯のあいだに関係があるとは思えませんが」

「降旗さん。あなたは地下鉄構内にネズミが潜んでいる可能性をマスコミに流した。得体の知れない生物が地下にいるとね。そんな状況で、もし世間やマスコミがこの事実を知れば、当然、答えを知りたがる。すると、なにが起こるか。いいですか、我々にだって本件に関する記者会見があるのです。その場で理由を問われて、わかりませんと答えた瞬間、両者の関係について厚労省や専門家の考えも確認していないのか、と責められる」

杉山は机の上に朝刊を放り投げた。

「これは、あなたが流した情報をもとに書かれた記事だ。正直、こんな内容を公表する理由がさっぱり理解できない。東京でなにが起こっているのか、かえって人々の疑問と不安が高まりました」

「申しわけありませんでした」

降旗の声は消え入りそうだった。

「すべてを開示することが正しくない時もある。人々はせっかちなもの。彼らが求めるのは謎の答えです。あなたの開示した情報には、なぜそうなったのか、という説明がなに一つ書かれていない。人々は勝手に原因を推定し、それらが噂となって独り歩きを始める。十人の推論が百の噂を作り出す。やがて、その噂は妄想となって拡大していく」

「それは私の本意ではありません。情報開示は、都民への義務だと考えたのです」

「百パーセント事実が明らかになっているならそれもいいでしょう。でもまだ不明な点があるのですよね。バラバラ殺人、疫病、人食いネズミ、それだけでも都民の不安を煽るのに、中途半端に事実を公表するのは危険です。我々警察が捜査中の情報開示に慎重なのは、隠蔽体質があるからではない。一度流れた情報は止められない以上、どこへどのように流れても問題がない範囲に止めるのが義務だからです。我々が、容疑者の段階で物事を断定しないこと、明らかに殺人事件と推定されても『疑い』としかリリースしないこと。それと同じです」

杉山は言葉を切った。

「なんの仁義も切らずに、メトロに関する情報を勝手に流した。あなたは小林聡子の家族にとっては白馬の騎士かもしれないが、我々とメトロにとってはマッチポンプでしかない」

「それは……」

降旗が口ごもる。その肩が小さく震えていた。

「様々な事態に対してあなたは、これこれこういう理由で安心です、と確信を持って言えますか。生真面目さは時として、不用意に人々の不安を煽ることになる」

気まずさと憤怒。最悪の沈黙が辺りに充満している。

「まあ、今さら言っても仕方ないですな。今日はこれでお引き取り願います」

杉山は仏頂面のまま、「もはや二人は用済みだ」と伝えた。

申しわけなさそうな降旗が村上をうながして席を立つ。

とんでもなく重い空気の中、目を合わせようとしない降旗が部屋を出て行った。

第三章　魔物

我々は、衛生的な社会の実現によって、感染症など、様々な病気の脅威を抑え込んだ。その結果、乳幼児の死亡率は下がり、人の寿命は延びた。反面、二十世紀以降に先進国のあいだで急速に作られた『超清潔社会』のせいで、アレルギー体質が増えたのも事実だ。

人類は、地球上に最も遅く出現した哺乳類だ。六百万年前に直立二足歩行を始めた人類の祖先は、生息環境の変化に合わせて体の仕組みを適応させてきたのに、この百年足らずのあいだに自らの生活環境を大きく変えすぎ、その結果、体の免疫システムがバランスを崩してしまったのである。

外形からはわからないが、それも一つの進化だ。

翌年　一月四日（金）
富士　樹海

最悪だった年が明けた。

上野でホームレスと暮らしていた武田は、富士の樹海にいた。

いきなり目の前に現れた村上に乞われて、六本木で田中幸子を襲ったヒルの生息地を特定するためにやって来た。

一度は武田を研究室から邪険に追い出した村上は、「お前にもう一度、チャンスをやる。私はとんでもない幸運を得た。再び夢を実現するために、お前の助けが必要だ。これに成功すれば、お前に教授の椅子を約束する」とささやいた。

武田は村上の性格を熟知している。だからこそ、村上の話を鵜呑みにするほどお人好しでもない。ではなぜここにいるかといえば、ホームレスの生活に辟易していたからだ。人々から忘れ去られた存在、明日への希望がない日々。村上との確執から逃れて駆け込んだつもりが、いつのまにか、どんな形でも構わないから復帰を渇望するようになっていた。

　この調査がその第一歩だ。

　空は晴れ渡り、五合目まで雪を頂いた富士の山頂付近では、強風のために雪煙が舞い上がっている。気温はマイナス五度。それでも、不忍池で段ボールにくるまって眠るよりはマシだ。

　富士山の麓、木々がすっかり葉を落とした青木ヶ原樹海は、まるで黄泉の国を思わせる。

　村上と武田は三年半前に西湖に近い『森の駅　風穴』近くで変死体が発見された事件の現場へやって来た。駐車場には、車も人影もない。生命の息吹が消える冬、この時期、こんな場所へやって来る者などいないようだ。

「教授。例の話は本当でしょうね」

　バックパックを背負いながら武田はちらりと村上を見た。

「私を信じることだ。お前にもう一度、檜舞台へ戻れるチャンスを用意してやる」

「チャンス？」

「そうだ。この調査の結果次第では、我々は選択と進化について、新たな一石を投じることができる」

「なぜ私に声をかけたのですか」

四年前、村上は武田を研究室から放逐した。実は、その半年前からある噂を聞いていた。出資を申し出たベンチャー企業から内地留学生を受け入れるため、村上が定員の数合わせに武田の首を切るつもりだと。やがて、武田が出入りの納入業者からマージンを貰っているとの噂が学内に流れた。倫理委員会の席で、この告発が村上からなされたことを聞いた武田は、村上に詰め寄った。

「それがどうした」と、小馬鹿にされて頭に血がのぼった武田は、村上の胸を突いた。その日のうちに、村上は警察に被害届を提出し、任意とはいえ武田は事情聴取を受けることになる。

胸椎捻挫の診断書を盾に、「懲戒解雇にはなりたくないだろう？　もし被害届を取り下げて欲しければ、自ら退職しろ」と脅す村上に嫌気がさした武田は、その日のうちに辞表を提出した。

その時は、こんなクズに二度と会うまいと決めていたのに。

そんな武田の思いを知ってか知らずか、村上がいつもの無表情に戻った。

「専門家の助けが必要だが、反面、私の動きを愚かな連中に悟られたくない。内輪で済ませたい」

いかにも好意的な語感。しかし、武田にはわかる。どう考えても胡散臭い。

「くだらない話はそれぐらいにして、行くぞ」

村上が森の奥を顎でさした。

二人は、立ち入り禁止の柵を越えて樹海に足を踏み入れた。

夏はトレッキングの人々で混み合う遊歩道に人影はない。苔に覆われた老木、見事な枝ぶりのカエデ、重なり合う倒木が、先週降った雪に埋もれている。

夏は妖精の国へわけ入るような森が、今は静寂の世界に姿を変えていた。


厚生労働省の役人から「ヒルはどこからやって来たのか」と聞かれた村上は、「動物個体のDNAや、川の水に含まれる環境DNA情報から、ヒルの生息地を調べる方法はあるが、今回は基礎データが収集されていないために特定できない」と答えたらしい。

そんな話は嘘だ。六本木のヒルがどこからやって来たのか、彼らの生息地を特定する方法はある。新たな学説の提唱に繋がるチャンスを誰にも渡したくなかったために、村上が知らないフリをしただけだ。

ヒルは動物の血液を摂取しなければ大きくなれず、卵を産むこともできずに死んでいく。つまり、ヒルが吸った血液のDNA鑑定結果を、各地のニホンジカ、サルやノウサギから採取した血液のそれと照合することで、彼らがどの場所の野生動物から血を吸ったかを突き止めることができる。

「ヤマビルは、ニホンジカの足に有穴腫瘤(ゆうけつしゅりゅう)といわれる穴を空けて入り込み、半寄生の状態で吸血します。この穴に入れれば、ヤマビルはたっぷり時間をかけて吸血できるからです。本来、ヤマビルは栄養と繁殖を主としてシカ類に依存しながら、山の奥深くでひっそり生きているのに、誰が彼らを都心に運んだのでしょうか」

「それをこれから調べる」

村上はさっさと森の奥へ進んで行く。

村上が隠したところで、すでに国立感染症研究所は、ヒルが富士の樹海からやって来たことを摑んだらしい。村上が焦っているのはそのせいに違いない。彼は研究所の人間がここへやって来る前に、なにかを確かめようとしている。

凍える風が森を吹き抜け、枝から雪が舞い落ちた。

頭上の枝間(しかん)からのぞく冬空に、寒々とした真昼の月が浮かんでいる。

「教授。一つ気になることがあります」

武田は村上の背中に声をかけた。

「なんだ」

早足で前を歩く村上は、振り返りもしない。武田の知る村上が背中から透けて見えた。

「ヒルは、蚊のように口器を直接、血管に挿入して吸血しないため、病原体を含んだ唾液を人体に入れることはできない。これまで、ヤマビルに吸血されて、ツツガムシ病、野兎病(やとびょう)、ライム病などの感染症にかかった事例はまったく報告されていません」

「なにを今さら」村上が地面に唾を吐く。

「蚊やマダニは独立した一対の唾液腺を持ち、その中で、病原体が感染型にまで発育し、さらに増殖する。しかし、そんな器官を持たないヤマビルが、感染症の媒介者になることはない」

「おっしゃるとおりです。ならば、六本木で病原体をばらまいたのは？」

「今の話は一般論だ。従来、馬鹿どもは、ヤマビルに吸血されても細菌に感染することはないと考えていた。しかし、今回のヤマビルの体表や腸内からは、様々な細菌が見つかり、吸血被害を受けた者が充分な免疫力を持っていなければ、なんらかの感染症を起こす。常識では量れない闇と災いをもたらすのはなんなのかを知るため、私たちはここにいる」

しばらく、白い息を吐きながら二人は無言で歩いた。

コンパスと地図を頼りに森の奥へ進む。

二人は、ある条件を満たす風穴を探していた。内部が大きく、かつ洞の中に清流が流れ込んでいる風穴で、場所は有名な富岳(ふがく)風穴の近くだ。

「ここだ」

樹海にあるすべての風穴を記録した地図を見ながら村上が立ち止まった。

見ると、苔むした大きな岩の下に、人がやっと通れるほどの穴が空いている。

こんなところが今回の騒動の発端なのか。そうだとしたら、なぜ村上はそのことを知っているのか。

富士の風穴は、富士山の噴火の際に溶岩が噴出した穴だ。のぞき込むと、奥は真っ暗だった。これは穴が深いからではなく、流れ込んだ溶岩が固まって形成された洞窟自体が黒いからだ。

「こんなところへ入るのですか」

武田は気が進まない。

そもそも、富士風穴の入洞には自治体の許可が必要なのに。

「ここまできて、なにをビビっている。お前を呼んだ理由の一つはこれだぞ。風穴に独りで入るのは危険すぎるんだ。行くぞ」

武田の怖気など無視した村上が持参したヘルメットをかぶり、ヘッドライトをつける。垂らしたロープを頼りに穴へ潜り込むと、傾斜のある滑りやすい岩肌が続く。

洞内の気温は十五度前後だろう。

「思ったより暖かいですね」

「そうだ。樹海の風穴は内部の温度が零度前後に保たれ、氷柱や氷筍ができている場所が大半だが、ここは例外だ。奴が言ったとおりだ。間違いない。ここだ」

村上が意味不明の言葉を口にする。

入り口から二十メートルはおりただろうか、突然、辺りが広くなった。ヘッドライトで周囲を確認すると、武田たちが立つ場所から洞窟が水平に延び、奥へ行くにつれて傾斜がついている。

二人は足下に気をつけながら坂をくだる。

斜面の先は、さらに広い洞窟になっている。地面は岩ではなく、土で覆われていた。

「武田。少し休むぞ」

なにをするにしても、決めるのは村上らしい。

溶岩に腰をおろして、二人は休憩を取ることにした。

漆黒の洞窟が二人を包む。

村上がバックパックを地面におろす。武田のライトに照らされ、その口から何かがのぞいた。

ナイフの柄。

武田は素知らぬ顔で、見て見ぬフリをした。

「教授。なぜ、ヒルは都心へ移動したのですか」

「タンポポの種と同じだ」

「ということは、種を分散させるためですね」

「そのとおり。タンポポは、風によってはるか遠くまで運ばれる綿毛つきの種子を作る。つまり、種を分散させるための適応だ。ではなぜ、タンポポは子孫を分散させると思う」

「生存空間をめぐる競合の結果です。もし、母植物の周りの空間が完全に塞がっているなら、もしくは、塞がっていなくても種を繁栄させるために充分な空間がないなら、種子の運命を風にゆだねることは、種子が発芽し、生長できる場所を見つけるための、一つの手段になります」

「母植物から風に漂って離れていく種子は、宝くじと同じだ。なぜなら、彼らの運命は、運良く繁殖できる裸地の上に落ちるかどうかによって決まるからだ」

「大半の植物は、発芽直後の生長を助ける栄養豊かな大型の種子を作るという戦略を進化させてきたのに、タンポポのような種は例外です」

「そのタンポポと同じように、ここのヒルは賭けに出た」

「そして、運良く新天地を見つけた」

「しかも繁栄できる新天地だ。お前が気づいているかどうか知らんが、今回のヒルの分散パターンには前例がある」

「もしかして、ロンドンの地下鉄で繁殖した蚊のことですか」

「繁殖だけではない。彼らはそこで短期間に進化した」

やはり村上は、進化に関する新説のヒントを摑んだに違いない。

ふと見ると、村上がしきりと辺りの匂いを嗅いでいた。

「ロンドン地下鉄の公共利用は一八六三年一月十日に始まった。その日が、蚊の新種形成への出発点だ。新種が形成されるのにどれくらいの時間がかかるのか、それは誰しも抱く疑問だ。ダーウィンは一万から十万世代が必要だと言った。ところが、ロンドン地下鉄の蚊は、条件さえ良ければ、この過程がもっと短くなることを示した」

「進化したのは、アカイエ蚊ですよね」

「彼らは世界で最も広く分布する蚊で、南極を除くすべての大陸で見られ、西ナイル熱やセントルイス脳炎を含むいくつかの病気を媒介する。この蚊は、裏庭のバケツ、詰まった雨樋、悪臭を放つ水たまり、どこでも繁殖する。汚染された都会の環境に苦もなく順応できる能力を持っている。水に浮かぶ卵塊を産み落とし、それが孵化するとボウフラになって微生物を食べて成長し、オニボウフラを経て、およそ十日後に成虫として羽化する」

雌は獲物を見つけて血を吸い、その栄養を使って新しい卵を産む。澱んだ水と血を提供してくれる宿主が手に入るところであればどこでも、数匹のアカイエ蚊がたちまちのうちに増殖して大群になる。

「四季の変化がある環境に生息する蚊は、休眠期すなわち冬季に繁殖を止め、脂肪を蓄え、体が凍るのを防げる暖かい隠れ場に身を潜める」

「それが地下というわけですか」

頭上を見上げた村上のライトが洞窟の壁を照らした。

思わず、武田は悲鳴を上げた。

壁を無数のヤスデやアシダカグモが這っている。

そこを見てみろ、という村上の指さす先に視線を移した武田は飛び上がった。

体長が二メートルを超えるアオダイショウが地面を這っていた。

「まさか、樹海中の生き物が越冬のために集まっているんじゃないでしょうね」

「別の理由があるのさ」

「別の理由？」

「自分で探すんだな」

村上の身勝手さや横柄さは、なにも変わっていない。

「ロンドン地下鉄に入り込んだ蚊は、周りに競合種が存在せず、産卵に適した澱んだ水たまりを見つけたが、成虫はそれまでと異なった生息環境に出会うことになった。周りに多様な動物がいないという環境だ。だから彼らは、主としてドブネズミとヒトから血を吸い始めた。やがて、過酷な地下環境に適応した『ロンドン地下鉄蚊』という固有種が生まれる。驚くべき短期間で、彼らは遺伝的に、元のアカイエ蚊とのあいだに子孫を作れないほどの新種に進化し、爆発的に繁殖した」

「六本木のヒルも同じですね。彼らの繁殖は閉じた空間内で行われた」

「周囲の環境には四季の変化がなく、つねに暖かいので休眠期を失い、一年中活動し続けるようになった。本来地下型のヒルが、都市の暖かさをうまく利用しながら、冬でも地上で活動する種に進化しようとしている」

「都市型のヒルの誕生ですね」

「ヒルにとって、この場所以外への入植に成功したのは、六本木の一回だけだ。しかし、トンネルが提供する新しい環境に入り込み、広大な地下鉄全体に生息域を広げ始めた」

「新たな分散ですね」

ヒルの活動期は、主に四月から十一月で乾燥には弱い。しかし冬眠するわけではなく、気温十度、湿度が六十パーセントあれば冬でも吸血活動する。

村上が足下のヒルをつまんだ。

「見てみろ。ここのヒルは休眠していない。もし、ここを出て地上に生息域を広げても、他に休眠できる場所がなければ、冬が来るたびに一掃されてしまう」

「ここよりもっと暖かい都心へ侵出したこいつらは劇的に繁殖すると？」

「そうだ。品川でそれが起こりかけた」

「都会がヒルで埋め尽くされるという、マスコミの煽りもあながち嘘ではないということですか」

「今回、都心に新たな種が持ち込まれ、彼らは分散と進化を開始した。我々は新たな進化論の実験場を得たぞ」

「繁栄か絶滅ですか」

「絶滅するのがヒルとは限らない」

「と、申しますと」

「それを今から確かめるんだ」と言い残して村上が洞窟の奥へ独りで進んで行く。

ヘッドライトの明かりが壁や天井をうごめく。

あまりの気味悪さに武田は全身を強ばらせていた。

やがて、村上が戻って来た。

これから遠足へ出かける小学生のように笑っている。

「奴は成し遂げていた。種は都心に届いたんだ。これから私の理論が証明される。膨大な血と人々の悲鳴が証明してくれるだろう」

「教授のおっしゃる種が都心に届いたなら、次になにが起こるのですか」

「絶滅だ。絶滅だよ、武田。我々は人類史上初めて、一つの種が絶滅する瞬間を目撃できるかもしれない」

村上の笑い声が洞窟に響いた。

一月七日（月）
東京都　千代田区　霞が関一丁目　厚生労働省　七階

年が改まってから、東京は低温注意報が出され、連日、大粒の雪が降り続いている。

東京都は第一段階の雪害対策を発動した。緊急確保路線を中心に道路パトロールの強化、除雪機械およびオペレーターの待機、鉄道会社へは積雪時でも定時のダイヤ運行を確保できる除雪態勢の整備、東電には送電線の断線を未然に防止するパトロールと対策の実施などだ。

もはやどこか最北の街を思わせる。年末からの雪で八王子、町田、青梅など、郊外の街が雪で孤立していた。都心がじりじりと雪に包囲され始めている。インフラだけでなく、都心の機能がすべて停止する事態が現実味を帯びてきた。

吹雪に霞むネオン、道端で凍死したホームレスを収容する救急車。午後四時を回ると街が不気味な闇に覆われる。

道路が凍結し、いたるところで交通事故が発生する。

墓石のように立ち並ぶ高層ビル。暗く、陰鬱な光景が地平線まで続いていた。

郊外の八王子辺りは、積雪が五十センチを超え、都心の住宅地でも除雪された雪が道路脇に積み上がっている。ビルの谷間を舞う雪、凍える北風に人々は襟を立てて、足早に歩く。頭上を灰色の雪雲に覆われ、日光は地表に届かない。

これだけ暗くて寒い冬は記憶にない。

それでも地下は別世界だ。わざわざ土を掘り、構造物を作り、資源を浪費しながら暖める。人間の欲望の象徴だ。

会議室のパイプ椅子に腰かけた降旗の全身から、どっと疲れが吹き出した。

省のトップは、安堵に胸を撫でおろしている。二度目の徹底した薬剤散布で、ヒルがほぼ駆除できたと予想されるため、感染症が再発する危険も去った。

ネットでは、連日、バラバラ殺人事件に関するニュースが流れている。降旗は記事をクリックした。捜査本部は、事件に関してなんらかの事情を知っているとして、某製薬会社の部長他数人を事情聴取したとのことだ。さらに、雨水の貯留池でヒルの群れに飲み込まれた前田なる男が借りていた倉庫で、人体を切断したと思われる器具が押収され、その場から大量の血液反応が確認されたらしい。

地下鉄構内で起こったおぞましい事件は、企業ぐるみの犯罪だったということか。

特派記者の事件は別にして、警察の判断は、何者かに殺されたあと地下鉄構内に放置された死体が、ネズミに食い荒らされ、一部が下水に流れ込んで水再生センターにまで行き着いた、この点は変わっていない。

プロの判断だから、正しいのだろう。

立て続けに起こる奇妙な事件。ヒルが持ち込んだ感染症、水再生センターと地下鉄構内の切断死体、人食いネズミ、そして毛皮の女性。

バラバラ殺人事件や毛皮の女性に興味はあるものの、それらは降旗が追うべき問題ではない。自身にとって危急の課題は、なぜネズミがついに人を襲うほど肉食に変化したのかだった。都民の健康と安全にかかわる問題になりかねないため、その謎を解くのは厚生労働省の仕事だ。

もう一度、最初からだ。

降旗は杉山と東京メトロから譲り受けた、切断死体やネズミの死骸発見場所に関する捜査情報を、パソコン上に呼び出した。そこに、二度目の大規模駆除時にヒルが発見された場所を重ねると、死体発見現場と見事に一致している。

時系列でプロット図を追っていく。すると不思議なことに気づいた。

当初、切断死体の発見現場は点状に分布していた。それに、ネズミの死骸が大量に発見された場所を加えると、すべての点が網の目状に繋がりながら拡大していく。

これはなにを意味するのか。

餌に窮したネズミが死体を食い始めたあと、彼らは別の場所で激しい共食いを始めたのか。

その答えを村上は……。

大きな音とともに、会議室の扉が乱暴に開いた。

姿を消していた村上が部屋に戻って来た。降旗は慌ててパソコンを閉じる。

降旗の前を素通りした村上が、都築の前に歩み出る。「お土産だ」と村上が茶色の麻袋を都築にさし出す。

なにかしら、と怪訝な様子で袋を開けた都築が、きゃっ、と悲鳴を上げて袋を床に落とした。

中からなにかが転がり出た。

ネズミの死骸。

「おやおや。感染症の大家とはいえ、所詮は女か」

薄気味悪い村上の笑い声が室内にこもる。川上と訪れた研究室での二面性、麻布警察署での不機嫌、そして再びの躁状態。いったい、この男の精神構造はどうなっているのか。

「教授。失礼じゃないですか」

降旗はたまらず声を上げた。

椅子に腰かけたままの都築は、両手で顔を覆って、背中を丸めていた。

「事実は人を賢明にし、恐れは人を試し、疑問は議論を秀でさせる。我々は事件の真相を知らねばならない」

「そんなことはわかっています」

「いやいやいや。お前はわかってないよ」

村上が小馬鹿にしたように微笑む。

「なんですって」

「関東新聞の記者はネズミに襲われた、地下に人食いネズミがいる、とマスコミが煽ったらどうする。その前に彼らのコロニーを探し出す必要がある。でないと東京メトロはゴシップ屋の餌食となり、フェイクニュースが飛ぶように売れる。東京は狂った連中のパラダイスだ。それに厚労省としては、なぜネズミが死体を食う場所にヒルもいたのか、その答えを見つけねばならないはずだ」

「驚きました、教授。まさか、あなたがこの問題に積極的に取り組むなんて」

降旗は皮肉を込めて答えた。

「私には私なりの理由がある」

「理由？」

「学説、名誉、そして血の臭い」

「あなた、なに言ってるんですか」

「それこそが今回の原因究明のポイントだ」

「あなたの事情など私には……」

ちっちっちっ、と舌打ちしながら、村上が唇に人さし指を当ててみせる。

「あらゆる生物は、いくつもの中間段階の形質を経て現在の姿になった。重要なことは、最初から神は完成形を決めているわけではないということだ。その時々の環境の変化に適応して進化した結果、現在の複雑な体の構造が出来上がった。では、なぜネズミはハゲタカのごとき肉食に進化したのか。彼らを変化させた環境はなんなのか。お前も知りたいはずだ」

「突然変異なのですか」

「かもしれない。化石記録からは、新たな生物が現れるとある程度の期間、同じ形を保ち、そのあと突然、別の形の生物に置き換わってしまうパターンがある。このパターンに対する解釈は二つだ。一つは、生物の進化が起こる時には急速に起こり、ゆっくり連続的に起こるのではないというもの。もう一つは、生きている生物のうちで化石になるものはごく少数だから、たまたま残っていないという説。今回は前者だ」

「つまり、突然、新たな種が現れたということですか」

「外観は同じでも、食性がまったく異なる種の出現だ。連中の巣を発見して根絶やしにしないと大変なことになる」

「東京の地下で次々と人が襲われると？」

「違う。東京中、やがて日本中でだ」

村上の言葉が真実なら、東京メトロの路線で、とんでもない事態が起きている。

同日　夜

都心を走る救急車

けたたましいサイレンの音が、立て続けに京成上野駅前を通りすぎ、ＪＲ山手線の西側に並行して延びる中央通りを走る。上野恩賜公園がある上野山の南に広がる下町エリアは、庶民的な飲食店や物販店が集中する地域だ。

一台、また一台。救急車が立て続けに、各種商業施設やオフィスビルが立ち並ぶ中央通りを南へ走り、松坂屋上野店が建つ春日通りとの交差点を突っ切る。

何事かと歩行者が振り返る。

上野公園周辺で全身痙攣、呼吸困難に陥る急患が発生していた。

しかも、三十分のあいだに五回の出動要請がきた。

救急車の中は混乱の極みだった。

「おい、手伝ってくれ。俺一人じゃどうしようもない」

救急隊員の川口が、コックピットの樋口を呼んだ。無線で収容先の病院を探していた樋口は、急いで後部キャビンに移る。

患者は、ストレッチャーの上でのけ反り、口から泡を吹いていた。患者監視装置でバイタルサインを測定するどころではない。体を押さえつけるだけで精一杯だった。

「ジアゼパムを静脈内注射しないと収まらんぞ」

川口が額の汗を拭う。

樋口は眉間にしわを寄せた。

「馬鹿言うな。俺たちには認められていない」

「医師の指示は出ないのか」

「まだ収容先も決まっていない」

「それじゃ、このままどこかの病院に着くまで、なんとか持たせるしかないということだな」

川口が暴れる患者の胸を押さえつける。

患者は高熱、錯乱、呼吸麻痺、昏睡の症状を併発し、瀕死の状態だった。川口たちが駆けつけた時は、すでに全身を強直させ、バタバタと手足の屈伸を繰り返す痙攣で手がつけられない状態だったため、体をベルトで拘束した。

手首のベルトを締め直すために顔を近づけた川口の頬を、患者が引っ掻いた。みるみるシーツが川口の血で染まる。

「この野郎！」と悪態をつきながら川口が傷口を押さえる。

「落ち着け」

救急箱から取り出した消毒液で、樋口は川口の傷口を拭いてやる。

車を揺らすほど、患者がストレッチャーの上で暴れる。

「この症状は、いったいなんなんだ」

川口の言葉に樋口は首を振る。

「今まで見たこともない。初めてだ」

「おいおい、やばいぞ」

川口が患者の下半身に目をやる。

いつのまにか、患者の股間が濡れている。尿失禁だ。

患者が白目をむく。

口から泡を吹き出したと思ったら、いきなり嘔吐した。

顔が汚物にまみれる。

「吐瀉物が喉に詰まるぞ」

慌てた川口が患者の頭と顎を持って、気道確保を試みる。

任せろ、と樋口は特定行為セットから気管チューブを取り出した。

「喉に経口気管内チューブを挿入して気道確保をはかるぞ」

患者が重篤な状態であることは明らかだ。しかし、適切な処置ができているのかどうかもわからなかった。

一月八日（火）
東京都　千代田区　霞が関一丁目　厚生労働省　七階　第十一専用会議室

いつもの会議室に、大臣官房から岩渕審議官、竹内健康局長、陣内結核感染症課長を筆頭に、感染症情報管理室長とみなと保健所長を加え、関係課の担当者が長机を挟んで座っていた。

職員が用意したパソコンで、病院に担ぎ込まれた患者の様子が再生される。電気拷問を受けているかのごとく、全身を激しく上下させ、手足をばたつかせる。首を左右に振り、歯をむき出して悲鳴を上げる。激しい症状が数分続いたあと、口から泡を吹きながらエビのようにのけ反った患者が、断末魔の叫びを残してベッドに崩れ落ちた。

出席者の表情から、いかに深刻な事態が発生しているかは一目瞭然だった。咳払いさえ許されないほど、室内の空気が張り詰めていた。

再びの緊急事態だ。

官房長官の記者会見で、記者たちの質問は繰り返し発生する感染症に集中していた。そんな中、今度は上野駅周辺をねぐらにしていたホームレス数人が、狂犬病を発症した。

二〇〇六年（平成十八年）にフィリピンで犬に咬まれ、帰国後、狂犬病を発症して亡くなった国内発症事例以降で初めてだ。しかもホームレスに渡航歴はない。

ということは、国内の病原体が原因ということになる。

政府と厚生労働省に衝撃が走る。政府が実施する感染拡大防止の処置について、ＷＨＯも事態を注視していた。

今回も、政府関係者の誰もが答えを持っていない。

竹内健康局長が口を開く。

「日本で狂犬病が発生した。しかも野犬の少ない都心で。なぜだ」

狂犬病は、ラブドウイルス科リッサウイルス属の狂犬病ウイルスを病原体とするウイルス性の人獣共通感染症だ。水を恐れる特徴的な症状があるため、恐水病または恐水症と呼ばれることもある。

「現在、保健所で調査中です」

陣内が答える。

「そもそも狂犬病について教えてくれ」

　では私から、と感染症情報管理室長の山下が右手を挙げる。

「狂犬病は年間五万人以上が死亡する人獣共通感染症です。発症するとほぼ百パーセント死亡します。日本では、感染症法に基づく四類感染症に指定されており、犬などの狂犬病については狂犬病予防法の適用を受け、また、ウシやウマなどの狂犬病については家畜伝染病として家畜伝染病予防法の適用を受けます」

「潜伏期間は」

「潜伏期間は咬まれた場所によって大きく異なります。傷口から侵入した狂犬病ウイルスは神経系を介して脳神経組織に到達して発病しますが、その感染の速さは日に数ミリから数十ミリです。したがって、顔を咬まれるよりも足先を咬まれる方が、脳神経への到達が遅れるため、咬まれたあとの処置日数を稼げます。この理由から脳組織に近い傷ほど潜伏期間は短く、二週間程度です。遠い部分なら数箇月以上で、最長二年という記録もあります」

「今回の患者がいつどこで、なにに咬まれたかも今は不明というわけか」

「おっしゃるとおりです」

　竹内健康局長と山下室長のやりとりが続く。

「先ほどのビデオのように激しい症状なのか」

「初期には風邪に似た症状のほか、咬まれた傷は治癒しているのに、痒みなどの違和感と熱感などが見られます。急性期には恐水症状や恐風症……」

「恐水症状？　恐風症？」

竹内が山下室長の説明を遮る。

「失礼しました。恐水症状とは、水などを飲み下した時、唇、舌、喉などの筋肉が痙攣し、強い痛みを感じるため、水を極端に恐れる症状です。また恐風症は、風の動きに過敏に反応し、避ける仕草を示す症状のことをいいます」

ある者は難しそうな顔を作り、ある者はうつむく。誰もが状況を把握できていない。

「降旗。都築博士は」

陣内が降旗の方を向く。

降旗と村上のあいだに、ポツンと都築の席が空いている。

「まだ到着されていません」

緊急事態に降旗は都築を迎えに行ったが、研究所にも自宅にもいなかった。やがて、都内の病院に出かけていることが明らかになり、迎えを送ったばかりだ。

「なにやってんだよ！」陣内の怒りが炸裂する。「だから、お前は……」

「都築博士が到着されました」と職員が扉を開けると、「遅れて申しわけございません」と都築が会議室に入って来た。なぜか髪が乱れ、ずいぶん疲れた表情をしている。

　都築が降旗と村上のあいだに腰かける。

「博士、どちらへ」

　陣内が嚙みつく。

「すみません。ちょっと」

「今の状況を理解されていますか」

「はい。申しわけありません」

　降旗は都築の元気のなさが気になった。

　出席者が揃ったところで、会議が再開される。

　説明を続けてもよろしいですか、と山下室長が小さく咳払いを入れる。

「急性期には恐水症状や恐風症などが出て、興奮、麻痺、精神錯乱などの神経症状が現れますが、脳細胞は破壊されていないので意識は明瞭です。今回の搬送が困難を極めたのはそのためです」

「事前に感染者を把握する方法は」

　バッグから書類を取り出しながら、都築が発言を求める。

「首のうしろなどから皮膚組織を採取して、顕微鏡を使って観察するとともに、唾液や尿も採取してウイルスが潜んでいるかどうかを確かめます。他には腱反射、つまりハンマーで伸ばした筋を叩くと、一瞬遅れて筋が不随意に収縮する反射や、光を当てた時の瞳孔反射が過敏になるという医学的特徴が現れます。ただ、それだけで狂犬病に感染しているかどうかを判定するのは困難です」

「博士。重篤な症状から死までの時間は」

「二日から七日です。脳神経や全身の筋肉が麻痺を起こし、昏睡期にいたり、呼吸障害によって死亡します」

「今回の患者は、すでに末期だったというわけか」

「はい」

「もっと早い段階で、感染者を発見することはできなかったのか」

ご説明します、と山下が手を挙げる。

「そもそも国内で狂犬病が発生する事態など予想しておりませんでした。定期検査を行おうにも、なにせ相手がホームレスですから。ようやく今になって、発症者の仲間に健康診断とヒアリングを行っています」

「それより、対策の議論だ」

岩渕が咳払いで会議を仕切る。

四類感染症の発生に、緊急時対応として初期対応方針を決定せねばならない。まず、竹内健康局長の判断で、対策の実施に当たって他局との調整を行うために、厚生労働省健康危機管理調整会議と厚生科学審議会感染症対策部会の開催が決定された。

都心が原因不明の脅威にさらされている不安をマスコミが派手に報道すれば、都民に動揺が広がる。政府と都から「早急に原因を特定して対策を取れ」との圧力に、厚生労働省と保健所の対応が後手に回れば大混乱に陥るだろう。

非常事態が発生したのだ。

「状況を把握できない官邸が焦っている。君の課で遅滞なく調整してくれ」

竹内の指示に陣内がうなずく。

竹内健康局長は医政局でのキャリアが長く、かつ事務方のため、感染症対策の実務に関しては素人だ。重要事項の決裁を仰いでも的確で迅速な指示は出せない。大局的な観点から、官邸や事務次官とのパイプ役を期待するしかない。あとは、結核感染症課の仕事だ。

「局長。突然の狂犬病の発生は、ここのところ都心で起きている不可解な事件と関係があるのではないかね」

岩渕審議官が口を開いた。この部屋で落ち着いているのは彼だけかもしれない。

「多数の行方不明者、切断死体、病原体を媒介するヒル、そして人食いネズミ。おかしなことばかりです」

「都築博士。狂犬病の発生もヒルが原因ではないのですか」

陣内が問う。

「ヒルは狂犬病の媒介者にはなり得ません。問題のヒルを徹底的に調べましたが、破傷風菌と新種の赤痢菌以外の病原体は検出されていません」

「それだけ自信があるならさっさと結論を出して、この会議を終わらせろ」

白く、感情の失せた村上の顔。まるで別人が座っている。

「私は狂犬病ウイルスを媒介したのはヒルではないとお伝えしただけです。他にも謎は多いのに、あなたこそもう少し真摯に向き合われたらどうですか」

「おっと。東大卒の才媛は気も強いな」

「いい加減にしたまえ」

会議室に岩渕審議官の声が響いた。

「君たちはここへなんのために集まっている。村上教授、もし政府に協力するつもりがないなら、今すぐ帰って頂いて結構です」

そんな岩渕を、笑いを噛み殺した村上が、いつか見せたブラックホールを思わせる暗黒の目で見返す。

「都内の野犬の現状は把握しているのかね」

会議を仕切り直した岩渕が、保健所長に確かめる。

「我が国は犬への狂犬病対策はほぼ万全です。野犬といってもそれは飼い主に捨てられた犬たちのことで、大半は狂犬病予防注射を受けています。諸外国のように、なんの処置も受けていない野犬が街中をうろついているなど考えられません」

「狂犬病を媒介するのは犬だけじゃない。まだわからんのか。ネズミによって媒介されている。この数十年間、都心の地下に棲むネズミの体内で、狂犬病の病原体は生き長らえてきた」

村上の意見に、皆の顔が青ざめる。

「博士のご意見は」

陣内の問いに都築がしばらく考え込んだ。

「否定はできません」

議論は、ネズミの大々的な駆除計画に進んだ。

「ネズミだけに限定してしまうのは早計です」と諭す都築に、村上が抑揚のない声で応える。

「博士。ネズミが媒介するペストのゾクゾクする終末感を味わったことはあるか」

「それがなにか」

「お前は、へ理屈ばかりの頭でっかちだ。伝染病蔓延地区の地獄絵図を知らない」

「村上教授。都築博士は、かつてＷＨＯの依頼で、西アフリカにあるギニアの治療センターへ派遣されています」

たまらず降旗が助け舟を出す。

「修羅場を遠巻きに、物見遊山で眺めていた視察団か」

教授いくらなんでも、と気色ばむ降旗を都築が目線でなだめる。

降旗はしぶしぶ口を閉じた。

「都築博士。ネズミの駆除に反対する理由は」

岩渕が議論を先に進める。

「反対はしていません。しかし、ネズミの駆除だけで、狂犬病の発生が終息すると考えるのは安易です」

「理由は」

「上野で発生したことです。上野の街で感染者が地下鉄のネズミに咬まれたとは考えにくいと思いますが、いかがでしょうか」

「いいだろう」と岩渕審議官が机を軽く叩いた。「最終の判断を下すのは、再度状況を整理してからにしよう。川上課長補佐、君に頼む。猶予は八時間だ。ただし、陣内課長は、念のために駆除計画の策定を済ませておいてくれ」

いいかな、と岩渕が室内を見回す。

誰にも異論はなかった。

「では、一旦解散する」

出席者が足早に会議室を出て行く。降旗と都築も立ち上がろうとした。

「降旗課長補佐と都築博士、そのまま残ってくれ」

岩渕が声をかけた。

椅子の列が乱れ、走り書きが残されたホワイトボード。人が去り、がらんとした広い会議室に三人だけが残る。

二人が席に座り直すのを待って、岩渕が口を開いた。

「降旗課長補佐、君に頼みたいことがある。あまりに辻褄(つじつま)が合わないことが多すぎる。これだけ短期間に連続して発生する感染症に、なんの関連もないはずがない。そして狂犬病の発生。厚労省として、なにか重大なことを見落としている気がする。国民の生命を守るためになにをすべきか、その先、その陰になにがあるのか。突き止めてこい」

「審議官。申しわけありませんが、私には荷が重すぎます」

「君にとって荷が重いかどうかは、私が判断することだ。いいか、降旗課長補佐。危機対応には、なにより情報が重要だ。そして、情報が生きるも死ぬも、送り手、受け手両方の機転と覚悟次第だ。先日の失態は君だけのせいではない。局と課の問題だよ」

岩渕が降旗の顔をのぞき込む。

「どうやら、マスコミ報道の件で君は今、自分はつくづくついていないと腐っているな」

いけませんか、と降旗は顔を背けてすねてみせた。

「人の道を見誤るな。運がないという奴に限って、まるで運を宝くじかなにかのように考える。運はふわふわと宙を漂っているわけじゃない。人が持ってくるんだ。日々の君の行いを見ていた誰かが、『彼に任せてみたい』『彼で試してみたい』と思う。それが運なんだよ。もう一つ。運に出会うことと、運を摑むことは違う」

「出会うことと、摑むこと？」

「努力の価値を知らない者は、運に出会っても摑むことはできない」

「最善を尽くしたつもりでした。……でも、我が省に迷惑をかけてしまいました」

「組織である以上、連帯責任だ。危機になれば、その性根が問われる」

そう思いませんか、と岩渕が都築へ視線を向ける。

真顔の都築が小さくうなずき返す。

岩渕が窓に視線を向ける。

「人の器を量るのは難しいな。成果が出た時は、いかに自分が有能かを滔々と語る。ところが失敗した時は、いかに仲間が無能かという理由を探す」

おや、余計なことを言ったな、と笑いながら岩渕が席を立った。

やがて岩渕が部屋を出て行く。扉の閉まる音が室内に響く。

机の上に両手を置いた降旗は、じっと前を見つめていた。

岩渕の激励に男気を感じて奮い立つほど、降旗の人生は単純ではなかった。ひねくれた性分が体の芯にこびりついている。

都築が心配そうにこちらを見ている。

「私の人生はクソみたいだ」降旗は口端に自嘲の笑みを浮かべた。「ずっと日陰の人生だった」

なぜか、そこから独白が止まらなくなった。

「この世には努力だけではどうしようもない運命があるのです。学生の頃は小さな町ゆえ、ドジを踏み続けているうちに、自分ではどうしようもないイメージが染み込んでいく。やがて、廊下ですれ違ったあと、背中から女子のクスクス笑いが聞こえるようになる」

降旗は大きく息を吸い込んだ。

修学旅行でも遠足でも、バスの隣の席はいつも空いていた。体育祭で同じチームになると露骨に嫌な顔をされる。気になる女子の名前をクラスメートに知られるだけで、偽のフブレターを出され、下校時に彼女が前を歩いていると、囃（はや）し立てられながら背中を押された。

「ヘマをすれば、背伸びするからだと笑われる。しくじれば、やっぱりと言われる。やがて皆が私を避け始める」

「先生やご両親には打ち明けなかったんですか」

「なんの意味もない。頑張っても頑張っても、越えられない壁が私の前にそびえ始めた。何度も登ろうとしては滑り落ちる。すると、壁はもっと高くなる。やがて壁の手前に座り込んで、現実を知るのです。私はそんな世界から逃げ出したかった。世界を変えるしかない。だから必死に勉強して東京の大学を卒業し、厚労省へ入ったのに、出来損ないは出来損ないだった」

会話がしばらく途切れた。

「ごめんなさい。くだらないことを聞いて」

都築が小声でささやいた。

「博士が謝らないでください。聞いてもらってほっとしました。今まで誰にも話したことがなかった」

「なぜ私に」

「わかりません。ただ聞いて欲しかっただけです」

都築が黙って微笑みを返してくれた。


再び、課に缶詰になるだろうからと、都築とコンビニへ買い出しに出かけようとした降旗は、一階のセキュリティゲートのところで警備員に呼び止められた。

「降旗課長補佐。面会の方がお待ちです」

「私に？」

「はい。課長補佐は会議中で、何時に終わるかわかりません、とお伝えしました。しかし、一目お会いしたいので待ちますと……」

あの方です、と警備員が指さす先、ロビーの隅に高齢の婦人が立っていた。

年齢は六十歳ほどだろうか。淡いピンクのセレモニースーツを着て、首にイミテーションパールのネックレスをしている。よく見ると、スーツは形が崩れ、袖口の縫い目がほころびていた。手に持ったハンドバッグも有名ブランドの模造品だ。

婦人が、降旗に深々と頭を下げた。

どこか思いつめた表情に、覚悟が感じられる。

「降旗様ですか」

「そうですが、あなた様は」

「小林聡子の母でございます」

再び、女性が深々と頭を下げる。

降旗と都築は顔を見合わせた。

小林聡子。六本木の感染症で死亡したＯＬ。

「立ち話もなんですから、こちらへどうぞ」と優しくその背中に手を添えた都築は、娘を感染症で亡くした母親を柱の陰のソファへ導いた。

ソファに腰かけた彼女は、揃えた膝の上で両手を組み、肩をすぼめている。

誰かが近くを通るたびに、緊張のせいか、小さく体を震わせた。

「突然でご迷惑かと思いますが、あなた様に一言お礼を申したく、参上しました」

「私に」

母親が、バッグの中から折りたたんだ新聞を取り出した。

「この記事でございます」

「これは……」

降旗を嘲笑した新聞。降旗の失態を、面白おかしくあげつらった夕刊紙だった。

「本当にありがとうございました。聡子が逝きましたあと、新聞記者の方々が家に来られて、色々聞かれました。世間をお騒がせしたことは申しわけない、謝罪しなければならないのは当然と考えておりました、でも、本当は……、本当はそっとしておいて欲しかった」

母親がハンカチで涙を拭う。

「娘さんは被害者です。赤痢の大規模な感染が起きたとはいえ、娘さんを責めるのは筋違いです」と、都築が彼女の肩にそっと手を置いた。母親が力なく微笑み返す。

「聡子は優しい子でした。人様に迷惑をかけるような娘ではありません。そのことだけは世間様に知って頂きたかった。そんな時、あなた様が娘に配慮してくださった。本当にうれしゅうございました。でも、せっかく娘に罪がないことを伝えてくださったのに、今度はあなたがマスコミから責められることになって、本当に申しわけございません」

彼女の手から、するりと床に落ちたハンカチを、そっと都築が拾い上げる。

「もっと早くお訪ねしなければならなかったのに、怖かったのです。なんとお詫びを申してよいやら。どうかお許しください」

「私は……、私はなにも……」

やましさに降旗は奥歯を嚙み締めた。あのリリースは、課長の命令で書いたにすぎない。自らの浅慮を叱責されてからは、逃げていただけなのに。

母親が顔を上げた。

娘を思う母親の瞳。最愛の娘を失った母親の悲しみがそこにあった。

「すみません、お忙しいのにお時間を取らせて。これで失礼します。でもあなた様にお会いできて本当によかった」

降旗の代わりに都築が、母親を玄関まで送ってくれた。

彼女は何度も立ち止まり、何度も降旗に頭を下げた。

日比谷公園が吹雪に霞んでいる。舞う雪が外に出た母親を包む。

その姿が内堀通りの雑踏に消えて行く。

弱々しく丸まった背中。

二度と会わないであろう後ろ姿が、なぜか歪んで見えた。

両手の拳をきつく握り締めた降旗は、身じろぎもせずその場に立ち尽くした。

一月九日（水）未明

東京都　中央区　銀座四丁目　東京メトロ日比谷線　東銀座駅

東京メトロの山口工務企画課長は、再び警察から構内の調査に同行するよう依頼された。

今度の相手は杉山刑事たちではなく、厚労省の川上課長補佐と西都大学の村上教授なる二人だ。

事件の再発防止策をまとめるため、社に泊まり込む毎日のせいで、体の節々が痛む。コンビニ弁当と栄養ドリンクという味気ない食事。窓の外は来る日も来る日も吹雪が続いている。上野駅も、その向こうの上野公園も、車道も、すべてが白く塗り潰されていた。

東銀座の駅事務所で二人と待ち合わせた山口は、調査の目的を確認してからホームに降りた。

これから、特派記者の死体が発見された場所を検証する。

一連のおぞましい事件にかかわって、はや一箇月になろうとしている。ニュースや断片的に入る情報によれば、事態はどんどん複雑化し、解決への道のりは混沌としているらしい。ただ、なぜいつも自分なんだ。そんなことばかり考えていた。調査なんて適当に終わらせてさっさと帰る、それが山口の本音だった。

隣に立つ村上が、意味不明の言葉をブツブツつぶやいている。会った時から薄気味悪い男だった。

時計の針が午前零時三十分を回る。

終電がホームを出て行く。

「行きましょう」と山口は村上たちに声をかけた。

工務部の保守スタッフと警官二人につき添われ、三人は線路におりた。

食い荒らされた記者の死体が発見されたのは、東銀座駅から築地方面へ向かう上り坂の途中だ。暗く長いトンネルの中、山口たち六人は線路に沿って歩き始めた。

川上が村上の背中に張りつくように歩いている。

六人の靴音だけが壁に反響する。東京メトロの構内に、もはや安全な場所などない。トンネルの闇に、おぞましい死が潜んでいる。

ヘルメットライトの明かりが、サーチライトのようにあちらこちらを照らす。ほんの小さな痕跡も見逃すまい、自分の世界に入り込んだ様子の村上が調査に集中している。

駅から百五十メートルほど進んだ。

立ち止まった村上が辺りを見回している。

「面白い。ここが約束の地だ」

「教授、こんなところにいて大丈夫ですか」

村上の落ち着き払った声に、川上の声が上ずっている。

「すべてが揃っている。ここにはすべてがあるぞ」

村上がステップを踏んで踊ってみせた。

さらに十メートルほど進んだ。先頭を行く保守スタッフが床の一点を懐中電灯で照らす。

「ここです」

関東新聞の特派記者が死体で発見された場所だった。

血と、悲鳴と、肉片に満たされていた場所。

村上が這うように、中央排水溝や枕木の下を調べる。

やがて。

「あった」

村上が楽しげに口笛を鳴らす。

死体が発見された場所近くの中央排水溝から、村上が小さな黒い塊をつまみ上げた。

「これが証拠だ」

中央排水溝の中にネズミのものらしき大量の糞が散乱していた。殺人事件の捜査を行っていた鑑識が、その場所に放置された特派記者の死体をネズミが食ったと判断した根拠に違いない。

村上が手際良く糞をビニール袋に放り込む。まるで、ここが宝の山のように。

「これで充分だ。帰るぞ」

用事を済ませた村上が、さっさと東銀座駅の方向へ歩き出す。

どんどん歩を速める村上を、山口たちは小走りに追いかける。

どうやら、先生の求める答えがここにあったらしい。

同日　朝
東京都　武蔵村山市　学園四丁目　国立感染症研究所村山庁舎

狂犬病対策を川上に任せた降旗は、降りしきる雪の中を厚生労働省の車で、都心から研究所へ向かう。都道5号線、通称『青梅街道』で、新宿、荻窪を走る。田無から『青梅街道』を東大和市へ抜ける道中の景色は、どんよりたれ込める雪雲のせいで、まるで黄泉の国に思えた。

東京都の雪害対策はフル稼働しているが、とてもこの辺りまでは対処できないらしい。人通りが途絶えた歩道、雪をかぶった街路樹、どこにも生気が感じられない。

これが活気に満ちた東京とはとても思えなかった。この街はゆっくり死へ向かっている。

降り積もる雪が、東京を窒息死させようとしている。

桜街道の『村山医療センター南』の交差点を右折した公用車が、やがて研究所の門を抜ける。

車をおりた降旗は、都築の研究室へ入った。

二人は、もう一度、六本木の感染症について整理を始めた。

なにがあったのか、なにが明らかになったのか、なにが知りたいのか。

熱いコーヒーをすすりながら、一から事件を追っていく。

破傷風菌と劇症の赤痢菌はヒルが運んだ。しかし、狂犬病ウイルスはヒルが運んだのではない。狂犬病は哺乳類から感染する病気で、犬からの感染が九十パーセント以上を占め、ヒルによる感染の報告はない。

「赤痢の原因は」

「赤痢菌という細菌で、赤痢菌が大腸に感染する病気です」

「今回、亡くなった七人は、赤痢によるものですね」

「新種の細菌性赤痢の潜伏期間は、一日から五日です。症状は重く、四十度近い高熱、激しい腹痛、下痢便に、うみ、粘液、血液が混じる膿粘血便がみられました」

「日本では赤痢そのものを、あまり聞かなくなっていたのに」

「衛生状態が悪い途上国での発生は今も多いです。でも、日本での細菌性赤痢は激減しており、最近の年間発病報告数は約五百から六百人で死亡率は一パーセント以下です。そして、ここ数年、保育園、ホテル、施設での国内集団感染事例がみられ、二〇〇一年末には、カキが原因とみられる集団発生で多数の患者が報告されました」

「今回は、どこからかヒルが運んだ」

「私たちの調査では、ヒルは樹海から別の生物によって都心へ運ばれたのです。そして、狂犬病ウイルスはヒルとは関係ない。ただ」

都築が充血した目を押さえた。

「ただ？」

「村上教授がおっしゃるネズミが原因という説は、どうかなと思います。東京のいたるところにネズミはいるし、どこかで出会い、当然交配もする。地下のネズミの体内だけで狂犬病ウイルスが生き長らえてきたという説は強引すぎます」

「でも、食い殺されていた関東新聞の特派記者の死体からは狂犬病ウイルスが検出されたと聞きました。なら、彼にウイルスを感染させたのはなんですか」

「今ははっきりしたことは申し上げられません。もし、ネズミが原因なら、何匹かを捕獲して検査すればはっきりするでしょう。それは村上教授にお任せします」

「博士」と降旗は身を乗り出した。「村上教授の言動は、どこかおかしいと思いませんか」

「おかしな言動？」

都築が怪訝そうな眼差しを返す。

「まず、捜査本部の杉山刑事が、殺された関東新聞の特派記者の写真を見せた時の、『種が芽吹いた』という発言がそうです。それに、大量発生したネズミへの対策をメトロから相談されていたことを、我々に一切告げなかったことも変です」

「言われてみるとそうかもしれませんね」

「真相を究明するより、自分の理論を実証しようとしているようにさえ見える」

でも、と都築がふっと目を伏せる。

「私は、村上教授の言動を気にする余裕などありませんでした」

「と、おっしゃいますと」

「ここのところ、私は、病原微生物が関係している似たような出来事を調べていました。すると、三年半前の夏、気になる事件がありました。青木ヶ原樹海の富岳風穴近くで発見された腐乱死体の死体検案書によれば、死体から破傷風菌が検出されています。さらに、もう一つ。死体を食い荒らしたのはイノシシでしたが、死体の表面に、記録にはない歯形による無数の咬み傷が残されていたとのことです」

その年の夏、山梨県の山中でイノシシに食い荒らされた死体が見つかる。身元を特定すると、青木ヶ原樹海の富岳風穴近くの鍾乳洞へトレッキングに出かけた製薬会社の社員だった。彼は山中で一週間ほど行方不明になっていた。

「樹海と都心を繋ぐ線はなんですか」

なぜか返事がない。

ふと見ると、都築が舟を漕ぎ始めていた。

降旗はソファに置いてあった毛布を、そっと都築の肩にかけた。

都築がハッと目を覚ました。少し頬を赤らめて照れた表情が可愛かった。

「天才でも疲れることがあるんですね」

「天才ってなに？」

「あなたは、三年前まで感染症の専門医だったのに、今やアレルギーについても権威。たった三年で……。そういう人のことです」

「私の事情も知らないくせに」

一転、都築がふっと視線を下げる。

「すみません。偉そうなこと言って」

都築の様子に気まずさを覚えた降旗は、口をつぐんだ。

気を取り直した様子で、都築が顔を上げる。

「降旗さんだって疲れているでしょう」

「色々ありましたから」

「お役人も大変ですね」

「私のように本流を歩いていない者は特にです。もっと努力しておけばよかった」

くだらないと思いながらも、降旗は思い切って聞いてみた。

「博士は大学受験の時、やっぱり寝る間も惜しんで勉強したんでしょ」

「あっ、そうなんだ。私って、そういうイメージなんですね」

都築が悪戯っぽく、えくぼを作る。

頭の良し悪しこそあれ、受験勉強の辛さは都築であろうと降旗であろうと同じはず。

「博士。私が受験生の頃は、四当五落という言葉がありました。一日の睡眠時間が四時間なら合格するけど、五時間では落ちるという噂です」

「なら、夏休みと冬休みは塾の合宿だったのね」

「バスで大山まで行きました」

「旅館に詰め込まれて」

「ねじりハチマキで、朝から晩まで集中授業でした」

「へー。やっぱり本当だったんだ」

「本当だったって、博士だって塾に通ってたんでしょ」

「全然」

「塾には行かず、独りで勉強してたんですか。大変だったでしょ」

「勉強なんて、学校の授業だけでした」

都築がこともなげに答える。

「受験勉強に熱心な私立だったんですね。出身は桜蔭ですか、女子学院ですか」

「普通の都立よ」

懐かしそうな都築が、女子高生の表情に戻る。「結構いいかげんな学校で、英語の授業中にギニアのンコ文字の小説を読むのが、私のささやかなツッパリだったんです」

都築がバッグから取り出したペーパーバックを顔の前に掲げる。見たこともない文字が書かれていた。

降旗はポカンと口を開けた。どうやらこの博士は宇宙人らしい。

柔和に微笑んでいた都築が、なにかを思い出したように真顔へ戻る。

「降旗さんの役所での事情は私にはわからない。でも、小林聡子さんのお母さんのように、あなたに感謝する人もいる」

色々なことを思い出す。しくじり、苦悩、後悔、そして躊躇。自身に起きた様々な出来事。

「少なくともあなたのリリースは一人の心を救った。それじゃ、不満ですか」都築がふっと息を吐く。「私は、救いたいと思う者さえ救えない予感におびえてきました」

「それはギニアでの患者のことですか」

「それだけじゃない……」

言葉を濁した都築が顔を背ける。

降旗は思い切って切り出した。

「博士。もしかして娘さんのことですか。緊急事態とはいえ、病院にまで電話して申しわけありませんでした」

都築が一転、黙り込む。

「時々、スマホで誰かとやりとりしていますね。あの時、博士の表情はとても暗い。心配です……」

降旗の言葉が終わらないうちに、都築がすっと立ち上がった。それから、降旗に背を向け、窓に手をついて外の景色を眺める。

その背中がかすかに震えていた。

窓の外は吹雪。都心の騒動が嘘のように、一面、白い世界が広がっている。

なぜか、今だけ時間がゆっくり流れていく。

やがて、都築が振り返った。

「今は一応退院していますが、娘の状況を主治医から逐次連絡を受けています」

「お嬢様はご病気なのですか」

「重度のアレルギーです。しかも前例がない症状なのです。娘は生後一箇月で『アトピー性皮膚炎』と診断された。それが始まりでした」

都築が語り始める。

他人が知り得ない都築と娘だけの事情。人それぞれに事情があり、皆、懸命に生きている。

「ご主人は」

「離婚したの」

都築が大きく息を吸い込む。

「私が免疫アレルギー学を学び始めたのは研究的な興味からではない。娘のための決断でした。私があの子にできることは、すべてしてやりたいのです」

「すみません。なにも知らなくて」

気にしないで、と都築が健気な笑顔で目の縁を拭う。

弱さを顔に出す降旗と出さない都築。

しかし表情がとても豊かな女性だ。

「降旗さん。あなたに聞いてもらったら、気が楽になりました」

「なぜ私に」

「あなたもおっしゃったでしょ。ただ聞いて欲しかったたって」

照れ隠しに、今度は降旗が微笑んだ。

「アレルギーはすでに現代病ですね」

「村上教授ならこう言うでしょうね。これも進化だと。過度の食品衛生、清潔で空調の効いた住環境。私たちは抵抗力が低下するという愚かな進化の道を選んだのかもしれない」

一月十日（木）
東京都　八王子市　東中野　西都大学

正門から続く桜並木は、樹氷の列に姿を変えていた。くるぶしまで埋まるほど雪が積もった学内道路を、田んぼのあぜ道を歩くように、人の足跡をたどってのぼり切った左が二号館だ。

その八階。

降旗は『生物進化研究室　教授室』と廊下を挟んで反対側にある学生用研究室の扉をノックした。ノブを回すと、ここも鍵はかかっていなかった。

「失礼します」と部屋に入る。

狭い研究室に六つの机。その一番奥に、一人の学生が腰かけている。

手元を見ながら、ブツブツつぶやいている。どうやらスマホでゲーム中のようだ。

「失礼します！」

降旗の大声に、不意を突かれた学生が慌ててイヤホンを外す。顔を上げると、妙に痩せて出っ歯、こけた頰の上で両目がギョロついている。

「教授はお留守ですか」

降旗は仕切り直した。

学生は降旗の全身をなめるように視線を上下させる。

「今日は休みですが、あなたは」

「厚労省の降旗と申します」

そう言いながら学生の向かい側の机に進んだ降旗は、空いた椅子に腰かけた。

「なんのご用でしょうか」学生が身構える。

「今、教授と一緒に仕事をしているのですが、教授の専門についてもっと知りたくてお邪魔しました。というのも、世界的な権威である教授の論文をネットで探したのですが見つかりません」

「教授はずっと、論文を発表していません」

「なぜ」

「どれも学会誌や専門誌への掲載を拒否されるからです」

「生物進化学と哺乳類学の世界的権威が、論文の掲載を拒否されることなどあるのですか」

「内容の問題ではなく、学会における教授の立ち位置の問題です。あまりに敵が多い本人の性格と、あまりにぶっ飛んだ仮説のせいです。よくいえば、周囲が教授の能力についていけないのです」

「どんな仮説ですか」

「簡単に言えば、急激な進化とそれがもたらす絶滅です」

「面白そうですね」

「そうですかね」

学生がいかにも面倒くさそうに答える。

「ところで、他の学生さんは」

「この研究室に学生は私だけです。しょぼいでしょ。昔はベンチャー企業から研究資金を提供されるという景気のいい話もあったらしいけど、今じゃこの有様です」

「准教授もいらっしゃらないとか」

「昔はいましたけどね」

昔はいた？　ということは。

「連絡先はわかりますか」

「携帯の番号が変わってなければ、内線電話のメモリーに残ってますよ」

学生が教えてくれた番号をメモした降旗は立ち上がった。大学の研究室とは思えないほど、暗く、活気がない。どうやらこれ以上長居しても意味はなさそうだ。

「お邪魔しました」

それだけ伝えた降旗は、振り返りもせずさっさと研究室を出た。

後ろ手に扉を閉めて廊下に出ると、向かいの教授室に人の気配はない。

もしやと思い、教授室のノブをそっと回す。

案の定、鍵はかかっていなかった。さっきの学生に気づかれないよう、降旗は教授室に滑り込んだ。

初めて訪れた時のまま、十畳ほどの細長い室内は、左に本棚が並び、右手の奥、窓際にデスクが置かれている。

本棚の文献やノートを確認しながらデスクに歩み寄る。パソコンのキーボードの周りにペンやメモ用紙が散乱している。落ち着いて思索にふける様子など微塵も感じられない。ブックエンドに数十冊のノートが挟まれている。

一番手前のノートが一冊だけ傾いて、いかにも慌てて押し込まれたように見える。

そのノートを引き出す。新しいノートだった。

表紙にはこう、書かれている。


『絶滅進化論』

同日　夜
東京都　台東区　御徒町

樹海へ出かけたあと、村上から連絡が来なくなった武田は御徒町にいた。

やはり、「もう一度、檜舞台へ戻れるチャンスを用意してやる」という甘い言葉は嘘だったようだ。要するに村上は、今も昔も村上だったということだ。

また別の仕事を探すしかない。今日は、その景気づけだ。

御徒町は、若者からは、地味とか、ダサいとかいわれるかもしれないが、美味しい居酒屋やラーメンの名店が数多くある庶民の街だ。

上野から、ＪＲ京浜東北線と山手線に沿ってアメヤ横丁、通称アメ横が南へ延びている。

戦後、米軍の払い下げ物資を売る店が多く集まったことからこの名がついたといわれている。道の両側に小さな店がびっしり張りついていた。

武田が今いる御徒町駅近辺でも、その景色は変わらない。高架下に店が立ち並び、歩いているだけでも退屈しない。

いつもと違うのは、路肩にうず高く積み上げられた雪の山だった。

ガード下の立ち飲み屋で一杯引っかけたあと、表へ出た武田は、季節外れの暖かさに驚いた。日本海にある低気圧に向かって、一時的に南から暖気が流れ込んだらしい。

どこかで羽音が聞こえた。

鳥の羽音ではない。もっとかすかだ。数羽と思われた羽音が、やがて数を増していく。武田は頭上を見上げた。ＪＲの高架沿いに雪空が広がっている。

黒いなにかが舞っている。

最初は雀かと思った。

違う。今は夜だ。こんな時刻に鳥の群れが空を飛ぶことなどない。それに、その黒い生き物は、雀よりもはるかに機敏に、飛ぶ向きや高さを変える。

――コウモリだ。

でもこんな冬に、しかも都心でコウモリを初めて見た。

次の瞬間だった。

コウモリの群れが一斉に急降下を始めた。まるで川魚に狙いを定めたトンビのように翼を畳んで急降下してくる。

あっ、と声を上げた。

武田の目の前を歩いていた酔客が、コウモリの大群に飲み込まれた。

悲鳴が空気を切り裂く。

彼は身をよじり、両手で全身にたかるコウモリを引きはがそうとするが、逆にコウモリはその数を増やしていく。それどころか、襟、袖、裾、服の隙間に入り込んで行く。

人間狩りの光景に武田は言葉を失った。

たちまち、道の真ん中に、蟻塚（ありづか）を思わせるコウモリの黒い塔ができた。

辺りがパニックに陥った。

いつのまにか、頭上がコウモリで真っ黒になっていた。

悲鳴、怒号、足音。逃げ回る歩行者たち。

その動きに興奮したのか、別の群れが襲いかかる。

乱舞するコウモリ。店の軒に体当たりし、店内に飛び込む。軒先にぶら下がっていた裸電球が、次々と破裂する。商品の陳列台がひっくり返る。コウモリがなだれ込んだ路地から、酔客が飛び出して来た。

首から下が黒いコウモリに覆われている。

叫び声を上げようとした口に、コウモリが潜り込む。

口から血が溢れ出る。みるみる血だまりが広がる。

溶けかけた雪で足を滑らせた男が道にもんどりをうつ。

武田は、ゴミ集積場に逃げ込んだ。慌ててかき集めたゴミ袋の山に潜り込む。

袋の隙間から、惨劇がのぞく。

クラクションの音。

秋葉原方面へ走る人の群れと、上野へ逃げようとする人の群れがぶつかり、入り交じる。

人が将棋倒しになる。転んだ人の頭を踏みつけながら群衆が走る。雪崩を打った人の群れから呻き声が漏れる。

「どけ」「邪魔だ」「押すんじゃない」「馬鹿野郎！」殺気立った怒声と罵声が交錯する。

混乱をかきわけて進む人、店の中へ逃げ込む人。

どこかで爆発音とともに、炎が上がった。

閉まりかけた店の扉を「入れてくれ」とこじ開ける男が、中から突き飛ばされて尻餅をつく。そこへコウモリが襲いかかる。

首を押さえた男の指の隙間から鮮血が噴水のように噴き出す。

昆虫を主食とするはずのコウモリが、人を襲っている。

しかも都心で。

「膨大な血と人々の悲鳴が、私の理論を証明してくれる」

村上の言葉が頭をよぎった。

一時間後
警視庁　機動隊小型警備車

角張ったワンボックスカーのような形状をして、前面ガラス部分が大きく傾斜した小型警備車は、さながらブリキで作ったマッチ箱のようだった。その後部座席で、降旗は担当の川上、都築、そして村上と向かい合っていた。やけに硬い座面とサスペンションのせいで、路面の起伏がまともに尻に伝わる。

赤色灯を回転させた警備車は厚生労働省を出て、御徒町へ向かう。事態は深刻だった。厚生労働省だけではない。政府もパニックに陥っている。

張り詰めていた糸が切れた人々は騒ぎ立て、政府は追い込まれた。

都心各所で夜間にコウモリの大群が現れる。

突然、なんの前触れもなく人間狩りが始まったのだ。

一斉にマスコミが報じ、都民が恐怖のどん底に突き落とされる。

「どうしてこうも、次から次へと事件が起こるのですか」

川上が頭を抱えていた。目が泳いで、どう対処すべきか見当もつかない様子だった。

「次から次？　だからお前は二流なんだ。これは一つの連続した事件だ」

向かい側の座席で、村上が不機嫌そうに目を閉じている。

「一つ？」

「そうだ。すべては関連している。ようやく主役が登場しただけだ」

村上が薄く目を開ける。

「コウモリが主役ですって？　どういう意味ですか」

「コウモリが人を襲い、食い、バラバラにした。そして、これから先の主役はコウモリになる」

「なぜ、そう言い切れるのですか」

「まずは、杉山から見せられた咬み傷の写真だ。もう一つは、糞だよ。お前と降旗が研究室に持ってきた現場の写真には、ネズミの糞に交じってコウモリのそれが写っていた」

「形が違うのですか」

　川上が動揺する。

「普通、ネズミの糞はピーナッツのように丸い。それに対して昆虫食のコウモリのそれは、パサパサして細長くてもろい」

「なら、鑑識が判別しているはず」

「我々が相手にしているコウモリは人肉を食っている。その糞は密度が高く、湿って丸くなる。警察はそんなコウモリの糞をクマネズミのものだと判断した。常識の枠から出られない愚か者。……いいか。メトロは私の庭だ。ある物ない物、すべてお見通しだ。コウモリの糞が残されているかどうか、東銀座駅に行くだけで答えは向こうからやって来た」

「メトロがあなたの庭ですって？　そんな話、初めて聞きました」

「降旗とはちがって、お前がすべてを告げられていないだけだ」

　今度は、村上が降旗に含み笑いを向ける。

　村上によれば、東銀座駅で採取した糞の大半はネズミの物だが、一部にコウモリの糞が含まれていた。

「感染症も、切断死体も、そして狂犬病もすべてコウモリに関連していると」

「そうだよ、降旗。ヒルは富士の樹海からやって来たコウモリの体に寄生していた。そして、今回捕獲されたコウモリからは、狂犬病ウイルスが検出されるだろう」

「でも、なぜヒルを運んだのがコウモリと言い切れるのですか」

「一つは、ヒルの体内に残された吸血液のＤＮＡが、樹海に生息するニホンジカのそれと合致したからだ。もう一つ。私がこの目で確認した。樹海の風穴で発見したコウモリの棲家に、六本木に現れたのと同じヒルが生息していた」

村上がニヤリと笑う。

車が信号で停まると、強風で車体が揺れた。

「初耳です。あなたには報告義務があったはず。なぜそのことを、もっと早く報告してくださらなかったのですか」

「科学者というものは、確証があって初めて仮説を披露するものだ。もう一つは、お前たちに敬意が欠けているからだ」

「敬意？」

「賢者に対する敬意だ！」

突然、豹変した村上が車の壁を拳で叩く。

「ヒルがコウモリに運ばれたこと、狂犬病がコウモリによって媒介されることはわかります。でも、なぜコウモリが人を襲うのですか」

「進化したからだよ。お前が考えているコウモリだって、進化の途中にすぎない。あらゆる生物は進化を続けている。生き残るためにな」

「ある種が肉食という習性を身につけたと」

「我々は一つの動物が新たな進化を遂げる瞬間に立ち会っている。こんなチャンスに恵まれることはまずない」

「チャンスですか」

「そうだ。多くの動物学者は、コウモリが地上性の祖先からどのようにして進化したのかを知らない。コウモリ類は、よく発達した翼を持っている。なぜか？　誰も知らない。理由は、地上あるいは樹上の生活から、どのようにして空を飛ぶ生物へ移行したかを示す近縁種が存在しないからだ。つまり、彼らが空を飛び始めた経緯は不明なんだよ」

「そんなこと、他の空を飛ぶ哺乳類から推定できるじゃないですか。たとえばムササビです」

　川上がしらけた言葉を返す。

「お前は、飛行生物への移行過程にいるムササビと同じ時代に生きているから、彼らの形質から類推しているだけだ。では、コウモリはどこからきた？　歩行から飛翔への移行時代のコウモリとはどんな形質だったのか、誰も知らない。お前は二万年後のムササビの形質を想像できるのか！」

村上の怒鳴り声に、思わず川上が首をすくめた。

「我々は、コウモリが肉食に変化する瞬間に立ち会っている」

「それほど重要なことなのですか」

「進化の瞬間に立ち会えることを光栄に思え。そして、肉食という食性を身につけたコウモリがどこへ行こうとしているのか、彼らの未来を予想してみろ」

東京都　台東区　御徒町　襲撃現場

降旗たちが、御徒町の駅前に着いた時には外は吹雪だった。

後部ドアが開いた瞬間、凍える冷気が車内に吹き込む。

さっきまで東京を包んでいた暖気は東へ流れ去った。そして、コウモリも消えた。

ダウンジャケットのジッパーを顎まで引き上げ、掌に息を吹きかけながら降旗たちは車をおりた。

闇の中を、雪が綿のように舞う。

そこは、まるで大規模テロが発生した現場を思わせた。

ＪＲの高架に沿ったアメ横の入り口がカラーコーンで仕切られている。歩道に群れる野次馬と事件現場を眺めようとする車が溢れる交差点では、数十人の警官が交通整理を行っていた。呼子笛（よびこぶえ）が鳴り響く。

春日通りには、赤色灯を回転させたままのパトカー、救急車、そして消防車が列をなしている。歩道上を幾重にも絡み合って這い回るホースが、アメ横へ延びていた。白地に青緑のラインが入った機動隊の輸送車が次々到着して、後部の扉から機動隊員が車をおりる。

それだけで、起きた事件の深刻さがよくわかる。

案内の警察官が、立ち入り禁止テープを持ち上げて、四人を襲撃現場に通してくれた。四十六人の通行人が惨殺された現場だ。

鑑識課による現場検証が始まっていた。道路上のそこかしこに、番号札が置かれている。ジュラルミン製の用具箱を提げた足跡採取鑑識官や落物採取鑑識官が、立ち入り禁止テープとポールで現場を仕切っていく。撮影鑑識官が路上に散乱する遺留品を撮影していた。

道の両側には店内が焼け焦げた居酒屋、売り場がめちゃめちゃになった食料品店などが並んでいる。路上には、洗浄がまにあわないらしく、うっすら積もった雪の上に無数の血だまりが残されていた。すでに死体は収容されていたが、白線でなぞられた数十の人形（ひとがた）が、ここで起こった悲劇を伝える。逃げ惑い、店に飛び込み、将棋倒しになった人々に襲いかかるコウモリの群れ。

岩渕の予感は正しかった。そして、そんな予感すら抱くことができなかった降旗の無知と思い込みが招いた惨劇の名残が、目の前に広がっている。

「ひどい」

都築が寒さに強ばった顔を一層しかめた。

ビニールの手袋をはめた鑑識官が、路上に転がるコウモリの死骸を拾い集めていた。

「コウモリは、餌として人を襲ったのですね」

都築の髪の毛を寒風が撫でる。

「奴らが肉食に進化した証拠だ」

溶けた雪で濡れた顔を、村上が薄汚れたハンカチで拭う。

「なぜそんな必要があったのですか」

「人類と同じだ。今から二百五十万年前、地球環境の変化で寒冷化と乾燥化が進んだ結果、森が草原化して果実などを見つけるのが困難になった人類は、動物の死骸など肉食を余儀なくされた。つまり、環境の変化は生物の進化に大きな影響をもたらす」

「教授。そもそも、なぜコウモリは東京へやって来たのですか。どうやって？」

川上が横から口を出す。村上は見向きもしない。

「では、コウモリに起きた環境の変化とは」

川上が食ってかかる。

「樹海から都会という環境の変化だ。もともと昆虫食のコウモリにとって、都会という環境下では餌が見つからない。彼らは生き残るために、動物の死骸を漁るようになった」

「生き残るためですか」

「そうだ。ところが、肉食は生物の形質に大きな変化をもたらす。肉食によってカロリー摂取量が大幅に増加するからだ。本来、コウモリは空を飛ぶために軽量でなければならない。食べた餌も一時間で排出するほどだ。つまり、体重を軽くするために余分な脂肪を体内にためないコウモリは、寒さには弱い生き物だ。ところが摂取カロリー増加で、エネルギーをより生み出すことができる新種は、こんな真冬でも屋外で活動するようになった」

「人類と同じ道を歩んでいると」

「考古学的な調査によれば、肉食への変遷は人類の体格を向上させただけでなく、脳の容量すら高めた」

「コウモリは脳まで進化したと」

「この襲撃現場を見れば、群れによる見事な狩りだったことがわかります」

誰に言うともなく、都築が独り言を漏らす。

「都心に侵出したコウモリは、昆虫を主とした雑食では生き残れない環境にさらされた。しかし、安全で暖かい環境のおかげで個体数は増加していく。必然的に栄養価の高い肉食に偏する大型肉食種へ進化しようとしているのだ」

その時、警官が声をかけた。

「防犯カメラにコウモリが通行人を襲う瞬間が記録されています。なにかの参考になりませんか」

「見せてもらおう」

村上が、もはや、そこにいるだけの川上を押しのける。警官がタブレット上で記録映像を再生した。

道路の中央で、酔客が頭上から襲いかかるコウモリの大群に飲み込まれた。彼は身をよじり、両手で全身のコウモリを振り払おうとするが、逆にコウモリはその数を増やしていく。

やがて、道の真ん中に、蟻塚を思わせる黒い塔ができた。

「教授！」

すっとんきょうな声を張り上げた降旗は、「そうか」と額に掌を当てた。

「なんだ」

「女」

「女？」

「これが……。ここに映っているのが、あの毛皮の女性じゃないでしょうか」

村上が眉を吊り上げる。

「これと同じ形を作れば人に見える。東銀座駅でコウモリは人をおびき寄せるために、これと同じ形、つまり女性に化けたのではないでしょうか。つまり、コウモリによる擬態です。六本木のヒルが木の幹に擬態していたあれです。教授は言った。あらゆる生物は、天敵に対して対抗する能力と性質を持っていると」

「同じ天敵に対しても、その対抗方法は種によって異なる」

「対抗措置じゃない」

「ではなんだ」

「餌をおびき寄せるための擬態です。あなたが言っていた二つの擬態。隠蔽色と警告色。派手で目立つ警告色が、捕食者に自分は味が悪いことをアピールするのと真逆で、獲物に興味をそそらせる擬態の能力をコウモリは身につけた」

「面白い。面白いよ、降旗。よし……。帰るぞ！」と村上が、さっさと車に引き返し始める。

「博士。行きましょう」

降旗が都築を見ると、彼女はじっと雪の上に残された血痕を見つめていた。

「博士。もう見ない方が」

降旗の呼びかけに、都築が黙ってうなずいた。

一月十一日（金）
東京都　千代田区　霞が関一丁目　厚生労働省　七階　第十一専用会議室

騒然とした省内を職員が走り回る。書類を抱えて階段を走る、出会い頭にぶつかった拍子に資料が廊下に散乱する。「すみません」「気をつけろ」殺気立ったやりとりが、いたるところで聞こえる。

降旗は自席で、御徒町の事件を取り上げるネットニュースを見つめていた。誰かがスマホで記録した映像が流れている。逃げ惑う通行人、彼らに襲いかかるコウモリ。半狂乱になって叫び声を上げる女性。将棋倒しになる群衆、怒声、爆発。全身をコウモリにたかられて歩道に倒れる男。悲鳴と鮮血の先にある無残な死。

正視に堪えない映像から目を逸らした降旗はうつむいた。

いくつもの暗示があったのに、そのことに気づいていたのに、杉山たちの判断に流された無責任。犯した失態が降旗の心を切り刻み、背負っている責任が降旗を押し潰そうとしている。

第十一専用会議室には、岩渕審議官、竹内健康局長、陣内結核感染症課長やみなと保健所長だけでなく、関係部署が総動員された。その数四十五名。

中央の机に座り切れない連中は、壁際に並べられたパイプ椅子に腰かける。川上もその一人だ。会議が始まる前、まだ人の出入りが激しいうちに降旗の後ろを通りすぎた川上が「出世したもんだな」と毒づいた。会議が始まってからも、目が合うたびに、「俺を巻き込んでおいて、なんでお前が中央の机に座ってんだよ」という威嚇の視線を飛ばしてくる。

長机を囲んだ出席者たちは、昨日までの議論や結論に後悔はしていない。決して厚生労働省の対策が後手に回ったわけではない。ただ彼らは疲れ切っていた。次になにが起こるか予見できない状況がずっと続いていたからだ。事態が次第に悪化しているという予感だけが共有されていた。

ヒルによる感染症から、死体を食うネズミ、そして人を襲うコウモリの出現、さらにどんどん悪化する天候。

次になにかが起これば、取り返しのつかないことになるのではないか、という不安に出席者たちはおびえていた。

そうこうするうち、全員がいつもの場所に腰かける。

若い職員が、その前に書類を手際よく置いていく。

腕を組んだままの者、すぐに書類に目を通す者、反応は様々だ。もはや、自分だけはこの事件から距離を置きたいという打算は許されない。それは陣内であってもだ。

プロジェクタースクリーンに投影された現場の惨状は目を覆うばかりだ。車道に仰向けに倒れた男性は内臓を食い荒らされ、街路樹の枝に人の足首が引っかかっている。車道脇の柵に腹ばいになった死体には首がなかった。

「襲われた人々から狂犬病のウイルスが検出された。厚労省として、この事態にどう対処すべきか議論する」

岩渕審議官が口火を切る。

途端に百家争鳴の状態に陥る。

「コウモリの駆除は我々の仕事ではないはず」「しかし、コウモリが狂犬病の媒介者である以上、我々は無関係ではいられない」「都や区はなにをしているのだ。保健所長」

沸騰する議論に、「落ち着け」と岩渕が机を掌で叩く。ため息を吐きながら、岩渕が室内を見回す。

「なぜコウモリが人を襲うのか」

「進化したからだよ。偉大な進化を遂げたのだ」

村上が焦点の定まらない目を向ける。その日、その時間によって、別人格の村上が姿を見せる。

「思い出せ。最初に京橋駅で発見された遺体に二つの咬み傷が残されていたことを。一つはネズミの咬み傷だ。そして、もう一つはコウモリのそれだ」

「おいおい、警察は両方ともネズミだと断定したはずだ」

「小さい方の咬み傷を特定できなかった連中が、勘違いしたのだ」

「警察のミスだと」

「そうだ。肉食に進化したコウモリの歯形が、初めて目にするものだったからだ。データがない歯形に困惑し、私のところへやって来た連中は、いかにもネズミの仕業だと言って欲しそうに尋ねた。糞についても同じだ」

「あなたは嘘を教えた？」

岩渕の言葉に、村上が首を振る。

「私はアドバイスをしただけだ。あとは連中の判断だ」

「警察からは、特派記者を襲ったのもネズミだと聞いた」

「彼らは今でも、肉食コウモリの歯形をクマネズミのそれだと思い込んでいる。当然だろう」

「あなたの言うことが事実なら、切断死体をネズミと肉食コウモリが奪い合っていたということか」

「そうだ」

「なら、構内で発見されたネズミの死体は」

「コウモリに襲われた」

今日の村上からは、生気が消えている。感じられるのは、メトロノームのような規則性だけだ。

「ということは、ネズミとコウモリが地下鉄構内で激しい勢力争いと生存競争を繰り広げていたわけか」

「ゾウリムシを用いた実験で、ゾウリムシと捕食者を水槽に入れると、ゾウリムシは一時的に増えるものの、やがては増殖した捕食者に食べられて絶滅してしまう。これは『競争的排除』を示した有名な実験だ。ところが、ゾウリムシが絶滅したあとは、捕食者も食べる物がなくなり絶滅する」

竹内健康局長が即座に首を振る。

「しかし、地下鉄構内では、ネズミもコウモリも絶滅していない。つまり教授の言う『競争的排除』では、数多くの生物が共存している自然の現象を説明できない」

「なぜ、自然環境では多数の生物が共存できるのか。ゾウリムシと捕食者の生態系では、もう一つの実験が行われた。隠れ場所となる障害物を水槽に入れると、ゾウリムシは絶滅せず、両者は共存を始める」

隠れ場所ができると捕食者の『ゾウリムシ発見効率』が落ちるため、生き延びるゾウリムシが出てくる。すると、両者がいつまでも滅びずに共存するのだ。自然環境は複雑で、被食者を絶滅させる極端な捕食は起こらない。

「村上教授」と陣内課長が手を挙げる。

「あなたの説が正しいとしよう。地下鉄構内でネズミとコウモリが激しい生存競争を繰り広げ、今や勢力を拡大したコウモリは地上にまで飛び出て人を襲い始めた」

ぜんまい仕掛けの人形のごとく、ゆっくり村上の顔が陣内の方を向く。

「六本木の感染症は、たまたま富士の樹海から飛来したコウモリに寄生していたヒルが引き起こした副次的な事件だと」

村上が黙したまま陣内を見ている。

面白い、実に面白いと陣内が皮肉を返す。

「しかし、教授。あなたの説と地下鉄構内で多数の切断死体が発見された事実になんの関係がある」

「お前の能力以上に賢明であろうとするな。理解できる素地がないものを、己で判断しようとするな。そして、それを認めることは恥ではない」村上が長机にそっと手を置く。「答えが欲しいなら素直に頭を下げることだ」

「教授、では私からお願いしよう。あなたの考えを聞かせて頂きたい」

岩渕があいだに入った。

「行方不明になった連中は何者かに殺され、切断され、構内にばらまかれた」

「なんのために」

「コウモリの餌にするためだ」

「誰かがコウモリを飼っていたと」

陣内の質問に村上が、ニヤリと笑う。

「ただし、関東新聞の記者は違う。つまり、彼は史上初めてコウモリに狩られた人類だ。コウモリは群れになって人間に擬態することで、餌、つまり人をトンネル内に誘い込んだ」

「擬態？　人を誘い込んだだって。アホらしい」

うんざりした顔の陣内がこき下ろす。

突然、村上が口裂け女を思わせる笑みをこぼす。

「擬態という言葉は、お前たちも聞いたことがあるだろう。様々な生物が、捕食者から身を隠すために、小枝、葉、石などの周囲の物体に自分を似せる。擬態はそれだけじゃない。自分に都合がいいように周囲の生き物を引きつけるための擬態もある。たとえば、花は、花粉を媒介してくれる昆虫に発見されやすいように進化した。ヒメジョオンという植物は、小さな白い花をたくさんつける。ヒメジョオンに蜜があることを知っているモンシロチョウは、離れた場所から、白い花を目標にヒメジョオンに近づく。陣内、お前の狭隘（きょうあい）な知識が世の中のすべてだと思うな」

「コウモリは、人を誘い込むために女に擬態したのか」

「進化したコウモリは人をおびき寄せ、襲うことを覚えた。つまり、特派記者が襲われた現場でカメラに映っていた女性は、コウモリによる捕食のための擬態だよ」

出席者が顔を見合わせる。

低く勝ち誇った声が室内に響く。

「ようやく理解できたようだな」

竹内健康局長が深いしわの刻まれた額に指先を当てる。

「コウモリが、いきなり大型哺乳類を狩れる高等生物とは思えない」

「彼らは学習したんです」

突然の降旗の発言に、全員の目が降旗に向けられる。

「芝浦水再生センターで大槻氏の切断死体の一部が発見された頃、切断死体の発見現場はメトロ沿線で点状に分布していました。それらは、コウモリとヒルの生息域であり、何者かが与えた人の死体をコウモリとネズミが食っていた場所です。やがて、ネズミの死骸が大量に発見されるようになります。重要なのは、切断死体の発見場所に、ネズミの死骸が大量に発見された場所を加えると、すべての点が網の目状に繋がりながら拡大していくことです」

「それはなにを意味しているのだ」

「その時期、コウモリがネズミを襲撃し始めたのです。つまり、人を襲う前、彼らはネズミを狩っていた」

「人ではなく、ネズミを襲っていたのか」

「コウモリは、人の死体を漁ることで肉食に変化し、次にネズミを襲い始めた」

「つまり、コウモリは新鮮な獲物を求め始めたと」

竹内の質問に、降旗はうなずいた。

「当初、コウモリは昆虫食のまま、ネズミの攻撃におびえながら地下で暮らしていたはずです。しかし、都心、ましてや地下では餌の昆虫を手に入れることは難しい。そうこうするうち、誰かが与えた人の死体を餌とする術を覚えたのです。冬でも暖かい生息環境に、新たな餌の獲得。やがて数が増え、勢力としてネズミを凌駕し始めたコウモリは、新鮮な内臓と肉を求めて、生きたネズミを襲い始めた。彼らは新たな餌とその獲得方法を覚えたのです。餌に乏しい冬、かつ都会ゆえの食性を身につけた。地下鉄構内で発見された食い荒らされたネズミの死骸はコウモリに襲われたものです」

「点が網の目状に拡大する理由は」

「ネズミの死骸が発見された場所が、点から線状に拡大していくのは、構内を自由に移動できるコウモリがネズミを襲い始めたからです」

「なぜ、生きた人を襲うようになったのか」

「一つは、コウモリの数が増え、逆に餌としてのネズミの数が減ったからです」

「他には」

「人肉の味を覚えたからでしょう。いずれにしても、ついに彼らは、そこまで進化した。都会で生き残るため、死肉ではなく新鮮な肉を求めて、人を直接襲うことを覚えた。なぜなら、人類こそ地下だけでなく、あらゆる場所に大量に存在する餌だからです」

「すごいじゃないか、降旗」

突然、室内に拍手の音が響く。村上だった。

「教授。コウモリが人を襲う行動とは進化なのですか」

都築が問う。

「当然だ。種の成長に加えて経験が生物の形や性質に影響を与える。後天的に獲得した形質が、なんらかの形で子供に伝われば、生物は世代を超えて変化していく。すなわち、東京のコウモリが都会で生きて行くためには、肉食という性質が必要であり、当然、それは子孫に伝わる」

一転、目を閉じた村上が深呼吸する。

つまり、狂犬病の媒介者はただのコウモリではなく、人を襲うことを覚えたコウモリというわけだ。

「彼らは大々的に活動範囲を地上に広げようとしている。実に素晴らしい」

村上が礼拝のように両手を頭上にかかげる。

まだ納得できない様子の竹内が村上に問いかける。

「教授。コウモリは地下で生息しているのに、なぜ地上で人を襲ったのか。しかも今は真冬だ」

「地下で捕獲できる人の数には限りがある。ただ、コウモリは寒さには強くないため、よほどのことがない限りこの時期、地上には出ない。おそらく、珍しく暖気が東京に流れ込んだ昨夜、餌を求めて上野の検車区から地上へ出たコウモリが人々を襲ったのだ」

降旗は、今の都心の外気温を確認した。すでに氷点下になっている。

「ネズミを襲っていた時と同じだ。彼らにとって自然な狩り場は地下だ」

冷ややかに村上がつけ加えた。

御徒町で人を襲ったコウモリなど全体から見れば、ほんの一握りに違いない。

ならば、飢えたコウモリが次に人を襲う場所とは……。

降旗は体の芯が震えるのを感じた。

地下鉄が危ない。

同日　夜
東京都　千代田区　霞が関　東京メトロ日比谷線　霞ケ関駅付近

日比谷駅、二十二時三十分発の中目黒行の電車は、霞ケ関駅に向かって、桜田門前のカーブを左に曲がり始めていた。ヘッドライトがトンネルの壁を照らす。やがて、桜田通り直下の直線に入る。遠くに霞ケ関駅の明かりが小さく見えた。

電車は定刻どおりに運行されている。

突然、小さな衝突音とともに、運転席の窓ガラスになにかがぶつかった。

黒い毛玉が窓ガラスに張りついている。

運転手は、なんだろうと目を凝らした。

最初は、車輪が巻き上げたゴミだと思った。ところがよく見ると、血とおぼしき赤い筋を残しながら、黒い毛玉がガラスの表面をずり落ちていく。毛玉の中から折れ曲がった細い足が伸びている。動物だ。でも、ネズミではない。全身が毛で覆われ、皮膜の翼が見える。

もしや、コウモリか。

「おいおい、きちんと構内の点検やってるのかよ。架線にでも触れてショートしたらどうするつもりだ」と運転手は舌打ちした。

多分、ヘッドライトの明かりに引き寄せられたのだろう。霞ケ関駅に到着したら拭き取らねばならない。

ところが。

消火器から噴き出る粉末消火剤のごとき煙霧が、すごい勢いでこちらへ向かって来る。煙霧の内側から小さなコブが次々と湧き上がっている。目を凝らす。やがて電車が煙霧に突っ込んだ。途端に、パチパチという音を立てながら、先ほどの黒い毛玉が窓に当たる。みるみる窓ガラスが黒く塗り潰され、視界がゼロになった。

「危ない！」

運転手は緊急ブレーキを作動させた。警笛が響く。

ロックした車輪の金属音を引きずりながら、電車が急減速する。

一斉に乗客が進行方向へ雪崩を打って倒れ込む。

「馬鹿野郎！」「危ない！」「なにやってんだ！」

車内に怒号と悲鳴が溢れる。

恐怖に歪んだ表情の乗客が、摑まる物を探して両手で空を摑む。

全員がドミノ倒しになる。倒れ込む乗客に別の乗客が突き飛ばされる。網棚の荷物が宙を飛ぶ。なにかが焦げる臭いが車内に漂う。

ようやく、電車が停止した。

床の上では幾重にも乗客が重なり合い、下敷きになった乗客のうめき声が響く。

優先席の前に倒れた男性の腕が、おかしな方向へ曲がっていた。

「なんなんだ」

呆然とする乗客たちの声が強ばる。

（お客様にお伝えします。当車両は、なんらかの障害物に衝突したため、緊急停止致しました。現在、原因を調査中です。なお、危険ですから、絶対に車外へは出ないでください）

車内アナウンスが流れる。

窓の外でおかしな音がする。団扇でガラスを叩く音に聞こえる。

外に目をやると、なにか黒い塊が飛び回っている。

キーキーという神経を逆撫でする鳴き声がした。

「なんだあれは」

「あれは……、あれはコウモリだ」

車両の窓がコウモリの群れで覆われていく。それはまるで、夏の夜に家の明かりに誘われて窓を埋め尽くす蛾の大群を思わせた。コウモリの翼が窓を叩く音が共鳴しながら大きくなっていく。

「もしかして、こいつら御徒町で人を襲ったコウモリじゃないだろうな」「車内へ入れるな！」

あとずさりした乗客が背中を合わせて輪になる。

金属を引っ掻くような甲高いコウモリの鳴き声が車両を包み、車内にまで響く。皆が両手で耳を押さえた。

「どうやって逃げるのよ」

「誰かが助けに来てくれる」

「しかし、駅の職員は俺たちがコウモリに襲われていることは知らないぞ」

「それに、下手に助けに来れば彼らだって襲われてしまう」

「携帯で警察を呼べば」

「それだって同じだ」

乗客たちに動揺が広がる。

「機動隊が来るだろう」

「それまで、こいつらが車内に入って来ないっていう保証があるのか」

「連結器のところを食い破られたら」

窓を叩く羽音が一層大きくなった。

「おい。この窓大丈夫だろうな」

突然、車内の照明が消えた。

コウモリが一斉に嬉々（きき）とした鳴き声を上げる。

女性の悲鳴が車内を突き抜けていく。

「来るぞ」

「逃げるんだ！」

誰かが非常用ドアコックで扉を開けようとする。

「やめろ！　コウモリが入って来る」

「うるさい。放せ！」

ドアコックの前で二人の摑み合いが始まった。その隙に、取り乱した女性がコックを手前に引いて、ドアを開けた。

「なにをする！」

その瞬間、数え切れないコウモリが車内に飛び込んで来る。

怒号と悲鳴。

乗客たちにコウモリが襲いかかる。

それは腹をすかせたライオンの群れに、生肉を放り込んだに等しい。

血に飢えたコウモリたちが、頭上を、足下を、狂ったように飛び回る。コウモリの羽音に、死神の羽音が混じる。

「やめろ」「来るな」「助けて！」

四方八方で血しぶきが上がり、悲鳴が交錯する。

コウモリがうじゃうじゃと重なり合う黒い塊の中から、人の腕が突き出た。

地下鉄のトンネルが地獄の門と化した。

同時刻

東京都　港区　青山総合病院

　都築は、狂犬病を発症した患者が収容されている病院にいた。

　都内の発症者が百人を超えた。患者は複数の病院に収容されているが、問題は専門医の数が足りないことだ。感染症の専門医はいても、狂犬病の専門医などいない。それぐらいこの病気は稀な存在で厄介だった。

　都築は都の緊急要請を受け、迎えのパトカーで駆けつけた。

　青山総合病院は、二類感染症患者だけでなく、まだ我が国ではほとんど例のない一類感染症や未知の感染症についても、入院治療が可能な特定感染症指定医療機関としての設備を備えている。感染症病室には、洗い場・シャワーつきの前室が設けられ、室内が陰圧に保たれた感染症患者収容区画は、共用排気処理やＨＥＰＡフィルターを通しての排気機能と、塩素滅菌槽による排水機能が完備されていた。もちろん、病室はナースステーションとの双方向テレビモニター設備で繋がっている。

　問題は治療法だ。

　狂犬病の病原体はウイルスだ。ウイルスは一般の病原体と異なり、細胞からできた生物ではない。簡単に言うと、細胞のあいだを渡り歩く遺伝子と、それを細胞に感染させるタンパク質などからできた遺伝子のパッケージなのだ。だから、細胞は殺せてもウイルスを殺すことはできない。一旦感染してしまったら、感染した細胞を人の免疫が破壊してくれるのを待つしかない。ウイルス感染症の治療はそのプロセスを助けることしかできないのだ。

つまり、インフルエンザと同じように、ワクチンに頼るしかない。ワクチンとは、壊れた病原体のかけらを生物の体に入れて、それに対する免疫の抗体を作らせるものだ。狂犬病のワクチンも、狂犬病のウイルスを壊して感染能力のないかけらにしてから注射すると、人体に狂犬病のウイルス粒子を破壊する免疫が生じるという理屈だ。

現状では、狂犬病の治療法はワクチン接種しかない。

「状況を教えてください」

都築は自分をサポートしてくれている内科の尾上医師に尋ねた。

二人とも、防護面、マスク、予防衣、手袋を着用している。狂犬病が人から人へ感染する証拠はないが、涙や唾液にウイルスが含まれる以上、それが傷や粘膜に付着すれば感染の恐れがあると考えた都築の指示だった。

「博士のご指示どおり、咬まれた傷口を石鹸水でよく洗い、消毒液やエタノールで消毒しました」

「それで結構です。狂犬病ウイルスは弱いウイルスなのでこれで大半は死滅します。すぐにワクチン接種を開始してください」

「そちらも、ご指示どおり進めていますが、他に有効な処置はないのですか」

都築は首を振った。

「狂犬病の治療法は確立されていないので、本来、病気に気づいてからの対処では遅すぎるのです。発症してしまえば、抗狂犬病ガンマグロブリンや狂犬病ワクチンを投与して様子を見るしかありません。せいぜい、麻酔薬のケタミンなどによる鎮静療法や、抗パーキンソン病薬のアマンタジンなどによる脳血管攣縮（れんしゅく）の予防療法ぐらいしかありません」

その時、インターホンが都築を呼んだ。

「都築博士。お客様です」

ナースステーションと仕切られた窓の向こうで降旗が一礼している。

右手を上げた都築は「今行きます」と答えた。

都築が前室とのあいだの引き戸に手をかけた時、一番奥のベッドで寝ている女の子が暴れ出した。

都築と看護師が駆け寄る。

彼女は今朝、収容された。親の話では、外で遊んでいた時、どうやらコウモリに耳を咬まれたらしい。一週間して吐き気、嘔吐が起こり、診察を受けた小児科から検査入院するように指示された。検査の結果、物が二重に見える複視と一部の神経節に麻痺が見られたが、MRIとMRAの検査では脳に異常は認められていない。

「博士。体温が三十八・九度に上がっています」

看護師がモニターを見て報告する。そのあいだにも全身の痙攣が激しくなり、同時に眼球振とうと嗜眠(しみん)状態が顕著になっていた。

「博士。なんとかしてやってください」

尾上と看護師たちがすがる目を向ける。

顎に手を当てた都築は、目を閉じてじっと考え込んだ。

「ミルウォーキー・プロトコルを試してみましょう」

「ミルウォーキー・プロトコル？」

それは、二〇〇四年にアメリカで開発された実験的な治療法。患者を薬物により昏睡状態にし、抗ウイルス薬・鎮静薬・麻酔薬を使用する方法だ。

「これまでに世界中で二十人弱の患者にミルウォーキー・プロトコルが行われた。ただ、治療成功例は数人しかいません」

「どの薬を使うのですか」

「ケタミンよ。狂犬病ウイルスの増殖を麻酔薬であるケタミンが阻止するといわれている。ケタミンは神経細胞内で狂犬病ウイルスの転写を抑制するけれど、狂犬病ウイルスだけに効果を示し、他のウイルスには効果がないことが知られています」

頼みます、と尾上にあとを託し、防護面を消毒装置に、マスクと手袋を専用のゴミ箱に放り込んだ都築は、感染症患者収容区画を出た。

降旗が出迎えた。

「博士。厚労省へはいつ頃戻って頂けますか」

「あれもこれも言わないでください」

都築はつい語気を荒らげた。

「申しわけありません」

「ごめんなさい。あなたに当たっても仕方ないのに。私ってどうかしてるわ」

都築は、降旗を連れて控え室に使っている診察室へ戻った。

「……ギニアでもこうだった」

机に両手をついてうなだれた都築は、ポツリと言った。

「私たちはＷＨＯの短期専門家としてギニアに派遣され、最前線の治療センターでエボラ出血熱の治療と感染対策に従事しました。現地では、汚染区域と非汚染区域をわけてから、汚染区域では患者の重症度によって、治療の優先度を決定して患者の選別を行いました。要するに助ける者と見捨てる者の選別です。個人防護具を着用し、患者の受け入れと診療が、来る日も来る日も続いた」

昨日のことのように覚えている。

「治療センターには、疑い患者病棟と確定患者病棟があり、患者の急増に対応するため仮設病棟が増設されたけれど、全然足りない。多数の患者を収容するため、廊下にもベッドを並べ、ベッドも足りない時はマットレスを敷いて対応したのです」

身の危険を感じながらの治療。およそ日本国内ではあり得まい。

「医師の中にも感染した方々がいたのですか」

「私がいたエボラ治療センターでは、最初の一箇月で看護師のうち十一名がエボラ出血熱に感染し、うち五名が命を落としました。やがて、治療センターの責任医師が死亡したことをきっかけに、二十名の看護師が動揺して離職しました。その結果、残されたスタッフにはさらに重い負担がかかった。きわめて深刻な事態で、現場の診療要員が決定的に不足しているにもかかわらず、患者は次々と運び込まれる。そんな切迫した中で、患者に対応せざるを得なかった状況が、さらなる感染連鎖を生んだのです」

いつのまにか肩で息をしていた。

「私は……、自分が許せなかった……」

そこで言葉が途切れた。

都築は赦しを乞うように降旗を見た。

降旗が小さくうなずき返してくれた。

「ギニアのエボラ治療センターで、私は何人もの乳幼児を看取りました。虫の息の女の子を腕の中で看取った。自分の無能さに身が引き裂かれそうになった。私自身も子を持つ母なのに、生まれたばかりの我が子を救ってくれと懇願する母親になにもしてあげられなかった……」

ずっと堪えていた涙が溢れ出た。

「みんな生きたかったのよ。もっと生きたかったのよ！」

一月十二日（土）
東京都　千代田区　霞が関一丁目　厚生労働省　七階　第十一専用会議室

省内は非常事態に陥っている。官邸との連絡、警察からの情報収集、保健所との連絡を担当する各部署は殺気立ち、室内では「あの書類は！」「官邸へは上げたのか！」、廊下ではない。

「通してください！」「邪魔！」と怒号が飛び交う。省内を呑気に歩いている者など一人もいない。

降旗と都築も病院から駆けつけた。

昨夜、日比谷線で起きた惨劇の報告に、出席者は青ざめていた。会議室には新しい情報を届けるために、職員がひっきりなしに出入りする。入り口の扉を開け閉めしている暇などない。

ついに事態は抜き差しならない状況に陥った。

六本木のヒルによる感染症、水再生センターと東京メトロのトンネル内で発見された切断死体、そして、上野での狂犬病発症と立て続けに事件が続いた。それでも、前代未聞とはいえ、起きていることをそれなりに把握できていた。

ところが、事態は思わぬ方向へ進む。

コウモリが人を襲い始めた。しかも狂犬病の媒介者だ。御徒町で多数の通行人が襲われたのをきっかけに、地下鉄が襲撃され、四百人を超える犠牲者を出す事態に陥った。被害者の九割から狂犬病ウイルスが検出されている。

コウモリによる人の襲撃という事態の担当は、都や区役所なのか、厚生労働省なのか、はたまた警察なのか。その所管さえはっきりしない。野犬を保健所や動物保護センターが捕獲するのとはわけが違う。

政府が方針を決めかねているあいだ、取りあえず、厚生労働省は狂犬病対策の一環として、その予防と対策に関する議論を続けていた。

「コウモリはどこからやって来るのか」

資料から岩渕が顔を上げる。

「ようやく、その気になったか」

独りで鼻歌を歌っていた村上が、両手を突き上げて背筋を伸ばした。

「どこかにコロニーがある」

「東京で繁殖したのですか」

竹内健康局長の顔に疲労の色がにじみ出ている。

「そうだ。彼らはすでに都会にしっかり根を張っている。しっかりとな」

「なぜ、そう言い切れるのですか」

「過去に同じ例はいくつもある。ヨーロッパから南アメリカに移植された野生のアーティチョークは、原産地では比較的稀にしか見られなくなっていたのに、アルゼンチンのパンパでは優占種になり、とてつもなく広大な地域を、あの棘だらけの植物が覆っている。ヨーロッパでは安定した数で群生していたのに、新しい棲家で有害植物となるまでに数を増やした。

つまり、そういうことだ」

村上が、コンガ奏者のように机を叩く。

「なぜこれだけ短期間に一つの種が、ここまで繁殖したのだろうか。都心にだって少数とはいえ、昔からコウモリはいたはずだ」

「新しい環境に持ち込まれた種が爆発的に増殖するのは、抑制要因が存在しなければ、侵入者の生存率が上昇するからだ」

陣内が、天敵の村上を横目で睨んだ。

「コウモリにとっては、それが都心の地下だと」

「外からやって来た侵入種が繁殖できるかどうかは、誰にも占められていない空間があるかどうかによる。侵入種は競合種、捕食者、あるいは病気といった原産地で増殖を抑制していた要因から解放されると、急速に数を増大させる」

「生物の生き残りを懸けた戦いというわけか」

竹内健康局長が独り言をつぶやいた。

「侵入は、あらゆる時代を通じて起こっているのだ。あらゆる種は過剰な数の子を産み、その中の一部に、形質が変異した個体が現れる。彼らは、自分たちが利用できる生息環境を求めて、新天地へ侵出していく」

「都心で、彼らがさらに繁殖すれば？」

「竹内局長。我々が被るのは、ヒルによる被害の比ではない」

茶化すように言葉を切った村上が、王のごとく室内を見回す。

「一つの生態系で優勢な個体は容赦なく増大し、利用可能なすべての空間を占め、利用可能なすべての食物を取り尽くす。すると、その個体は、生活を維持するために異なった方法を手に入れることによって、たとえば、違う種類の獲物を追いかけたり、死んだ動物の腐肉を食べたり、樹上や水中といった新しい生息環境に入り込む。我々の前に現れたコウモリは、食性を肉食に変えることによって変化しようとしている。彼らは変異しながら数と種類を増やし、都会の地下という新しいニッチに侵入しようとしている」

「進化とは、そんなに早く起きるのでしょうか。私は、数万年から数十万年のスパンで起きるものと理解していました」

都築が眉をひそめる。

「おいおい。それは、外形の問題だ。たとえば、恐竜の体表が、ある時期から羽毛に覆われるといったようにな。かたや化石からの知識で、食性の変化などを知ることはできない。たとえば『草食恐竜』と呼ばれている『ブラキオサウルス』は、正確には『草も食べていたと思われる』が正解であって、実際の食性は不明なんだよ。つまり、コウモリが短期間に肉食へ変化し、哺乳類を捕食し始めるという進化を否定できる根拠はどこにもない」

しかし、と都築はまだ納得できない様子だった。

村上が舌なめずりする。

「進化は突然現れる大きな変化によって引き起こされ、変化が好ましければ保存され、障害を与えるものは失われる。あんたもそれぐらいは知ってるだろ。一回の突然変異によって一気に新種が作られることさえある。ロンドン地下鉄の蚊のように、地質年代に比べれば瞬き(まばた)の瞬間でしかないこの百年間にも実例はある。遺伝法則に則り、まもなく、進化についての新たな理論が証明される」

「新たな理論ですか」

「そうだ。元は劣勢だった種が急激な進化を遂げ、その時代、圧倒的に優勢だった種を滅ぼす。滅ぼされた種は、まさに忽然(こつぜん)と歴史から消えてしまう。人類とコウモリ、片方の生き残りを懸けた戦いが私の理論を証明する」

どうだ、と村上が両手を広げる。

会議室が悲愴な沈黙に包まれた。

会議が始まってから沈黙を守っていた降旗は、ある確信を持って村上を凝視していた。彼の不審な言動の意味。今日こそはっきりさせねばならない。

「教授。絶滅進化論ですね」

降旗は押し殺した声で、しかしはっきりと言った。もはや看過できない。

一瞬、村上の動きが止まった。

「あなたは、犯人がコウモリであることを、事件発生の直後からわざと隠蔽した。理由は確証がないからじゃない。あなたは、自身の学説、絶滅進化論が現実のものとなるまで、コウモリの存在に気づかれないよう、意識的に我々の目を逸らさせた」

「坊や。もし、そうならどうする」

「いったい、どれだけの人々が犠牲になったと思ってるんですか！」

降旗は、拳で机を叩きつけた。

「己に都合の良い方向へしか議論を導けない連中に、なにを言っても無駄だったはず。警察しかりだ。特に、そこにいる間抜けな課長はな」

村上が陣内を顎でさす。

「なんだと！」

陣内が椅子を蹴る。

「見ろ、あの単細胞を。ゾウリムシの方がまだマシだ。よく聞け。仮にコウモリの存在にお前たちが気づいていたとしても、奴らは止められない。津波のごとく押し寄せる進化の力を甘く見るな」

「私たちはどうなるというのか」

落ち着いた声で、岩渕が場を鎮める。

ようやくきたか、と村上が得意げに肩をいからせた。

「私の学説を読んでみろ。お前たちは生物相互作用の結果、絶滅する」

「生物相互作用？」

「生物同士の生存競争だ。食うか食われるかの世界のことだよ。やがてコウモリと人が、生き残りをかけて争うことになる」

「人とコウモリが争う？」

「我々は自然淘汰に直面している。現環境に対して、人かコウモリ、より適応した形質の子孫だけが生き残る。驚くようなことではない。過去、何度も繰り返されてきた」

血相を変えた竹内健康局長が立ち上がる。

「これ以上、村上教授をこの会議に参加させるわけにはいかない」

「警察に身柄を拘束させましょう」

陣内がここぞとばかりに押す。

「課長。それは無理だ。教授が明白な違法行為を行ったわけではないし、先ほどの降旗課長補佐の話にしても推論にすぎない。要するに、道義的責任はあっても罪を問える状況ではない」

「では、どのように」

「教授には、まだなんらかの追加聴取が必要になる。ただ、これまでのふるまいからして、放っておけば行方をくらます恐れがある。緊急時の特例措置ということで警察の協力を得て、省内に留め置け。責任は私が取る」

承知しました、と答えた陣内が呼んだ警備員に両側を挟まれ、村上が会議室を出て行く。

村上が降旗の前で立ち止まった。

「降旗。お前は、小さい時から屈折した人生を歩んできたようだな」

「誰がそんな話を」

「あの男だよ」村上が、会議室の端に座る川上を顎でさした。「自分はついていないと、いつも愚痴を言ってるそうじゃないか」

「あなたに関係ない」

降旗は川上を睨みつけた。慌てたように川上が視線を逸らす。

「いいことを教えてやろう。相手を死にいたらしめる暴力は、人類が進化するにつれて増加してきた。同種間での争いで死んだ哺乳類は、全体の〇・三パーセントしかいないのに、人類は二パーセントが互いの殺し合いで命を落としている。いいか。人類はもともと暴力的な生き物だ。人生を変えたいなら戦え。相手を殴り倒し、踏みつけ、殺せ」

　正真正銘の悪意が正体を現す。

　警備員に背中を押されて歩き出した村上が、再び扉のところで振り返った。

「千二百種以上いるコウモリの中で、殺し合いをするのはほんの一部だけだ。そんなコウモリがなぜ凶暴化したのか。お前たち素人に、この危機の真実を突き止められるわけがない。もうまもなく、お前たちは私に助けてくれとひざまずく」

「後で川上課長補佐に聴取させる。早く連れ出せ！」

　竹内の怒声が響く。

　廊下を笑い声が遠ざかって行く。

　会議室では行き場を失った議論が続いていた。

　コウモリを駆除する必要性に異論はないのに、方法が思い浮かばない。「メトロの運行を全面停止して徹底的に調査すべきだ」「そんなことをしたら都心が大混乱に陥る。そもそも、我々にそんな権限はない」「コウモリが構内に生息している保証は？　御徒町で通行人が襲われた事態からしても、彼らは地上のどこかに巣を作っているのかもしれない」「巣が特定できないのにどうするつもりだ」

現在、東京メトロの運行は日比谷線のみが停止されている。コウモリが地上に現れた御徒町では、半径一キロ以内で立ち入り禁止措置が取られた。

東京都練馬区の陸上自衛隊練馬駐屯地に司令部を置く東部方面隊第一師団に、警護出動を目的とした出動待機命令がくだされた。

さらに厚生労働省として、狂犬病の拡大を防ぐため、都民に夜七時以降の外出自粛要請を出すよう、政府に申し入れることとなった。それが省として、精一杯の対応だった。

村上の唱える『絶滅進化論』が現実になるのか。

その一節にあった『レッドリスト』なる資料を、降旗は思い出した。

絶滅の恐れのある野生生物の種をまとめたリスト。二〇一七年、『絶滅危惧種』に指定されたのは、確か二万五〇六二種だった。もしそうなら、新種のコウモリの誕生で、人類は二万五〇六三番目に、『ヒト』を自らの手で書き加えることになる。

いや。それだけでは終わらない。

絶滅進化論には、種の生存は他者の犠牲の上に成り立ち、生存競争の敗者は完全に姿を消すとあった。

村上は確信しているのだ。

コウモリとの戦いに敗れ去った人類が、レッドリストの最上位、『絶滅種』に登録されると。

第四章　絶滅

人の体は、狩猟採集民としての生活に適するよう進化し、その機能を維持しているにもかかわらず、文明という人工の環境下で、不自然な生活を自らに強いている。この状況を自己家畜化現象と呼ぶ。便利さ、快適さ、豊かさを追い求め、文化・文明を発達させてきたとはいえ、それは人という種にとっては『不自然さ』の追求でしかないのだ。

ほとんどの捕食者を排除した人は、自らの大脳の働きによって、自らを不安定な生息環境に閉じ込めていることに気づいていない。

そこへ思いもしない生物が、神の意志により挑んできた。

一月十五日（火）　午前十時
東京都　武蔵村山市　学園四丁目　国立感染症研究所村山庁舎

東京に第一級の寒波が訪れようとしていた。

太平洋赤道域東部の海水温が低下する『ラニーニャ現象』に、『北極振動』が重なると予想されていたとおり、北極付近にため込まれていた寒気の吹き出しが始まった。

上空を吹く偏西風が南へ大きく蛇行し、さらにその勢いが弱いため、極寒の北極の大気がどんどん日本へ流れ出てくる。

過去数百年で最大の大寒波がやって来た。

人々が凍え、街が凍ることになる。

このままなにも起こらないことを祈りながら、なにも起こらなかった連休がすぎた。

降旗たちは、国立感染症研究所村山庁舎にいた。バイオハザード対策用キャビネット内で、御徒町で捕獲したコウモリの解剖が行われたので、その所見を聞くためだ。

降旗の依頼で、村上の研究室の准教授だった武田が解剖を担当した。研究室の学生から聞き出した携帯の番号で連絡を取った武田から、すでに降旗は話を聞いていた。彼の報告では、武田と村上は富士の樹海へ出かけ、村上は風穴で今回の事件の真相を摑んだらしい。

降旗は、村上に代わる情報源として武田に協力を仰いだ。

武田がキャビネットの中にゴム手袋を脱ぎ捨てる。

「これはヤマコウモリではないかと思います」

「ヤマコウモリ？」

「はい。ほぼ日本全域に生息しています。前腕長は六センチ前後で、頭胴長は十センチほど。耳介長は二センチ、耳珠長は八センチ程度で、体重は二十グラムから六十グラムが標準ですね。日本の食虫性コウモリの中では最も大きく、翼を広げると四十センチに達します。体毛は密で長く、背面は黄色みを帯びた褐色で、腹部はやや明るいのが特徴です。耳介前縁は凸で、上部は丸みを帯びている。耳珠は短く、その幅は長さとほぼ同じ。翼は細長く、下面の前腕および体側近くは短い茶色の毛で覆われている」

それから、と武田がつけ加える。

「コウモリの死骸から、寄生しているヒルを発見しました」

不都合な真実が繋がった。

「彼らは中部山岳地帯から、生息域を都心に移したということですね」

村上の仮説が証明された。ヒルはコウモリが富士の樹海から運んで来たのだ。地下鉄構内でコウモリの体から落ちたヒルが、中央排水溝から下水暗渠内に流れ込んで繁殖したというストーリーで間違いなさそうだ。

「こいつらが、樹海から二つの病原体を東京へ運んだ」

「降旗さん、多分それは違う」都築がつぶやいた。「破傷風菌はヒルが樹海から運んだ。でも赤痢菌は違います。おそらく、ヒルはネズミの糞から赤痢菌を取り込んだと思います。なぜなら、樹海の生き物や土壌から赤痢菌が検出されたことはありません」

それが六本木の感染症の真実というわけか。

「武田さん、コウモリの本来のねぐらは」

「自然界ではおもに、樹洞（じゅどう）をねぐらとしています。ただ、都会に生息域を広げたものも多く、最近では市街地から森林まで様々な環境で見つかっています」

「繁殖の習性は」

「六月から八月にかけて、雌は数十から百匹以上になる出産飼育コロニーを作ります。出産期は六月下旬から七月上旬で、一産二子。新生獣は生後四週間ほどで急激に成長し、六週間で親と同じ大きさになる。雄はこのあいだ、単独から数十匹単位の小規模集団を作る一方、秋から冬にかけては雌雄混成集団を形成します。日没前後の比較的明るい時間帯にねぐらから飛び出し、開けた空間を高速で飛翔する。周波数が低く音圧が高い音声を用いて、ハエや蛾、甲虫などを探索、捕食するのです。翼の形から長距離飛行が得意で、北海道から青森への移動例も確認されています」

「先ほど、ヤマコウモリではないか、とおっしゃった理由はなんですか」

「顔を見てください」と武田がコウモリの頭部を指さす。「耳介は短く丸みを帯び、耳珠は比較的細長く前方に曲がり先端は丸い。そもそも顔が丸いでしょ。これはユビナガコウモリの特徴です。さらに、下顎の犬歯の高さや、前臼歯の形と配列はネズミなどのげっ歯類のそれを思わせる」

「新種ですか」

「そう思います。でもその理由は身体的特徴からではありません。なにより、この標本は信じられないことに、生殖機能を持っていない」

「ということは」

「子孫を残す機能を有していないのです」

「で、でも。それならなぜあれだけ多くのコウモリが現れたのですか」

「謎です」

生殖機能を有しないコウモリ。世界で初めて発見された新種とのことだ。

長い沈黙が室内を包む。

都築が口を開いた。

「このコウモリが人を襲うことは」

「ヤマコウモリなら、ありません。先ほど言ったように、ヤマコウモリは食虫性です。ただ、この被験体は、顎の筋肉、短い腸、どれも肉食獣のそれを思わせる」

「解剖結果から、肉食を裏づけるなにか新たな知見は」

武田が首を縦に振る。

「このコウモリの胃から人の物と思われる肉片と、皮膚が確認できました」

改めて降旗は、キャビネットのガラス越しに、解剖されたコウモリの様子を見つめる。キャビネット内の作業スペースに置かれた解剖マットの上で、コウモリは皮をはがされ、横隔膜の下で腹壁が左右に切り開かれていた。肋骨が切り取られ、肺、心臓などの胸部の臓器、肝臓などの腹部の臓器がのぞいている。

やはり、肉食の新種なのか？

「新たな進化の扉が開かれたのです」

武田が腕を組む。

「このコウモリが、村上教授が秘密にしていた事件の真相ですか」

「おそらく」

「武田さん。なぜこのコウモリが肉食獣の特徴を持っているのか、あなたの考えをお聞かせください」

「生物間の相互作用は、内部の解剖学的特徴も形づくる。たとえば、動物の食性は歯、舌、唇および消化管を含めて、食物の処理にかかわる部位の進化を形づくるのです。捕食獣の歯は肉をナイフのように切り、ハサミのように裂く。捕食者の胃は筋肉と骨を砕くのに役立つ強力な酸を作り、短い腸で、分解産物である単純な栄養素を吸収します。それに対して草食獣は、植物のギザギザした葉を粉々にできるように、切ってすりつぶす歯を持っている。彼らは、葉を摑む時に手のように使える唇と、食物の塊を嚙む時に口の中で自由に動かせる筋肉質の舌、そして細かくした草を細菌によって消化するための発酵室に変形した消化管を持っているのです」

「その意味では、この被験体は、通常のヤマコウモリより少し大きくないですか」

都築が尋ねる。

「生物は、生息域において食性が安定するとエネルギー効率を高める方向で大型化していくものです」

武田が答える。

「それでも、外観より内臓の変化の方が顕著ということですね」

「そうです」

村上の言葉が脳裏に蘇る。彼は「進化とは、そんなに早く起きるのか」という都築の質問に、こう答えた。

『それは、外形の問題だ。たとえば、恐竜の体表が、ある時期から羽毛に覆われるといったようにな。かたや化石からの知識で、食性の変化などを知ることはできない』

我々が知る進化の記録の大半は、化石から明らかになる外形の変化だけだ。

ことここにいたっては、降旗にとって『なぜ、コウモリはこれほど早く進化したのか』が重大な問題となる。それが今後の対策の選定と実施、そして被害予想に大きな影響を与える。

窓に目をやると、外は激しい吹雪だった。

暗黒の未来が東京に迫りくる予感に降旗は身震いした。

武田が降旗の疑問を察したようだ。

「降旗さん。早すぎる進化は疑問ですか」

「はい」

「ダーウィン説にしたがえば、短期間に発生する進化は、同一種の中にみられる相違として現れ、実際、新種の誕生をもたらすことがあります。ダーウィンは、人が関心を抱いた途端、イチゴは変異を見せ始めると言っている」

「その真意は」

「イチゴはいつも変異をしているのです。ただ、そんなことに興味を抱かない人は、その事実に気づかないだけです」

滅ぼされる者は死が目前に迫るまで鈍感なのか。

「今後、種としてのコウモリはどうなるのですか」

「もし特定の種で特異な分化と進化が起こるなら、他の種も分岐する性質を受け継いでいるはずです。つまり今後、他の種も変種へと分岐する可能性が高いと考えるべきです」

「今回発見された新種以外に、ヤマコウモリの中から食肉種が誕生する可能性があると」

「そうです」

「それを防ぐためには」

「まず、この種が他の種と交雑することを防がねばならない。先ほど言ったように、今回の突然変異は、都心の地下で他の種と隔離されて繁殖したヤマコウモリの中で起きた。ただ、彼らが生息範囲を広げ、他の種と交雑すれば、肉食の習性を持つ新たな種が生まれ、爆発的に勢力を拡大するでしょう」

「それを防止するためには」

「彼らが他の種と出会う前に処理するのです。つまり絶滅させるのです。狂犬病の恐怖など知れている……」

武田の頰が引きつっている。

「もし失敗すれば」

「我々が絶滅する」

同日　午後零時
中央自動車道　上り線

積雪が二十センチを超えた東京で、降旗と都築、そして武田は中央道経由で霞が関を目指していた。

今は三鷹の辺りだ。

車のワイパーがせわしなく、フロントガラスの雪を払いのける。悪天候と都心で頻発する事件のせいか、高速を走っているのは降旗たちの車だけだった。東京都が準備した除雪機械や融雪装置だけでは、とても手が回らない。都内でも会社の臨時休業、物資輸送の遅延などが発生している。もはや、ただ降り積もる雪を眺めているしかない。お手上げの状態だった。

今この時、地上で慌てふためく人間をよそに、コウモリたちは都心の地下に息を潜め、攻撃の機会を狙っている。

コウモリがどこに潜んでいるのかを、なんとしても突き止めねばならない。

「我々が絶滅するかどうかは別として、厚労省としてはコウモリが人や犬、猫を襲うことによる狂犬病の蔓延を防がねばならない。そのために、コウモリのコロニーを大至急、特定したいのです」

降旗はルームミラーで武田をちらりと見た。

武田は他のことを考えているかのように、窓の外を流れる雪景色を見つめている。

見渡す限り、家屋の屋根が雪で覆われ、軒先からツララが垂れ下がる。スノータイヤの装着がまにあわないらしく、眼下の一般道を走る車はまばらだった。頭上には灰色の雪雲が垂れ込め、横殴りの雪が吹きつける。

降旗も初めて見る都心の光景は、真冬の日本海沿岸のそれを想像させた。

窓枠に肘をついて、爪を噛んでいた武田が口を開いた。

「先ほど、ユビナガコウモリの話をしましたよね。彼らは洞穴性でおもに、自然洞窟や廃坑などの天井をねぐらにしています。四季を通じて、数百から数千匹の集団を形成し、行動域は広く二百キロ以上になる。越冬期や出産哺育期には数万の巨大なコロニーを作る。しかも十年を超える長寿です」

「それがどうかしたのですか」

「村上教授が私を連れて樹海の調査に出かけた時、彼はこう言った。種は都心に届いたと。彼は風穴の中で、この事件の主人公を見つけたのです」

「ヤマコウモリを風穴で見つけたと」

「ところがヤマコウモリは本来、樹洞をねぐらとしている。都心へ移動してから新たな習性を身につけた可能性があるとしても、本来の生息地の樹海では考えにくい」

武田がシートに座り直す。

「風穴にいたのなら、洞穴性のコウモリということです。そしてヤマコウモリが洞穴性となっていたなら、肉食に進化する前に、すでに他の種との交雑によって、新たな習性を身につけていたのかもしれない」

そこから、武田が一つの仮説を語り始めた。なぜ急激にコウモリの数が増え、なぜコウモリと人が選択をめぐって争うことになったのか。なぜ東京なのか、そして今回の選択で有利なのはどちらなのか。

「武田さん。地下鉄構内に潜むコウモリのコロニーをどうやって探せばよいのですか」

「コウモリが生息する洞窟では、群れるコウモリが食事をしたあとの糞で地面が糞まみれになっている。そして、糞が発酵するので独特のアンモニア臭が立ち込め、発生するガスの作用で洞窟内の気温は高くなるはずです」

「しかし、そんな場所は発見されていない」

「ヒントはネズミです」

「ネズミ？」

「当初、ネズミの攻撃におびえながら地下で暮らしていたコウモリが、やがてそのネズミを襲うようになった。では、なぜネズミはコウモリのいる場所に集まったのか。コウモリのいる洞窟には、地面に落ちた糞に群がり、生態系を形成する生物たちがいる。排泄物を餌とするゴキブリやウジ虫が、山のようになった糞を覆い尽くしている。そのゴキブリたちを捕食するためにムカデ、アシダカグモ、カニ、大ゲジなどが壁じゅうに張りつき、中にはコウモリを直接捕食するヘビも存在する。地下鉄の中では、糞に群がるゴキブリを目当てにネズミが集まったのです。時々、死にかけの状態で落下して来るコウモリもネズミにとっては格好の餌だったはず」

「糞を探せと」

「コウモリの越冬集団は、互いに体を接して群塊を形成する。それはまるで毛虫の集団のように見えるはず」

同日　午後一時
東京都　文京区　本郷七丁目　東京大学　遺伝子研究所

なぜ生殖機能を持たないコウモリが存在するのか。

その謎を解くために、降旗と都築は、急遽、東大の遺伝子研究所を目指していた。省へ戻る途中、研究所から「大至急、伝えたいことがある」と連絡があったのだ。

吹雪の中を、代官町出口で首都高をおりた車は竹橋から白山通りを抜け、春日町交差点で右折して春日通りに入り、本郷の研究所を目指す。途中、別行動を取ることになった武田が迎えのパトカーに乗り換えた。

渦巻く暴風雪、黒い空、光を失った東京。絶望的な光景が車の外を通りすぎて行く。

十分が一時間に感じられた。

研究所の玄関で車が停止するや、急いで扉を開けた二人は雪の中をロビーへ駆け込んだ。息を切らして廊下を走り、目指す研究室に飛び込んだ。深刻な顔で実験動物学研究室の高橋教授が迎えてくれた。

捕獲したコウモリの遺伝子分析の結果が出た。

高橋がファイルをさし出す。

「発見されたコウモリのコロニーは、生殖機能を持たない雌雄の働きコウモリ、生殖機能を持つ雌、そして一匹の王コウモリから構成されています。彼らが新種であるのは、ただ肉食というだけではない」

降旗と並んで椅子に腰かけた都築が、ファイルを斜め読みする。

「アリの生態と同じですか？」

「アリ、ハチ、そしてシロアリもそうです」

「なぜ、そのようなことが」

「トランスポゾンによる、遺伝子の大規模な改変かもしれません」

「遺伝子の突然変異ですね」

都築の言葉に高橋がうなずく。

トランスポゾンは、細胞内でゲノム上を自由に転移するDNA配列だ。様々な生物のゲノムに存在するそれが生体内で転移すると、新たな変異体が作り出される。

「あらゆる生物のゲノムには、『寄生物』ともいえるトランスポゾンが大量に存在しています」

人間の設計図を一本の巻物に喩えると、ゲノムは『巻物全体』、遺伝子は『巻物に書かれた文章』、そしてDNAは『巻物を作っている紙とインク』にあたる。トランスポゾンは、多様な遺伝情報を持ったまま宿主のゲノムに紛れて眠っているが、なんらかの理由で目覚めると、宿主の遺伝子を書き換えてしまう。

つまり、突然変異体が生まれ、それは次第に新たな種として分化していく。

「それは進化ですか」

室員が気を利かして入れてくれたコーヒーを降旗はすする。凍え切った体に、温かいコーヒーがありがたかった。

高橋が二人の前に腰かけた。

「進化の三条件に照らし合わせればそうです」

生物の進化は、三つの条件が互いに影響をおよぼすことで生じる。一つは『遺伝』だ。DNAからできた遺伝子が子供に伝わり、その情報が親の形質を子に伝える。二つ目は『変異』と呼ばれている。DNAの複製時に問題が起こることで、子の形質が親と異なってしまう。三つ目は『選択』だ。複数の変異体が発生すると、ある者は進化し、ある者は絶滅する。

「今回は、コウモリの形質と食性に変異が起こった。その結果、彼らと敵対する我々人類は、どちらが生き残るかという篩、つまり選択にかけられている。これは、間違いなく進化の問題です」

まさに村上の予言どおりだ。生物は長いあいだほとんど形を変えず、その後のごく短期間に急速に進化することがある。生物の進化はその繰り返しの歴史だ。

都築がカップを机に戻す。

「コウモリのゲノム内で、新種を作り出すトランスポゾンが目覚めた理由は」

「それは不明です。コウモリのトランスポゾンを目覚めさせたのが、近縁種との交配だったのか、都会の環境といった外的要因だったのかはわかりません。ただ、どの生物にも起こり得ることです。たとえば人のゲノムの中には、ショウジョウバエのゲノムに存在するのとよく似たトランスポゾンが存在する。もし、それが目覚めれば人の設計図は書き換えられ、とんでもない変異体が誕生する可能性だってある」

「過去、人にもトランスポゾンが起こったことがあるのですか」

「今回と同じ出来事が過去、哺乳類に起こったことがある。胎盤の形成です」

「哺乳類の生殖にかかわる機能にですか」

哺乳類の祖先である両生類や魚類は卵を産む。原始的な哺乳類である単孔類、カモノハシも卵を産むことで知られている。一方、カンガルーなど有袋類の胎盤は不完全で、育児嚢の中で未成熟な胎児を育てる。ところが、それ以外の現生哺乳類はすべて、胎盤により母体とのあいだで物質のやりとりをしながら、ある程度成長した胎児を産む。

ではなぜ胎盤が形成されたのか。

「卵からかえったばかりの胚は脆弱なため、安全な母体内で育ててから出産することが有利だったからです。この胎盤の形成にＲＮＡ型トランスポゾンの遺伝子が関与したといわれています」

哺乳類の子孫を残す能力にも突然変異が関係していた。

一転、高橋の表情が険しくなった。

「もっと重要なことがあります。この遺伝子は、雄親から伝わった遺伝子のみが働き、雌親から受け継いだ遺伝子は機能しません」

その意味するものとは。

「突然変異で誕生した王コウモリは、自らの形質と食性を、多くの雌に産ませた子によって拡大していくと」

「目覚めたトランスポゾンが遺伝子の中に入り込むと、突然大きな遺伝情報の変化が生じる。それによって獲得した能力を、王コウモリは多くの子供に伝えることができる」

「新種のコウモリは、このあとどう進化していくのですか」

「選択されるために戦うでしょう。そのために数を増やそうとする。新種の進化に有利な第一の要因は、集団の大きさです。すでにびっしり埋め尽くされた生態系で新しい居場所を見つけるため、彼らは勢力を拡大しようとする。都会ではそのために邪魔なのは人間だけです。彼らは選択されるために、我々を絶滅させようとする」

「急に言われても、私には信じられない」

いかにも腑に落ちないといった様子の都築が、ファイルを机に戻した。

「科学における事実は、世の中が思っているほど絶対的な真実ではありません。現代科学では、検証の結果、予測と現実が異なる仮説は『現象を説明できない』として否定される。だから、『どこにも矛盾がないので差し支えがない』という無難な仮説しか残らないのです」

「王コウモリが現れた理由は？　なぜ、遺伝子の突然変異が、アリやハチと同じように、種類の異なったコウモリによって群れを構成する新種を生み出したのですか」

「進化論の柱には生存競争、適者生存、自然淘汰の他に、もう一つ性淘汰なるものがあります。子供をより多く残せる形質の進化をうながす淘汰です。それは、雌よりも雄に作用する。チョウならば雌は一度の交尾で一生分の精子を獲得するし、哺乳動物ならば雌は一度妊娠すれば子供が育つまで新たな妊娠はしない。したがって、雌は繰り返して交尾をしても子供の数を増やすことはできない。しかし、雄はチョウでも哺乳動物でも繰り返して新たな雌と交尾すればそれだけ子供を多く残せるのです」

ここを見てください、と高橋が御徒町の写真の一点を指さす。

「一匹だけ白いコウモリがいるでしょ。体も他のコウモリに比べると大型です。おそらくこれが王コウモリです」

「新種のコウモリは一夫多妻制というわけですね」

人類の敵は繁殖能力も半端ではない。

一夫多妻制を営む雄の繁殖戦略は、雌に対して、自らの遺伝子を持つ子孫をより多く残させることだ。つまり、縄張りの中に多くの雌を囲い込み、ライバルの雄が配偶関係を持たないようにする。このような繁殖戦略を取る動物は、チンパンジー、ゴリラなどの霊長類や、ゾウアザラシやアシカ、ライオンなどが知られている。

警視庁の杉山が提供した毛皮の女性の記録映像を、高橋がタブレットに呼び出した。

「私が思うに、この防犯カメラに映っているコウモリの群れは、王コウモリと交尾しようとする雌コウモリではないでしょうか。白い帽子に見えるのが王コウモリです。餌をおびき寄せるための擬態だけが、群れる理由ではないかもしれない」

すべての事件が新種のコウモリの生態に起因しているというわけか。人に比べれば遥かに劣ると思っていた動物が見せた驚くべき習性。知能という物さしでは測れない、種を守るための本能。神に選択されなかった降旗たちの命は風前の灯(ともしび)だった。

「我々は、このコウモリにどう対処すればよいのですか」

「王コウモリを殺すのです。働きコウモリや生殖機能を持たないコウモリは子供を残さない。ただ、このコウモリを殺すのは簡単ではない」

「なぜ」

「凶暴だからです」

「肉食だから？」

「それだけではない」

たとえば、典型的なアリのコロニーは働きアリ、卵を産む女王、および、分散して新しいコロニーを作る雄と雌から成っている。こうした異なった種類のアリの区分は『カースト』と呼ばれている。ではなぜ、このような階級ができるのだろうか。

アリのコロニーが大きくなると、幼虫と蛹(さなぎ)を狙う捕食者に襲われることがある。だから、コロニーの存続には、より有効な防御が必要になる。そこで、アリたちは防衛に特化した『兵隊アリ』と呼ばれる働きアリを進化させ、コロニーを要塞に変えた。それが高橋の仮説だ。

「働きコウモリは捕食のためだけでなく、敵を攻撃する兵隊コウモリでもあるはず。だから凶暴なのです。彼らは必死に王コウモリを守ろうとする」

すぐに厚生労働省へ、このことを伝えなければならない。

降旗は立ち上がった。

その時、メールの着信音がした。

メールを開いた都築の手からスマホがするりと床に落ちた。彼女が両手で口を押さえた。

「お嬢さんですね」

降旗はスマホを拾い上げた。

都築はなにも答えない。

「大至急、車をお願いします。厚労省へ戻る前に、都築博士が病院へ寄られます」

すぐさま降旗は、乗ってきた公用車の運転手に電話した。

「いいんです」

降旗の腕を都築が摑んだ。

降旗は首を振る。

「だめです。博士が病院へ寄っているあいだは、私がなんとかします。だから、早く行ってあげてください」

「でも」

思いつめた表情の都築がうつむいた。まつ毛が揺れている。

都築の掌に降旗は手を添えた。

「私が小学生の時でした。ある日、下校時間に雨が降ってきた。皆、校舎の玄関で雨宿りしていると、同級生のお母さんが次々と傘を持って迎えに来る。でも……」

降旗は目線を下げた。

「でも。私の母は来てくれなかった。それでも私は信じて待ちました。きっと用事で手が離せないだけだと。やがて日も暮れた。独りぼっちで玄関に立ち尽くす私に気づいた担任の先生が、これを使いなさい、と傘をさし出してくれた」

世界にたった独り取り残された気がした。

「私は校舎を飛び出した。……泣きながら雨の中を家まで走りました。家に入るなり、玄関にランドセルの中身をぶちまけた」

苦い記憶に息が乱れていた。降旗は、都築に微笑みかけた。

「博士。行ってあげてください。娘さんにはあなたしかいない」

都築が降旗を見つめる。

降旗はうなずき返す。

「ありがとうございます」

都築が部屋から駆け出した。

同日　午後二時
東京都　中央区　京橋二丁目　東京メトロ銀座線　京橋駅

研究所からの帰途、あることを思いついた武田は、降旗たちと別れて京橋駅に向かった。

厚生労働省の指示で、三日前から東京メトロ並びに都営地下鉄全線で一斉調査が開始された。自衛隊、警察、消防関係者も含め、延べ一万人が投入された調査だった。駅構内のトイレ、配電室、ホーム下からトンネル内、換気口まで、しらみ潰しに調査が行われている。その結果、数十か所で大量のコウモリの糞が確認された。少なくとも一箇月前にはなかった。ということは、彼らは次第に数を増やしている。

ただ、コウモリの群れ自体は、忽然と姿を消していた。

一月十一日に日比谷線の車両が襲われたあと、コウモリによる襲撃事件は発生していない。地上での目撃情報もなかった。

すでにどこかへ逃げ出したのか。

なぜ武田が、わざわざ京橋駅へ来たのかといえば、警察が村上に渡した切断死体発見現場の写真に、大量の糞が写っていたからだ。特派記者がコウモリに襲われた東銀座駅のトンネルでも同じだった。そして、どちらもドブネズミの糞に、クマネズミのそれに似たコウモリの糞が交じっていた。つまり、二つの場所は、まだコウモリよりネズミの個体数が多かった頃、コウモリが縄張りを拡大する前の生息地だったと武田は考えた。

もう一つ理由がある。昨年の十二月十九日、上野公園で酒盛りをしていた時、武田の仲間が急死した。担ぎ込まれた救急病院では心臓発作と診断されていたが、再検査の結果、狂犬病ウイルスが発見された。

彼は、「溜池山王駅で気味の悪い生き物を見た」と口走っていたらしい。

その溜池山王駅、バラバラ死体が発見された京橋駅と東銀座駅、車両が襲われた霞ケ関駅付近、狂犬病が発生した上野公園、そしてヒルが発生した六本木。どれも銀座線と日比谷線の沿線だ。さらに地上でコウモリの襲撃事件が発生した御徒町は、近くに日比谷線の仲御徒町駅と銀座線の上野広小路駅がある。

そして二つの路線が交わるのは、銀座駅と上野駅だ。

推理小説で読んだことがある。事件の真相は初期の現場に隠されていると。

武田は、降旗から官邸を通して、営業運転中の京橋駅の構内調査を強引に認めさせた。

電車がホームを出て行く。

「行きましょう」と武田は、案内役を務める東京メトロの山口工務企画課長に声をかけた。

山口はいかにも迷惑そうだった。

「課長。どうされました」

「あなたに言っても仕方ないのですが、構内で起きた事件の調査につき合わされるのは、これで三度めです。いいかげんにして欲しいですな」

「すみません。でも多分、これが最後です。いや、最後にしなければならない」

拳銃と防弾盾を持った警視庁警備部の特殊急襲部隊（ＳＡＴ）の隊員十名と山口、そして工務部の保守スタッフである若い遠藤(えんどう)につき添われ、武田は線路におりた。

深呼吸をした武田は、京橋駅から銀座駅へ向かう上り坂を進む。

足早に歩く十三人の靴音が壁に反響する。壁を這う電線、くすんだ信号機、天井からツララのように垂れ下がる遊離石灰。

途中、何回か電車をやりすごす。駅から百メートルほど進んだ。

ついに武田は、最初の切断死体発見現場にやって来た。もちろん、中央排水溝に散乱していた切断死体や糞はきれいに清掃されていた。しかし、そんなことはどうでもよい。武田が探すのはもはやコウモリの痕跡ではなく、コウモリそのものだ。

路床と壁を丹念に調べ、天井を見上げる。

爪痕、食い残し、そして群れの痕跡、それらが残されていないか。かつて、そして今も彼らが生息していないか。その証を探す。

壁沿いにライトをトンネルの奥へ移動させる。コンクリートのひび割れから、黒い地下水がにじみ出ている。よく見ると、くすんだコンクリートの表面に、何本もの白い線が残されている。新しい。顔を寄せてみた。

間違いない。なにかの引っ掻き傷だ。

トンネルの壁に沿ってライトの明かりをぐるりと一周させた。武田は生唾を飲み込んだ。天井、壁、床、あらゆる場所に無数の傷が刻み込まれている。それは、岩窟に囚われ、あげくに錯乱した囚人が、爪で壁じゅうを引っ掻いた痕に思えた。

背筋に悪寒が走る。

その時、どこかで——キーキー——という甲高い音が聞こえた。

武田たちは顔を見合わせる。遠藤のおびえた目がこちらを向いている。

なぜか生暖かい風が頬を撫でた。頭上を羽音が通りすぎた。

防弾盾を構えた隊員たちが、武田たちを中心に輪を作った。

突然、耳の横を黒い毛玉が飛び去る。

ヘッドライトの明かりを黒い影が横切る。

羽音が次第に数を増す。

前方から飛んで来る一回り大きなコウモリがライトの明かりに浮かび上がった。他のコウモリと違って体毛が白い。パグに似た犬顔で、突き出た鼻の両側に小さな目と耳がある。ところが、そいつが口を開けて錐（きり）のように尖った歯をむき出しにした途端、その表情は悪魔のような残忍さに変わった。

こいつは、もしかして……。

「危険だ。……戻ろう！」

輪を作った隊員たちに守られながら、武田たちは京橋駅に向かって闇の中を走った。

背後からコウモリの群れが容赦なく襲いかかる。防弾盾のあいだをすり抜け、背中、頭、足、次々とコウモリがぶつかり、そのたびに、あの甲高い鳴き声が辺りにこだまする。

「止まるな！　走れ！」

今、武田たちは飢えたライオンの檻に放り込まれ、檻の隅で身を寄せ合う獲物と同じだ。

トンネルがやけに狭く、そして京橋駅の明かりが遥か遠くに感じられる。

すぐ前を走っていた遠藤が、枕木に蹴つまずいて転んだ。

足首を抱えてうめき声を上げる。

「大丈夫か」

駆け寄った山口が遠藤を抱き起こす。

「足が、足首が」

彼の右足首から先がおかしな方向に曲がっている。

「山口さん！　急いで」

武田も遠藤の横に膝を突いた。

そのあいだにも、トンネル内がコウモリで溢れていく。

電車が来る。隊員たちが線路と線路を隔てる中柱沿いに一列に並び、防弾盾で壁を作る。

武田と山口は遠藤を壁の内側、柱と柱のあいだに引きずり込んだ。中柱に体を寄せる。首をすくめて目を閉じた。

轟音とともに、電車が通過した。

顔を上げる。

もはや、どこにもコウモリの姿はなかった。

肩で息をして、神に感謝しながら、武田は震える指で降旗にメールを送った。

同日　午後三時
東京都　千代田区　霞が関一丁目　厚生労働省　地下一階　宿直室

丸の内警察署の中岡は、宿直室の前に置いたパイプ椅子に腰かけていた。

門番のごとく部屋を見張っているのは、室内に西都大学の村上教授を収容、いや拘束しているからだ。なぜ、大学教授を宿直室に拘束することになったのかは聞かされていない。出来心で痴漢でもしたのか、それとも喧嘩か。ただ、署で預かるほどではないらしい。

三十分ほど前まで、健康局の課長補佐が事情を聞いていた。部屋から出てきた彼は「しばらくしてもう一度話を聞きますから、目を離さないでください」と言い残して、上の階へ戻っていった。

ウトウトしかけた中岡の耳がなにかに反応した。

宿直室の中から泣き声が漏れてくる。

「ごめんなさい。ごめんなさい」という声が聞こえる。

扉の鍵を開けた中岡は、扉の隙間から室内の様子を窺う。

畳が敷かれた部屋の中央で正座した村上が、両手で顔を覆いながらすすり泣いていた。

「私が悪かった。なんということをしてしまったんだろう」

村上の肩が震えている。

これは尋常ではない。中岡は宿直室に入った。

「どうしました。大丈夫ですか」

この男がなにをしたのか知らないが、こんなところで自殺でもされたらたまらない。

「私が悪いんです。どうやって償えば」村上が消え入りそうな声ですすり泣く。

「気をしっかり」中岡は、村上の肩に手を置いた。

「いえ。私はもうだめです」

背中を丸めた村上が、膝の上に突っ伏した。

やれやれ、と額を指先で掻きながら村上の前にかがんだ中岡は、両手に覆われた顔をのぞき込む。

「なにをしたのか知りませんが、まずは落ち着きなさい」

中岡の慰めに、村上がゆっくり顔を上げた。

サメのような灰色の目が中岡を見ていた。

村上がニッと笑った。

村上の右手の指先が中岡の喉に叩き込まれた。

息が詰まった中岡は、喉を押さえて腰を折った。

素早く立ち上がった村上の両手が、中岡のうなじに振りおろされる。

中岡は畳の上に、うつ伏せに倒れた。

村上が背後に回る。

髪の毛を摑んで中岡の頭を持ち上げた村上が、その首に腕を回した。

次の瞬間、村上が中岡の首を真横にひねった。

首の骨が折れる鈍い音が室内に響いた。


哀れな警官に顔を寄せた村上は、その額を撫でながら中岡の匂いをクンクンと嗅いだ。

中岡の右耳から血が滴り落ちた。

「今日、呼ばれたのが運の尽きだな」

村上は丁寧に肩の埃を払い、スーツの乱れを整えた。

「悪いが、私にはやらなければならないことがある」

息絶えた中岡を廊下から死角になる扉の裏へ引きずった。

ノブに手をかけた村上は、警官の死体を見おろした。

降旗たちに伝えた話がすべてではなかった。彼は、確かな予感を持っている。今、神はコウモリを選択するという邪悪な意志を示そうとしているのだ、という。

こんな機会は二度とない。

「重要なことだ。お前の命の価値などおよびもしないほどな」

同時刻
東京都　千代田区　霞が関一丁目　厚生労働省　七階　第十一専用会議室

独りで厚生労働省へ戻った降旗は、ある物が届くのを待っていた。

会議室では、コウモリの居場所が摑めないまま、議論が堂々巡りしている。

一万人を投入した大規模な地下鉄構内の捜索は、空振りに終わった。

「地下鉄構内しかないだろう」「全線、全区間を調べました」「どこかに、見落としがあるんじゃないのか」

互いの言葉はとげとげしくなるのに、答えは闇の中だ。

「どうした課長補佐。さっきから黙り込んで」

岩渕の声に降旗は不意をつかれた。

「いっ、いえ。なんでもありません」

思わず言葉がもつれる。

岩渕が右手の人さし指で静かに机を突いた。

降旗はふっと息を吐いた。

「コウモリは、東京の地下にあるコロニーで繁殖しています。彼らにとって地下鉄構内は狩りの場所でもありましたが、今やそれは地上へ移ろうとしている」

「というと？」

「彼らは『適応放散』を始めているという点で、村上教授と東大の高橋教授、二人の意見が一致しています。様々な生物と環境が混在する都会の生態系で、自分たちのテリトリーを確固たるものにするため、コウモリは異なった種へわかれながら進化しているとのことです」

降旗の一言で、先の見えない議論がぶり返した。

いらぬことを、という陣内の視線が飛んで来る。

「なら、繁殖の場所は？」

咳払いを入れた竹内健康局長が問う。

「安全で、暖かく、群れを作れる場所。しかし地下鉄構内ではない。それを考えなくてはなりません」

「ヒルと同じように下水道に巣を作っているのでは」

「下水道は流量が多い時、暗渠内が満水になります。コウモリはそんなリスクの高いところに巣は作らない。それは、下水道内でコウモリの死骸が発見されていないことからも明らかです」

もっと重要なことがある。

「音波で通り道を探り当てるコウモリたちは、もはや人間よりも東京の地下に精通しています。早くコロニーを見つけないと、迷路のようなトンネルを好きなように使われて手の施しようがなくなる」

「音波？」

「コウモリが持つ能力は、正確にいうと反響定位、あるいはエコーロケーションです。コウモリは口から間欠的に超音波の領域の音を発して、それによって周囲の木の枝や、虫の位置を知ります。室内に針金を張り巡らせ、その中を飛ばせると、コウモリは針金にぶつからずに飛び回る。だから、コウモリに目隠しをしても飛び方は変わらないが、耳をふさぐと飛べなくなります」

市街地でテロリストと戦うかのごとき状況が東京で発生した。しかも、降旗たちが戦う相手は理性ではなく、肉食哺乳類の本能だ。

　ちょうどその時、扉が乱暴に開け放たれた。

「遅くなりました」と若い職員が息を切らして入って来た。小脇にA3サイズの紙ファイルを数冊抱えている。ようやく頼んでいた資料が届いた。

「なんだそれは」

　もはや陣内は喧嘩腰だった。

「私が頼んでいた資料です」

「さぞや意味のある資料なんだろうな」

「これで、手がかりが摑めると思います。コウモリはどこから来たのか、そしてどこへ消えたのか。彼らが京橋駅や東銀座駅の周辺に、一つの拠点を持っているのは間違いありません。そして、互いにダクト、換気口や非常扉で繫がる地下鉄、共同溝、地下室を通って活動範囲を広げていると思われます。どこか遠くないところに、コロニーが形成されている」

「そんなことはわかっている。問題はそれをどうやって探すかだ」

「これです」

　降旗が机の上に書類を置いた。

「この埋設管管理台帳で調べます」

「それはなんだ」

「上下水道、ガス、NTTなどの埋設管、そして共同溝がどこに設置されているかを、各事業者がまとめた図面です」

降旗は地下構造物を所有する国交省、都の下水道局と水道局、東電、東京ガス、NTTなど、全事業者の図面を取り寄せた。

「行方不明者の死体発見場所は、コウモリが最初に棲み着いた場所を示しているはずです。ということは、そこにコロニーがある可能性が高い。現在、京橋駅付近を、再度、武田氏が調べています」

「それと埋設管になんの関係がある」

「これからご説明します」

東京都内の地下には、総延長二百九十キロにおよぶ地図には載っていない地下トンネル網が張り巡らされている。光ファイバーケーブルや電線などを通すため、都内の各所を『洞道』と呼ばれるトンネルで結んでいる。洞道には立坑が繋がったり、何本かに分岐している箇所があるため、階段を昇降したり、向きを変えたりして、複雑に入り組んだ地下ダンジョンを形成している。

そして、互いのトンネル間は、通気口や非常口で繋がっている。

「皇居から東京駅へ、非常用の秘密トンネルがある」「事業者が異なる複数のトンネルを通れば、東京駅から西東京市まで地下で行ける」という都市伝説があるぐらいだ。

「では、そこへ調査チームを派遣すればいいのか」

「銀座周辺だけでも多くの洞道があります。大きさもまちまちで、人が入れないほど小さいものも多い。調査はそう簡単ではありません。しかも、内部は迷路のようです。歩いていても、どっちへ行けばよいのかすぐにわからなくなって、迷子になる。慣れた作業員でも、洞道名を付箋（ふせん）紙やテープで、分岐合流部に貼りつけたりするぐらいです」

それだけではない。銀座界隈なら商業ビルの地下室や機械室も、コウモリの棲家となり得る。可能性は膨大にあるのだ。

「調査には誰を回せる」

竹内健康局長の質問に陣内が答える。

「警視庁の第六機動隊を回して貰えるように要請します」

「機動隊？」

「それぐらいでないと危険です」

その時、机上の電話が鳴った。

担当の職員が、すかさず取り上げる。

「中央区の銀座四丁目付近のビルで停電が発生しています。地下の送電網のどこかでケーブルに異常が発生したとのことです」

図面を見つめていた降旗は、その一点を指先で押さえた。

「銀座共同溝です」

一九六八年（昭和四十三年）に完成した銀座共同溝は、華やかな銀座通りの一丁目から八丁目にかけて、地下に作られた共同溝だ。日常生活に欠かすことができない電話、電気、ガス、上下水道などのライフラインを、一つのトンネルで共有している。地震など災害に強い生活基盤を築くことが目的だ。

「そこが怪しいのか」

「では機動隊を向かわせよう」「すぐに出動要請を」

意見が一点に収束し始める。

ふと見ると、机に置いていたスマホにメールが来ている。武田からだ。

『彼らは組織立って攻撃してくる。その中心に、おかしな白いコウモリを見かけた』

スマホが手から滑り落ちそうになった。顔から血の気が引く。

高橋が言っていた白いコウモリ。……やはり、いたのか。

「もし銀座共同溝にコロニーがあるなら、凶暴な兵隊コウモリがいます。充分、気をつけるよう伝えてください」

「なにを言っているんだ。コウモリなんかどれも同じだ。もはや時間がない。すぐに出動させろ」

陣内が声を張り上げた。

同日　午後四時
東京都　中央区　銀座二丁目交差点　松屋銀座前

激しく雪が降りしきっている。頭上を足早に通りすぎる雪雲に光を閉ざされ、辺りは薄暗かった。ブランド店が軒を並べる銀座通りの街灯も吹雪の中でぼやけている。

凍える寒さが続いていた。銀座二丁目交差点付近は除雪がまにあわないらしく、歩道だけでなく車道までもが白く覆われている。もはや、ロシアか北欧の街を思わせる光景だった。和光本館が建つ四丁目の交差点では、スリップによる多重の追突事故が発生していた。駆けつけた緊急車両の赤色灯が雪の路面に反射している。

松屋銀座の前に三台の人員輸送車が停まった。タイヤにチェーンが巻かれ、泥除けからはツララが垂れ下がっていた。

後部の扉から、警視庁警備部の第六機動隊・第三中隊の四十八名がおりた。銃器対策部隊を保有するエリート集団だ。

これから、銀座共同溝の調査へ出動する。

隊員の装備は出動服、ポリカーボネート製のヘルメット、小銃、そして警杖だ。狭い構内で行動するため、盾は持参していない。

山形警部の前に全員が整列した。

「中隊長。出動準備が整いました」

第一小隊長の川西警部補が告げる。

横殴りの雪で、隊員の出動服の肩に、みるみる雪が積もる。

「銀座共同溝内に設置された送電ケーブルに、なんらかの理由で異常が発生した。原因は火災か、もしくは……」

山形は一同を見回した。

「コウモリだ」

隊員たちが口を真一文字に結んだまま直立していた。

「コウモリは狂犬病のウイルスキャリアでもある。遭遇した場合、決して咬まれないように細心の注意を払え」

「万が一咬まれた場合は」

「心配するな。コブラの毒と違って即効性はない。直ちに傷口を洗浄、消毒してワクチンを注射すれば大丈夫だ。他に質問は」

「中隊長」

若い浅田(あさだ)が口を開いた。

「なんだ」

「コウモリの焼き鳥は、塩がうまいですか、それともタレですか」

隊列から一斉に笑いが起きる。

笑いを堪えながら山形と川西は顔を見合わせた。

若いとはいえ、この士気なら任務に問題はなさそうだ。

「行くぞ」

山形を先頭に、隊員たちは松屋前から階段で地下街へおりる。銀座通りの真下、通路沿いにショーウィンドウと洒落たポスターが並ぶ地下街を山形たちが進むと、買い物客や通勤客が、何事かと道を空ける。

山形の隊は十二名ずつ四班にわかれた。それぞれが別の入り口から共同溝の調査を行う。第二班を連れた川西が、地下街を次の入り口へ進んで行く。

山形は、Ｂ１入り口左側にある共同溝へ続く扉を開けた。

扉の向こうには、人一人がやっと歩けるくらいの、恐ろしく狭い矩形（くけい）のトンネルが続いている。

内部には、通り沿いのデパートや店舗に必要な電気、電話、ガス、水道、下水道の管が収められている。トンネルの左には、軽量鉄骨で組まれた五段の棚に何本もの電線が並べられ、右側には上水、下水、そしてガス管が走っている。

停電のせいで奥は真っ暗だった。停電の原因を調べるのなら、電線の棚だけを調べればよい。ただ、山形たちの任務はコウモリの捜索だ。つまり、彼らの巣を探し出す必要がある。

「行くぞ」山形の命令でヘルメットのライトを点灯させた隊員たちが、真っ暗なトンネル内を進み始めた。警杖で、水道管やケーブルの裏側を突いて、死角になっている部分を探りながら前進する。

山形の長靴がなにか柔らかい物を踏みつけた。そっとつま先を引くと、大量の糞が床を覆っている。細長くてよじれた糞。山形は思わず周囲を見回した。

背後で浅田たちが冗談を言い合う。

「本当にコウモリなんかいるのか」

「お前ビビってるのか」

「馬鹿言うな」

「吸血コウモリだったらどうする」

「血吸いコウモリは日本にいないよ。もっと勉強しとけ」

その時、先頭の隊員が立ち止まる。

「中隊長、あれを」

闇の中、ヘッドライトに浮かび上がった天井や壁のコンクリートが焼け焦げている。見ると、熱で変形したラックの上で、何本かのケーブルが黒焦げになっていた。近寄ると、ケーブルの被覆がささくれている。

足下の床に、炭化したコウモリの焼死体が散乱していた。

「やはり、原因はコウモリですね」「ケーブルをかじったな」「馬鹿な奴らだ」

「こちら山形。各班の状況を確認しろ」

山形が無線のマイクを口に引き寄せた時、遠くで銃声がした。

浅田がおびえた表情を浮かべる。

「おい、なんだ」

「誰だ。発砲したのは」山形は耳のイヤホンを押さえながら、マイクに怒鳴った。「ここは高圧ケーブルなどの重要インフラが走っているんだぞ。発砲は許さん」

(やめろ、来るな！)(なんだこいつら)

悲鳴とともに、銃声が連続する。

「無許可で発砲しているのはどの班だ。答えろ！」

(こいつらなんてことしやがる！)(逃げろ！　逃げるんだ)

山形の呼びかけに応答がない。

「川西小隊長。どこにいる。状況を報告！」

(川西……。コウモリのコロニーを発見……。すごい、人の死体が、食い荒らされた人骨が散乱……コウモリが……)

無線の応答が途切れ途切れになる。

「どの区画だ」

(三丁目……。……応援を……)

「撤退しろ」

(だめです。前後を……。……来るな。助けて！)

そこで無線が途切れた。

発砲音がいっそう激しくなる。

「行くぞ」

山形はトンネルを三丁目に向かって走り出した。両側の管や棚、突起物に体をこすりながら、狭い通路を走る。

再び前方で悲鳴が上がる。さっきよりもっと大きく、複数の叫び声が聞こえる。

山形は走った。

やがて、揺れるライトに床で折り重なる隊員たちが浮かび上がる。辺りは血の海だった。おびただしい血。棚、水道管、そして壁。すべてが血液のしぶきで汚されている。床一面が赤黒く染まっていた。

立ち止まった山形は、目を見開いた。

山形のライトがトンネルの前方を照らす。

天井、床、そして送水管の裏側、トンネルの内側に、うごめく生物がびっしりと張りついている。共同溝の奥の奥まで、毛の生えたぶよぶよした生物が群がっていた。無数の気味悪い毛玉が重なり合い、くんずほぐれつうごめく様は、若葉に群れる毒毛虫を思わせた。

「中隊長、あれを!」誰かが叫んだ。

トンネルの前方から、盛り上がる積乱雲を思わせる煙霧が押し寄せて来る。

キーキーという甲高い鳴き声。そして羽音。

コウモリだ。とてつもない数の群れが襲って来る。

「撤退だ。撤退しろ」

全員が二丁目の入り口へ引き返すために走り出す。

「助けてくれ！」

背後で悲鳴が上がる。同時に銃声がトンネル内に響く。金属に跳ね返った銃弾に頭部を撃ち抜かれた隊員が倒れる。

「撃つな！　撃ってはならん。水道管に命中したら吹き飛ばされるぞ」

コウモリが隊員のヘッドライトに狙いを定める。一つ、また一つライトが破裂していく。

次の瞬間、最後のヘッドライトが消えた。

真っ黒な闇が山形たちを包む。

コウモリの鳴き声と羽音が周りで交錯する。

「だめだ。咬まれた！」「放せ！　この野郎」

暗闇の中で銃声が響き、発砲炎がフラッシュのように坑内を照らす。

山形の首になにかが咬みついた。

同日　午後五時

東京都　千代田区　霞が関一丁目　厚生労働省　七階　第十一専用会議室

関東が記録的な大寒波に見舞われた。

極渦やジェット気流の勢いが弱まり、極寒の北極の大気が関東上空へ流れ出た。

現況の天気図では、日本列島を挟むように東北沖と能登半島沖に二つの低気圧がある。俗にいう『二つ玉低気圧』が、揃って東へ進んでいた。東北沖で台風並みに発達した低気圧の影響で、間隔の狭い等圧線が何本も南北に走っている。日本列島周辺で偏西風が南へ蛇行しているところに冬型の気圧配置が重なり、恐れていた『北極振動』が発生した。北極付近にため込まれた寒気が吹き出し、豪雪の目安になるマイナス四十度以下の寒気が関東の上空へなだれ込んだ。

関東全県と、東京二十三区に大雪警報が発令されたため、都心の会社は帰宅命令を出した。虎ノ門から新橋一帯では、どの店もシャッターをおろしている。丸ノ内線や銀座線の駅には帰宅者が押し寄せ、改札階におり切れない人々が吹きさらしの地上に列を作る。よりによって日比谷線が全線運休していることが、混乱に拍車をかけていた。この気温ではたまったものではない。皆、傘を広げ、肩をすくめ、寒さに足踏みしながら列を作っていた。

積雪、強風、寒波、およそ考えられる悪条件がすべて揃っている。

つい今しがた、地下一階の宿直室に拘束していた村上が、あろうことか警官を殺害して逃亡したとの知らせが入った。防犯カメラの映像には、堂々と正面玄関から出て行く村上の姿が映っている。しかも、最後に彼は、カメラに向かってウインクしてみせた。省としては、村上の本性を見抜けなかったことと、貴重な情報源を失うという二重の失態だ。動揺する関係者に対して岩渕は「今は取りあえず警察に任せよう。省としての責任云々はこの事件が終わってからだ」と収めた。

ついていることといえば、京橋駅でコウモリの大群に襲われた武田が、病院で狂犬病のワクチン注射を済ませて戻って来たことぐらいだ。初めて会うとはいえ、武田の様子に、会議の出席者たちは顔をしかめ、薄気味悪がった。それも仕方ない。頬のすり傷に絆創膏が貼られ、所々がすり切れて泥だらけになった衣服が、彼の恐怖の体験を如実に物語る。

そして、なにより重要なことは、高橋教授が指摘した王コウモリの存在が確認されたことだ。

官邸では、首相を議長とした政府対策会議が開催されている。

銀座共同溝の調査に出かけた機動隊員たちは全滅した。それだけではない。閉め忘れた扉から地下街に出たコウモリが通行人に襲いかかり、銀座二丁目周辺はパニックに陥った。

政府も手をこまねいているわけではなく、銀座二丁目を中心に半径一キロの範囲を特別警戒区域として、応援の機動隊も加えた東部方面隊第一普通科連隊の監視下に置いた。

今、ゴーストタウンとなった銀座では、身を切るような北風に雪が舞っていた。

厚生労働省の面々は、官邸から配信されるテレビ画面を睨みつけていた。自らの責任に悶々とする者、厚生労働省へ批判の矛先が向くことを恐れている者、考えることは人それぞれのようだ。

議論は今回の事件の概要説明から始まっていた。

(なぜ山中で暮らしていたコウモリが都会に現れたのか)(人間に追いやられながら都会近傍まで侵出していたコウモリが都会の環境に順応し、仲間を呼び寄せたと考えられます)(なぜ都心に棲み着いたのか)(当初は冬だけ都心で暮らしていたと思われます。春から秋は山に帰っていた。だから発見しにくかったのです)(冬は冬眠するはず)(都会では冬眠する必要はありません。最大の餌場と繁殖場所は都会なのです。冬でも暖かく、快適な環境、豊富な餌があるからです。ただし、都会には昆虫などの主食は少ない。そこで彼らは、集団で人を襲うことを覚えた。餌の数は千三百万もあります)

村上と武田から教えを受けた降旗からすれば、かなりピントのずれた説明がなされている。ただ、最後の回答だけは的を射ている。

問題は、どうすれば駆除できるかだ。

（どれくらいのコウモリが地下で繁殖しているのか）

首相が尋ねる。

（都心の地下面積を考慮すると、少なくとも数百万匹と思われます）

（地下のどこで繁殖しているのだ）

官房長官の質問に、額に手を当てながら厚生労働大臣が答える。

（今は使われていない洞道、暗渠、あまり定検が行われていない共同溝などです。調査の結果、数十か所におよぶ、コロニーと疑わしき場所を特定しています）

人は自らの利便性を追求するうち、結果として、都会の地下に未知の生物が生息できる場所を与えていた。それも広大な範囲に。

（地下の閉鎖された空間なら、米軍に頼んで気化爆弾を使えばいいのでは）

危機管理大臣の提案に、官房長官がとんでもないという顔を向ける。

（君は都心のインフラを破壊するつもりかね。そんなことをしたら東京が息の根を止められる。その場合、我々がこうむる経済損失は計り知れない。それにそんな荒っぽい手段で、も

し、管内にたまっているメタンガスにでも引火したら、周辺住民に甚大な被害が出る）

出口の見えない議論に、官邸の危機管理センターが沈黙に包まれた。

岩渕がテレビの音量を落とした。

議論が第十一専用会議室に戻ってきた。

岩渕が口を開く。

「ある地域に新種が侵入した場合、侵入した方と侵入された方、どちらが勝つのかね」

「たとえば、オーストラリアはこれまでにも、巨大なユーラシア大陸から繰り返し侵入を受けてきました。大陸とはいえ面積が小さいオーストラリアには、ユーラシア大陸の種よりも競争力の劣る固有種が棲んでいた。その結果、数が多くて強靭なユーラシア大陸起源の種は、オーストラリアに侵入すると、たちまち在来種に取って代わった。なぜなら彼らは、より厳しい生存競争の落とし子だったからです」

「我々の運命はオーストラリアの固有種と同じということか」

竹内が尋ねる。

「絶滅は進化の副産物です。一つの種の進化、分岐は他の種の犠牲の上に成り立つ。自然界で生物が棲む場所は有限ですから、新しい種が生まれるたびに、どれか他の種が絶滅して釣合を保つのです」

「有限な都会という生息環境をめぐる戦いに我々は敗れ、コウモリが支配する。その結果、自然の均衡が保たれると」

竹内の疑問に、降旗が答える。

「村上教授も同じことを言っていました」

「お前、学者でもないのにいい加減なことを言うな。じゃあ聞こう。なぜそんな二者択一の競争になる？　自然界は多様な動植物で溢れているのに」

今度は、陣内が声を荒らげる。

「アフリカのジャングルなら可能です。ところが、人類の生息域では動植物の多様性などとっくに失われています。特に都会はその典型です」

陣内にやり込められぬよう、頭に血がのぼらぬよう、降旗は机の上で組んだ指を見つめた。

「高い生物多様性を持つ地域で、新種が既存種を滅ぼすことなく侵入した例はいくつもあります。問題は、多様性が失われている地域での生存競争です。そこにある資源を、複数の種が共有できなければ、生きるか死ぬかの戦いになります。東京には多様性に富んだ生物資源がなく、しかもそこに棲んでいるのは、もはや単一種となった人間です。我々はもはや稀少種なのです。稀少種は、限られた期間内に速やかに変化したり、自らを改良する能力に劣るため、命を懸けた生存競争では、侵入してきた新種に絶滅させられる」

降旗は努めて冷静に、そして論理立てて言葉を選ぶ。周りを説得するため、この危機を正確に理解してもらうため、この数日で身につけた知識を懸命に言葉へ換える。

「コウモリには交配することのできる同種の個体がたくさんいます。そして、たくさん生まれる子供の中で、新たな都会という環境に適した個体がいれば、その個体は生き残りやすい。つまり、より環境に適応した個体のみが生き残るのです」

生存競争が繰り返されれば、品種改良と同じ原理で『その環境に適した性質を持った個体』が増えていく。

腹を括ったらしき岩渕が、室内を見回す。

「なんとしても、彼らを駆除しなければならないことははっきりした」

そこから議論は、「ではどうやってコウモリを駆除するか」に移った。大規模な殺傷兵器は都心ゆえに使えない。かといって、小火器では数百万の相手には無力だ。

会議室が騒然となり、議論が噴出した。

「これはどうだ」「そんなんじゃ意味がない」「ではこっちでは」「考え直してこい」

陣内の怒声が室内に響く。彼がどれほどの専門家なのかは知らないが、決めない男の発言がより会議を混乱させた。

この非常時ゆえ、いつもと違う判断を求められるはず。なのに、陣内はそのことがわかっていない。では誰が判断を下すのか？　降旗自身かもしれない。

でも重要会議の雰囲気に飲まれると、あと一歩が踏み出せなかった。

「みんな、議論をまとめろ」岩渕の声が室内に響く。「彼らが地下空間に潜んでいるなら、二酸化炭素注入や薬剤散布による駆除作戦はどうだ」

東京中の地下に縄張りを広げたコウモリへの攻撃手段。東京の地下に隠れた広大な迷宮が戦場になる。

竹内健康局長が眉間にしわを寄せる。

「可能ですが、問題は必要な量です。総延長で六百キロを超える地下鉄、埋設管、共同溝に必要な量など、とても揃えられないはず」

「しかし、他に方法はない。できるだけコロニーを閉鎖して、効率的に殺剤を使うしかない。降旗課長補佐は対策本部への要望書を大至急、作成してくれ」

「承知しました」

岩渕の指示に降旗はうなずいた。同時に胸の中には不安がよぎる。これほどの危機に際しても、この国の準備と対応はこの程度なのだ。

なんとも心もとない駆除対策の準備が始まった。二酸化炭素のボンベ、有機塩素系と有機リン系の薬剤、そしてそれらをコウモリの巣へ送り込むための送風機やジェットファンなどを集められるだけ集めるよう、指示が下った。

その時、電話が入った。

東京都健康安全研究センターのランプが点灯している。

受話器を取り上げた職員の表情がみるみる青ざめていく。

呆然と、彼が受話器をおろした。

「丸の内地区で、一部のコウモリに動きがあります。もしかして地上への飛翔が始まるかもしれません。その数、数万とのことです」

降旗は時計を見た。

午後五時半。外はとっぷり日が暮れている。

コウモリは夜行性だ。


対策本部へ要望書を作成するために会議室を出ると、後ろから川上が追いかけて来た。

「降旗、またお前は簡単に要望書なんか……」

「うるさい！」と降旗は振り向きざまに川上を乱暴に突き飛ばした。「二度と俺に構うな」

目を丸くした川上を置き去りにして降旗は踵を返した。

廊下を足早に歩く。

降旗は、都築の悲しみを思い出した。

『みんな生きたかったのよ。もっと生きたかったのよ！』

厚生労働省の役人のくせに、ただ、そこにいただけ。運命の悪戯に弄ばれて命を落とす不遇を知らずに降旗は生きてきた。

幸運という名の怠慢。

でも今は運命に弄ばれるのではなく、運命を選択する時だ。

同時刻

東京都　新宿区　河田町八番　東京女子医科大学病院

都営大江戸線の若松河田駅にほど近い東京女子医大病院。

普段は、大きなガラス窓からふんだんに外光が取り込まれる開放的なロビーも、外の悪天候のせいで薄暗く感じる。中央病棟の蛍光灯に照らされたクリーム色の床、白い壁に統一された廊下を歩き、階段を上がる。二階の廊下の奥、二度角を曲がった先が集中治療室だった。

娘の佳乃は重篤な症状のため、呼吸器内科医師、看護師、臨床工学技師、理学療法士などがチームを組んで、集中治療に当たってくれている。

治療室の内部は、中央のベッドの両側に、人工呼吸器、血液浄化装置、気管支内視鏡、生体情報連続モニター、心拍出力計などの機器が配置されている。

ベッドの脇の椅子に腰かけた都築は、佳乃の手を握っていた。

もう二時間になる。

前回の症状が落ち着いた佳乃は、昨年の暮れに退院していた。ところが今日、お呼ばれした友だちの家でケーキを食べて意識をなくし、救急車で担ぎ込まれた。原因は卵と、小麦と、ピーナッツだった。そばアレルギーと同様に、ピーナッツもごく少量でアナフィラキシーを起こすことで知られている。ピーナッツバターやピーナッツそのものを頻繁に食べるアメリカでは、年間百人前後の人がピーナッツアレルギーで死亡するという報告があるぐらいだ。

あれだけ言い聞かせてきたのに、なぜ、そんな無茶なことを。

都築は、弱々しく喘ぐような寝息を立てる娘を見つめていた。

アナフィラキシーの症状は様々で、多いのは、蕁麻疹、赤み、かゆみなどの『皮膚の症状』だ。次にくしゃみ、咳、息苦しさなどの『呼吸器の症状』と、目のかゆみやむくみ、唇の腫れなどの『粘膜の症状』が多い。その他にも、腹痛や嘔吐などの『消化器の症状』、さらには、血圧低下など『循環器の症状』を引き起こすことがある。

これらの症状が複数の臓器や全身に急速に現れるのが、アナフィラキシーの特徴だ。ひどい時は、体液が肺胞に漏出して、肺水腫を引き起こすこともある。

佳乃は重症だった。全身の皮膚・粘膜・呼吸器・消化器に強いアナフィラキシー症状が起こって、ショック状態に陥り意識をなくした。

「特にひどかったのはぜん息発作でした。急激な血圧低下でショック症状となり意識を失ったのです。とても危険な状態でした。直ちに、口の中に残っていたケーキを掻き出して、水でゆすぎました。他にも体に付着していたり、手でさわったりしたと思われるので、洗浄も済ませています」

主治医の高中がカルテから顔を上げる。

「第一選択薬として、〇・一パーセントアドレナリンを大腿部中央の前外側に筋肉注射しました。アドレナリンは十分ほどで効果が出るはずなのですが、顕著な反応がなかったために三回繰り返しました。場合によっては気管切開を考えましたが、なんとか持ち直しました」

高中が一息おいた。

「第二選択薬として、ぜん息の下気道症状が顕著だったため、β(ベータ)2アドレナリン受容体刺激薬を投与しています」

佳乃はそれほど危険な状態だった。

なぜそんな馬鹿なことを。突然どうして。

母親としての困惑と後悔に、都築は呆然としていた。

フェイスマスクによる酸素投与を受けながら佳乃は寝入っていた。


「お母さん」

自分を呼ぶ声に目を覚ます。

いつのまにか、疲れのせいで都築自身が眠りに落ちていた。

目の前の佳乃が背中を向けたまま呼んでいた。

「真美(まみ)ちゃんの家でケーキを出してくれたの」

佳乃の声がくぐもる。

「私、食べられないって言えなかった」

「ケーキはだめって……。いつも言ってたでしょ」

佳乃が寝返りを打った。

「他のお友だちはみんな食べてる。どうして佳乃だけだめなの。私、友だちのお家で出してくれたケーキを断るのはいや」

悲しいほどに光を失った瞳がこちらを向いている。

額に手を当てた都築は目を伏せた。

「勝手に産んでおいて、あれもだめ、これもだめ。そんなこと言うなら、私、生まれ変わりたい。全部取っかえてよ」

佳乃の言葉が突き刺さる。

「お母さんなんて嫌い。もう顔なんか見たくない」

「佳乃。お母さんは……」

「いやいやいや！　大っ嫌い」

佳乃が枕を投げた。

テーブルの上に置いてあったピーターラビットのミニチュア置物が床に落ちる。陶器の割れる音。年末から病院に預けたままになっていた、ピーターのお母さんがピーターにお出かけ用の服を着せている、佳乃が一番大事にしていた置物。

「私のことなんか嫌いでしょ。消えてしまえって思ってるでしょ」

「馬鹿なこと言わないで」

虚ろなまま床に屈んだ都築は、飛び散ったピーターラビットの欠けらを拾い集め始めた。

「お父さんみたいに、私なんか捨てちゃえばいいのに」

どこまでも悲しい台詞。なにかが崩れようとしている。

ピーターの破片をハンカチに包み終え、力なく立ち上がると、佳乃の目がそこにあった。

都築は迷っていた。

ずっと佳乃に言い出しかねていることがある。昨日までは、自分の口から伝える勇気がなかった。でも、もしここで打ち明けなかったら、二度とその機会はやって来ない気がした。

今、話すしかない。

「佳乃が三つの時、ぜん息の発作を起こしたあなたを抱っこして、お父さんは病院まで夜中の街を走ったわ。処置が終わって病院のベッドで眠るあなたの手を握ったまま、お父さんは朝まで佳乃の側にいてくれた。今だってそう。あなたを案じたメールをくれる。遠くにいるのに、きっと朝から晩まで、お父さんはあなたのことを考えている。勘違いしないで。お父さんはあなたのことを捨てたりしてない。でも」

唇を噛んだ都築は、次の言葉を一瞬、躊躇した。

「……でも、お父さんからのメールをあなたに見せれば、お母さんなんていらない、お父さんの所へ行きたいと言われると思って怖かった」

涙が一筋、頬を伝い落ちた。

今まで、佳乃の前で泣いたことなどなかったのに。

驚いた様子で目を見開いた佳乃が、すぐに顔を背ける。

その肩が少し震えた。

佳乃が両手で顔を覆う。

「お母さんの元を離れたいと思ったことなんて一度もない。でも、私なんか、誰も好きになってくれないんじゃないかって、ずっと怖かった。試してみたかった。なんとかなるかもしれないから。ケーキを食べてなんともなかったら、他の友だちのお家にも遊びに行けると思ったの」

顔を上げた佳乃の両目から涙が溢れ出る。

「……お母さん、ごめんなさい」

ベッドに駆け寄った都築は佳乃を抱き締めた。

きつく、今までにないほどきつく。娘の胸の鼓動、息づかいを誰にも渡しはしない。

都築の胸で、佳乃が声を上げて泣いた。

「佳乃。ごめん。本当にごめんなさい」

佳乃の頭を撫でながら、都築はその額に何度も唇を押し当てた。

「お母さん。私、……治るかしら」

「大丈夫よ。病気には必ず原因がある。原因があるなら解決策もあるの。お母さんは必ずそれを見つけてみせる」

懸命に涙を堪えようとする佳乃が目をこする。

「私はお母さんのように頭が良くないし、病気のせいで迷惑ばかりかけてる」

それじゃ目に傷がついちゃうわ、と都築は佳乃の目の縁をハンカチで拭いてやった。

「私、弟か妹が欲しいと思った。どっちでもいいの。お母さんの願いを叶えてあげられる私の代わりが欲しかった」

「馬鹿」と、今度は都築が声を詰まらせた。

「佳乃。これだけは信じて。あなたの代わりなんていないのよ。それだけじゃない。あなたが生まれて、娘を持って、お母さんは多くのことを学んだわ」

都築は佳乃の頭を優しく撫でた。

娘の髪の感触がたまらなく愛おしく感じる。

「あなたのためなら、お母さんはなんだってできる。だから恐れないで。希望と勇気はどこか他にあるんじゃない。あなたの心の中にあるの」

「お母さんは見ててくれるの」

「当たり前じゃない」

佳乃が微笑んだ。

突然、バッグの中のスマホが都築を呼んだ。

佳乃が真顔に戻った。

「しっかりした人が助けてくれるから大丈夫なの」

「どんな人？　かっこいいの」

「真逆ね。信じられないぐらい不器用な人よ。今だってきっとそう。周りから叩かれ、凹んでいるわ」

「お母さん。もしかして、その人のこと」

「違う。そういうんじゃない。でも、彼はあなたと同じくらい、私に多くのことを教えてくれる。不器用な人間が、歯を食いしばって生きる一途さ。弱虫のくせに負けない気持ちを失わない健気さ、泣きながら自分の責任に立ち向かう勇気」

佳乃が都築の手をそっと握る。

「お母さん。世界中の人が私のことなんか嫌いと言っても、私はお母さんがいてくれたら頑張れる。だからもう行っていいよ」

都築は穏やかに、大きくうなずいた。

希望は湧いてくるもの。勇気さえあれば止めどなく湧いてくる。

今度は都築の番だ。

佳乃の額にキスをした都築は立ち上がった。

じゃあ行くわ、と都築は扉のノブに手をかけた。

「お母さん」

佳乃の声に振り返る。

「来てくれてありがとう」

佳乃が都築に向かって真っすぐに伸ばした右手の親指を立てた。

同日　午後六時
東京都　千代田区　丸の内一丁目　行幸通り

東京二十三区に暴風雪警報が発令されている。現在の風速二十五メートル、積雪は十五センチ。関東地方のインフラ状況はひどいものだ。携帯電話が繋がりにくい状態が続き、都内の一部に停電が発生している。

太平洋側の鉄道は雪に弱い。ポイント切り替えが正常に作動するかなど、設備確認や除雪作業が追いつかず、山手線、湘南新宿ライン、上野東京ライン、総武線、中央線は全線で運転を見合わせている。ＪＲ東日本によると、豪雪地域には融雪装置などを設置しているが、比較的雪の少ない関東圏では必ずしも備えられておらず、そこへ短時間に大雪が降ったことが理由の一つらしい。

高速道路も除雪がまにあわず、全線が通行止めになっている。

渋谷駅、池袋駅、東京駅、主要な駅はどこも悲劇的な状況だった。東日本大震災の時は、歩けば帰宅できた。今回は積雪と、なによりコウモリの襲撃の危険性から、それも不可能になった。人々は屋内で息を潜めるしかない。

今夜、この街が想像以上の非常事態に陥っていることは間違いない。


東京駅の丸の内中央口に続く行幸通りで、第一普通科連隊から選抜された二個中隊を率いる篠原（しのはら）三佐は、おかしな夕暮れを見た。

太陽が丹沢の山並みに沈む直前、雪雲が割れた。その裂け目から漏れた弱々しい冬の夕陽に、雪の粒が群れ飛ぶ蛾のように浮かび上がった。まるで、終末を思わせる不気味な光景だった。

そして夜がやって来た。恐怖の夜が。

横から雪が吹きつける。

道の両側には、三十七階建ての丸ビルと三十八階建ての新丸ビルが、巨大な門柱のように向かい合っている。皇居の方角に目を転じると、道の北側に茶色の東京海上日動ビルディング本館、その向かいには社の歴史を感じさせる郵船ビルディングが建っている。

まさに、日本のビジネス街の中心だった。

「景浦二尉。他のエリアの状況はどうだ」

篠原は、景浦の持つ情報端末をのぞき込んだ。

ＪＲ新宿駅の南口が人で溢れている。千人、いやそんなものじゃない。

屋外の極寒に耐え切れなくなった帰宅難民が、駅構内や地下街へ殺到し始めている。新宿駅周辺には避難民の受け入れが可能なオフィスビルが多数ある。しかし、帰宅命令が出たこともあって、大半のビルはすでに終業して戸締まりを終えた。もはや手遅れだ。

まもなく外出自粛の時間となる。

政府の要望が末端にまで届いていない。

このままだと、彼らは寒さだけでなく肉食コウモリの襲撃にさらされる。

部隊の配備状況を確認するため、篠原は行幸通りを西に歩いた。

二十メートル間隔で、自衛隊員が警戒に当たっている。

警視庁と共同した陸上自衛隊東部方面隊の監視活動によって、都内の主要な交差点には第一師団の九六式装輪装甲車と八七式偵察警戒車が配備されている。それら戦闘車両にはすべて実弾が装填された。パトカーだけでなく、普段見慣れない高機動車、軽装甲機動車が都心を巡回する。ＭＰ５を構える警察官や、迷彩色の鉄帽と戦闘服で武装した自衛官が、八九式小銃を構えて路上に立つ。

歩哨線を張る叛乱軍兵士と、雪に覆われた帝都。一九三六年（昭和十一年）に起きた二・二六事件の写真を思い出す。

都心は戒厳令下のごとく、不気味な静寂に覆われた街へ姿を変えた。

いきなり目の前を、赤色灯を回転させたパトカーが南へ向かって走りすぎた。パトカーを目で追うと、丸ビルと郵船ビルディングのあいだの路肩に機動隊の輸送車がずらりと列をなし、その前ではバリケードが組まれ、数十人の機動隊員によって交通規制の準備が行われていた。

濠端の日比谷通りに出た途端、予想もしなかった状況に出くわした。こんな時間だというのに、南行きの車線が渋滞していた。猛烈な暴風雪の中、徒歩では帰宅できない人々が車を選択したからに違いない。

機動隊の車両が、渋滞の車列に逆らいながら北へ向かって、目の前を通りすぎて行く。

その後ろに、ＯＤ色の七三式中型トラックや七三式大型トラックなどの輸送車両が、資材や隊員を満載して続く。

（篠原三佐。こちら連隊指揮所。応答せよ）

篠原はマイクを口に寄せた。

「篠原です」

（先ほど、銀座、東京駅近辺からコウモリが地上へ飛翔を始めた。まもなくそちらへ向かうと思われる）

大寒波が押し寄せ、どんどん気温が低下する都心で、コウモリの一群が飛び立った。

「発見した場合の対応は」

（群れの中に白いコウモリがいた場合は、殺処分とせよ）

「白いコウモリですか」

（そうだ。それが新種のコウモリを繁殖させている）

「手段は」

（小銃による狙撃を行え）

「しかし、空中を飛び回るコウモリを、この気象条件で狙撃するのは至難の業です。それに、流れ弾が周辺の建物に被害をおよぼす可能性もあります」

（周辺の民間所有物に損害を与えることはできない。それは小銃の銃弾でも同じだ。繰り返す。民間所有物への被害は許されない。以上だ）

容赦なく無線は切れた。自衛隊にコウモリ狩りをしろだと。俺たちは猟友会じゃない。

景浦二尉が心配そうに声をかけてきた。

「三佐。指揮所はなんと」

「新種のコウモリには、白い王様がいるそうだ。それを撃ち落とせと言ってきた。ここは射的場かよ」と篠原は吐き捨てた。

突然、ヘリのエンジン音が頭上に響いた。

見上げると、AH-1Sコブラの編隊が北へ向かっている。

「人類を滅ぼす使者が、ここへ飛んで来るのですか」

「そういうことらしい」

頭上を見上げたまま、篠原と景浦は耳を澄ました。

轟々(ごうごう)たるビル風が渦巻いている。雪が舞う。遠くで雷が鳴った。

凍える空気にかすかな音が混じっている。

それが次第に大きくなる。団扇で壁を叩くような音に、キーキーという甲高い鳴き声が混じっている。

「コウモリだ！」と誰かが叫んだ。

声の方向に目をやると、東京駅の方角から、戦車がぶっ放した砲炎のごとき黒雲が押し寄せて来る。内側からもくもくとコブがひっきりなしに盛り上がっている。

たちまち、雪雲よりもはるかに黒く、もっと濃密な雲が頭上を覆っていく。

「サーチライトを点灯！」

篠原の命令で、十台のサーチライトが一斉に空へ向けられた。夜間に襲来した爆撃機を索敵するかのごとき強烈な光が、乱舞するコウモリの群れを照らし出す。

「白いコウモリはいるか！」

鉄帽を押さえながら篠原たちは標的を探す。

数万のコウモリの大群。神経を逆撫でする羽音。誰もが初めて見る光景だった。

やがて、景浦が頭の真上を指さした。

「いました。あれです」

一匹の白いコウモリがビルの谷間を悠然と舞っている。明らかに他のコウモリより大型だった。

「撃ち落とせ！」

篠原の号令一下、隊員たちが小銃で王コウモリを狙う。

そんな愚かな抵抗をあざ笑うかのように、王コウモリが銃弾をひらりとかわす。

腹を、翼を、頭を撃たれた小型のコウモリが次々と落下して来る。次の瞬間、翼を畳んだ兵隊コウモリが急降下を始め、一斉に隊員たちへ襲いかかる。

あちらこちらで悲鳴が上がり、隊員たちが逃げ回る。もはや狙撃どころではない。

「全員、車両か屋内へ退避！」

篠原は、近くの八七式偵察警戒車へ、後部乗降扉から駆け込んだ。直ちにペリスコープと車体後面左側に取りつけられたテレビカメラで周辺の状況を確認する。外では逃げ遅れた隊員が次々とコウモリの餌食になっていく。篠原は無線で連隊指揮所を呼んだ。

「こちら第三普通科中隊の篠原三佐。現在、行幸通りにてコウモリの襲撃を受け、被害甚大なり。反撃の許可を乞う。オーバー」

（こちら連隊指揮所。反撃は必要最小限に止めろ。なお、民間所有物に被害がおよぶ重火器の使用は認められない）

馬鹿野郎と無線を切った篠原は、車長席の頭上にあるハッチを開けて砲塔から半身を出した。

周囲は修羅場だった。

自衛隊の火器など、空を飛ぶコウモリにはなんの役にも立たない。

地面に倒れた隊員に群がるコウモリ。退避する場所を探して逃げ惑う隊員に襲いかかるコウモリ。コウモリが隊員の体を貪り食う。ピチャピチャと肉を食いちぎる音に合わせて、血しぶきが上がる。

　悲鳴と銃声がビルの谷間にこだまし、行幸通りに死が溢れていく。

「撃て。機関砲でコウモリを撃ち落とせ！」

　篠原が砲手に命じる。

「しかし」と躊躇する砲手を篠原は怒鳴りつけた。「仲間が殺されているんだぞ。全責任は俺が持つ。撃て！」

　砲塔の上に上がった篠原は、連射モードにした八九式小銃のトリガーを絞る。

　砲塔に装備された二十五ミリ機関砲が火を噴いた。

　曳光弾(えいこうだん)が無数の火矢となってコウモリの群れを貫く。

　空中で銃弾に粉砕されたコウモリの体が四散する。

　流れ弾で、丸ビル、新丸ビルの窓ガラスが砕け散る。

　飛び散ったガラスの破片が強風に舞う。

　街灯の蛍光灯が木っ端微塵(こっぱみじん)に弾け飛ぶ。路肩に駐車していた車が炎上する。銃弾が命中した消火栓から水が噴き出す。

　ついに、人とコウモリの決戦の火蓋が切られた。

同時刻

東京都　千代田区　丸の内一丁目　ＪＲ東京駅丸の内中央口

村上は、丸の内中央口から上空を覆うコウモリと、彼らに無益な戦いを挑む自衛隊を見つめていた。

駅の構内は大混乱に陥っていた。突然の銃声に電車の運行再開を待つ人々が構内を逃げ回る。

「落ち着いて行動してください」とアナウンスが絶叫する。乗客を整理するために現れた駅職員が人波に飲まれる。

駅職員の制止も聞かずに、人々が閉鎖された改札を飛び越えて構内へなだれ込む。

走る人々の肩が、村上に当たる。

「どけ」と村上を押しのけようとした男を、村上は殴り倒した。

邪魔だ。

外を見てみろ。終末が東京を包んでいる。

おそらく人類が誕生して以来の光景だ。

「生物が生き残ろうとする本能の凄まじさをなめてはいけない。人類が死に絶えていく街の上空を、新たな支配者が舞っている」

村上は満足そうにつぶやいた。

同時刻
東京都　港区　虎ノ門一丁目　虎ノ門交差点

夜の闇に、激しく雪が降りしきっている。頭上を流れる雪雲に都会の明かりが白く反射する。霞が関官庁街の明かりも吹雪の中でぼやけていた。

凍える寒さが続いていた。歩道だけでなく車道までもが白く覆われ、外堀通りの交差点から車が消え失せた。

虎ノ門交差点の北、文科省前に三台の人員輸送車が停まった。

後部の扉から、警視庁警備部の第四機動隊、第一中隊の四十九名がおりた。猛者ばかりを集め、かつては『鬼の四機』と呼ばれた部隊だ。

隊員の装備は出動服、ポリカーボネート製のヘルメットと小銃だ。与えられた任務のために盾と警杖は持参していない。

中隊長である三上警部の前に全員が整列した。

今回の任務には、陸上自衛隊東部方面隊第一普通科連隊から、携帯放射器、簡単にいえば火炎放射器を装備した、自衛隊員二名が同行する。

「中隊長。出動準備が整いました」

第一小隊長の梅田警部補の顔が強ばっている。

横殴りの雪で、隊員のヘルメットがたちまち白くなる。

「我々の足下にある日比谷共同溝内に、コウモリのコロニーが形成されている可能性が高い。彼らの飛翔を阻止するため、我々はこれからトンネルの坑口を閉鎖する」

三上は一同を見回した。

「トンネルの入り口にパネルを設置して、中からコウモリが飛び出すのを防ぐ。どうだ、簡単な任務だろう」

隊員たちが口を真一文字に結んだまま直立していた。

「質問は」

「六機の弔い合戦ですね」「奴らを発見したら、発砲の許可を頂けますか」

血気にはやる隊員たち。

「落ち着け！」と三上は部下たちを見回す。「奴らを小銃で仕留めるのは不可能に近い。だからガスを使う。任務の目的をよく理解しろ」

三上の言葉に全員がうなずく。

「行くぞ」

トンネルを塞ぐための軽量コンクリートパネルや工具などを、それぞれの隊員が手分けして背中に担ぎ、手にぶら下げる。

三上を先頭に部隊は出発した。

文科省前にある虎ノ門立坑から螺旋階段をおりて行くと、途中に麻布共同溝の分岐部がある。そこからさらに階段をおりると、地下約三十メートルに、日比谷共同溝のトンネルがある。共同溝の外径は約七・三メートル、延長は国道1号線直下を北に向かって約一・五キロだ。

丸いトンネル内は、それぞれのライフラインごとの区画に仕切られている。つまり右上のスペースは電気、右下が上水道、左下に電話となっていて、左上の通路を利用してトンネルの奥へアクセスできる。

隊員たちがトンネルの入り口で地上を見上げていた。遥か頭上まで、馬鹿でかい煙突のような丸い立坑が延びている。すでにＳＦの世界を超越していた。

「作業開始」

四班にわかれた隊員が、それぞれの区画の出口を塞ぎにかかる。コンクリートの壁にドリルで穴をあけ、固定金具を取りつける。それに、軽量鉄骨の梁を渡して、その梁にパネルをボルト締めしていく。相手がコウモリゆえに、多少の隙間は構わない。坑口を塞ぐことが先決だった。

背後で若い隊員たちがささやき合う。

「コウモリ相手に火炎放射器とはすごいな」「飛び回るコウモリを撃ち落とすのは難しい。火炎放射器なら効率良くコウモリを攻撃できる」「焼き殺すのか」「そうだ。狂犬病のウイルスを持ってるんだぞ。それが一番だ」

「静かに！」

隣で作業中だった隊員が、唇に人さし指を当てた。

「中隊長、なにか聞こえます」

見ると、トンネルの奥から綿のように濃密で黒い雲が押し寄せて来る。

金属を引っ掻くような甲高い鳴き声。そして羽音。

コウモリだ。トンネルを埋め尽くす、とてつもない数の群れが襲って来る。

「急いで出口を塞げ」

隊員たちがトンネルの入り口にパネルを立てかける。

パネルにコウモリの衝突する音が連続し、トンネルの内部から予想もしない力が加わり始める。

「おい。押されているぞ。踏ん張れ」

梅田の声に、若い隊員が歯を食いしばる。

「だめだ、パネルが倒れてくる」

凄まじい圧力でパネルがずれ始める。水道管の区画を塞いでいたパネルに隙間ができた。

そこからコウモリが溢れ出る。立坑内に侵入したコウモリが隊員に襲いかかる。

「こいつらなんてことしやがる！」

「だめだ。押さえ切れない」

「逃げろ！　逃げるんだ」

「撤退だ。撤退しろ」

全員が立坑の階段に向かって走り出す。

誰かが手すりから転落した。

「助けてくれ！」

背後で悲鳴が上がる。同時に銃声がトンネル内に響く。

自衛隊員が、コウモリの群れに火炎を放射する。

空中でコウモリが燃え上がる。火の玉となった何百ものコウモリが落ちて行く。

自衛隊員が背負っている燃料タンクにコウモリが食らいつく。

送油管が食い破られた。タンクの油が噴き出る。それに引火した。隊員の全身が炎に包まれる。その拍子に横を向いた筒先から噴き出る火炎で、機動隊員が火だるまになる。

コウモリの鳴き声と羽音が周りで飛び交う。

「だめだ。咬まれた」「放せ、この野郎！」

立坑の中がコウモリに埋め尽くされた。

同時刻
東京都　千代田区　霞が関一丁目　厚生労働省　七階　第十一専用会議室

長い極寒の夜が始まった。

これからの数時間は、進化論の歴史に永遠に刻まれるだろう。

信じられないことに気温が氷点下十度を下回った。外は地吹雪に見舞われ、街中のすべてが凍り始めている。看板、照明などの突起物や電線からは、無数のツララが風下に向かって伸びていく。

ビルの外壁や窓には雪の結晶が張りつき、凍結した路面に雪が降り積もっていく。もはや、都心に展開している機動隊や自衛隊でさえ、雪の中で孤立し始めていた。

常時、身を切る寒風が都心を吹き抜ける。交通機関の駅に集まっている人々も、雪山でビバークする登山者のごとく身を寄せ合っていた。東京で凍死の恐怖が現実のものとなった。

気象庁は関東周辺の気象現象を、様々な観測機器を組み合わせて三次元的に把握している。さらに、地上気象観測、アメダス、ラジオゾンデでポイント毎の気象状態を測定し、気象レーダー、ウィンドプロファイラ、気象衛星と組み合わせることで広範囲の観測を行っている。

その結果、今夜、都心の暴風雪はさらに激しさを増し、地表付近の気温は氷点下二十度を下回ると予想された。ただ不思議なことに大気の上層部の温度が零度より高くなるとのことだ。これは、『二つ玉低気圧』のうち、能登半島沖の低気圧が急激に発達し、そこから延びる前線に向かって、一時的に、南からの空気が流れ込む特異な気圧配置ができたからだ。急激な『北極振動』の発生で、すでにマイナス四十度以下の寒気がなだれ込んでいるから、暖気と寒気がぶつかり合う関東周辺では、暖気が寒気の上に這い上がる。その結果、冷たい空気の上に暖かい空気が重なり、下層に比べ上層が相対的に暖かくなる気温の逆転現象が発生するとのことだ。

会議室では、深刻な事態に岩渕を筆頭にして、いつものメンバーが立ち往生していた。もはや間抜け面にしか見えない川上は、黙って壁際のパイプ椅子に腰かけている。

都築も病院から戻ってくれた。会議室に入って来るなり、降旗となにか話したげだったが、「お急ぎください」と職員が強引に席へ案内した。

中央区、千代田区、港区、新宿区、渋谷区など、十五の区で確認されていたコウモリのコロニーの閉鎖に失敗した。コウモリの激しい反撃にあって、多数の死傷者と狂犬病の感染者を出した政府は、殺ガスの準備が整うまで、作戦の一旦中止を命じた。

まさかの敵に、なんら有効な武器や攻撃方法を持たない人類は敗北を重ねていく。都心の人々は物陰に身を寄せ、神が自分たちを選択してくれることを祈りながら、この災厄が行きすぎるのを待つしかない。

「二酸化炭素と注入機械の準備は」

珍しく岩渕が声を荒立てる。トップの焦燥は、当然、参加者全員に伝播するものだ。誰もがどんどん寡黙になっていく。

「鋭意進めておりますが、やはり量が足りません。東京全域の地下空洞へ充填するには三千万㎥必要なのに、最も大きな高圧ボンベでさえ七㎥しか入りませんから」担当の職員が報告する。

「まにあうのか、まにあわないのか」

陣内の声のトーンが上がる。

「この天候です。輸送手段と輸送経路の確保すら困難です」

「グダグダ言ってる場合か」

別に、グダグダ言っているわけではありません、と横を向いた職員の唇が動く。

若い職員までが殺気立っている。

「コロニーの閉鎖が不可能なのに、二酸化炭素や薬剤の注入に効果は……」

竹内健康局長がやけくそ気味の声を上げた時、官邸と繋がった机上の電話が鳴った。

すかさず岩渕が受話器を取る。

「岩渕です。……はい。……えっ、それはどういう意味ですか。……はい……はい。……承知しました」受話器を置いた岩渕が、眉間にしわを寄せる。「共同溝、地下鉄、NTT、東電などの暗渠から次々とコウモリが地上へ飛び出し始めたそうだ。官邸は、大至急対策を決定しろとのことだ」

その意味するもの。青ざめた出席者が顔を見合わせる。

途端に、陣内が白々しく書類に視線を落とす。

「飛蝗(ひこう)現象が始まろうとしている」

武田が低い声を発すると、室内が静まりかえった。

「飛蝗？」

「蝗害と呼ばれる現象です。トノサマバッタなど、一部のバッタ類の大量発生による災害をご存じですか。蝗害を起こすバッタを飛蝗、トビバッタ、ワタリバッタと呼び、飛蝗の群生行動を飛蝗現象と呼びます。十九世紀、ネブラスカ州を襲ったトビバッタの群れの大きさは、幅百六十キロメートル、長さ五百キロメートルもありました。飛蝗現象下にあるワタリバッタの群れに突っ込めば航空機すら墜落する」

「それは、バッタの話じゃないか。なぜ、コウモリが蝗害を起こすと言える」

「一つは、増えすぎて、都心の地下では生き残ることができなくなったから。もう一つは、我々の攻撃で危機感を募らせたからでしょう。もし私の恐れが現実になるなら、飛び立つコウモリの数は、コロニーの数と面積からして、およそ一千万。バッタは作物を食い荒らしますが、コウモリが食い荒らすのは人です」

「なぜコウモリがそんな行動を」

「タンポポの種と同じで、種を分散させるためです。タンポポは、風によって遥か遠くまで運ばれる綿毛つきの種子を作る。つまり、種を分散させるための適応です。生存空間をめぐる競合の結果と考えてください。もし、自分たちの周りの空間が完全に塞がっているなら、もしくは、塞がっていなくても種を繁栄させるために充分な空間と安穏がないなら、種は新天地を求める。つまり、彼らは新たな餌と安住の地を求めて移動する。そして彼らが飛び立てば止めることはできない。被害は日本から世界中へおよぶ」

一千万匹のコウモリが空を舞い、新たな生息地を目指す。それなら、狙われた場所の人類の運命は。

「そう簡単にいくでしょうか。彼らは、温暖で餌が豊富な都会という特殊な環境で生まれた。自然の中へ、しかもこの厳しい冬に飛び立って生き残れるとは思えない」

降旗の率直な疑問だ。

そもそもコウモリは寒さに弱い。空を飛ぶために、体を極限まで軽量化しているため、余分な脂肪もない。皮膜にも血管や筋肉があるため、低温の外気にさらされると凍死してしまう。だから、冬のあいだは洞窟などに群れを作り、通常三十七度の体温を気温と同じレベルに下げ、呼吸や心臓の鼓動を減らしてエネルギーを蓄積しながら、秋までに蓄えた脂肪で生きるのだ。

だから、真冬に外を飛び回ることなどあり得ないはずなのに、なぜ。

「降旗さん。あなたは都会に生息するコウモリをペットと同じ目で見ている。確かに、ペットは野生に放たれても生き残れない。富士の樹海で、自力で生きようとするトイ・プードルの運命を想像すれば明らかです。ただ新種のコウモリはペットではない。彼らの習性は人に飼い慣らされることから生まれたのではなく、自然選択を勝ち抜くために自らが生み出したものです。そこを勘違いしてはいけない」

武田が全員の覚悟を求めるように室内を見回す。

「まったく新しい環境に放り出された時、自然は、その動物が遭遇する変化を通じて淘汰にかける。それでもコウモリは、神が課した試練に挑戦することを選んだ。自分たちが選択されるために」

一千万の、よく統制され、兵隊コウモリに守られ、狂犬病ウイルスを持つコウモリの群れが飛び立つ。何匹かの王コウモリと雌が生き残れば再び繁殖する。予想もしなかった事態。

武田が、丸の内の状況を伝えるモニター画面を繰り返し再生させている。

「もしかしたら、彼らは暖気が関東の上空に入るのを待っているのかもしれない。コウモリはこれから訪れる気象条件を察知し、上空の暖気を利用して飛翔するつもりだ」

「まさか……。嘘でしょ」

降旗の動揺に武田がモニター画面を指さす。

「丸の内に現れた最初の群れは、しきりに雲の中へ飛んでいる。おそらく彼ら一万匹は先発隊で、上空の気象条件を探る役目を担っているのです」

恐るべき能力と習性。

もはや、この事件は東京だけの問題ではない。

「自衛隊に連絡」「彼らにコウモリの飛蝗現象を阻止できる武器がないかを確認」「これはもはや厚労省の管轄ではない」

すべては、ヒルによる感染症と芝浦水再生センターの死体遺棄から始まった。やがて、警察はバラバラ殺人事件の犯人を追った。複数の事件が同時進行する中、今度は狂犬病が発生し、ついには人類の敵として新種のコウモリが現れた。

対策が後手に回るうちに、今、事態は抜きさしならない方向へ進んでいる。ここで、コウモリの飛蝗現象を止めなければ、都築がギニアで見た光景が日本、いや世界中に溢れるかもしれない。

では、どうすべきなのか。

彼らにとって不利な条件。それは今の寒さしかない。

降旗は、課にも命じて最新の気象情報と、取り得る対策のヒントをインターネット上で探し始めた。寒気の移動状況、気温の高度分布、風向き、雪雲の位置と予想。さらにヒントになりそうな事件、事例などを片っ端から検索する。

十五分ほどすると、課に控えている部下からメールが届いた。異常気象による生物への影響を調べていた彼が見つけたのは、一八七九年（明治十二年）に起きた北海道でのエゾシカ大量死事件の資料だった。

豪雪、暴風雨、寒波の中で起きた生物大量死事件。

「一つ、よろしいですか」と、送られてきたデータを開きながら、降旗は手を挙げた。

答えを求めて迷走する会議の注目が、たちまち降旗に集まる。

これは可能性の一つなのですが、と降旗は前置きした。

「むしろ、コウモリを地上に追い出した方が戦いやすいかもしれません」

「おい、狂犬病ウイルスを持つコウモリだぞ」

竹内健康局長が目を丸くする。

「そうです」

「馬鹿か、お前は」陣内が鼻で笑う。

「この気象条件です。彼らが飛び立つ前に凍死させられるかもしれません」

降旗は語気を強めた。決して、思いつきではない。

大気の状態が逆転層になって上層部の気温が零度よりも高く、下層部が氷点下になれば、空中の水滴は過冷却となり、気温が氷点下の下層部でも雨滴は氷にならず、液体のまま地表に達する。

「氷点下の液体となった雨滴が地面や家屋の屋根に衝突すると、その衝撃で急速に凝固して氷になります。つまり、コウモリにも同じことが起こる。過冷却の雨滴は、その体表に衝突した瞬間、急速に氷結し、コウモリの体温を奪い取って凍死させる」

それこそが、エゾシカ大量死事件と同じ状況だ。

「彼らは本能で行動しますが、我々には情報と判断力がある。それを武器に戦うのです」

「お前の言う現象が確実に起こる保証は」

「ありません」

「もし、一千万ものコウモリが都民に襲いかかったらどうするつもりだ」

「屋内に避難してもらうしかありません」

「どうやって戸外の人々に情報を流すのだ。広報車の数を調べたのか？」

「ラジオ、テレビ、ネット、緊急放送。使える手はあるはずです」

今回ばかりは、降旗も引き下がらない。

「彼らは上空の暖気を求めて地上へ出た。過冷却の雨が降るのが早いか、彼らが飛び立つのが早いか、ギリギリの勝負になりますが、コウモリを全滅させる手段はこれしかありません。うまく行くかどうかは偶然に支配されますが、もはや打つ手は一つしかありません。自衛隊と警察にコロニーを攻撃させてください」

「人類の運命を、神の気まぐれにかけろというのか」

「そうです。我々も神の選択に挑むのです！」

ムキになった二人が睨み合う。互いの言葉が荒々しくなっていく。

陣内が顔を紅潮させる。

「お前、誰に向かって口をきいている」

「そんなつもりはありません。私は、最も有効な対策を提案しているだけです。それさえも許して頂けないのですか」

「だから、そんなことは無理だと言ってるだろうが！」

「無理かどうかは……」

「上司の命令が聞けないというのか！」

「ここで議論すべきは、課長と私の関係がどうのこうのではないはずです！」

「馬鹿野郎！」

陣内が書類を降旗に投げつけた。

宙を舞う書類。

膝に置いた両手の拳を握り締めた降旗は、大きく息を吸い込んだ。一度ぐらい、今ぐらいと、自分に言い聞かせた。

「都心への送電を停止させましょう。病院などの緊急施設以外には、空調、照明などの熱源を停止させるよう命じてください。もちろん内燃機関を持つ自動車も使用禁止です。そうすることで、都心の下層部の気温を低下させる」

「お前、自分の言っていることがわかっているのか。都心に心臓麻痺を起こさせるのと同じだぞ。凍死者が出たらどうする。今現在、車で避難しようとしている都民がいるのに、街中が大混乱に陥るぞ」

他の出席者たちは、ある者は目を閉じ、ある者は腕を組み、一言も発しない。まるで室内には、陣内と降旗の二人しかいないかのようだった。

陣内を無視した降旗は、他の出席者に目線を向ける。

頼みの岩渕までもが、腕を組んだまま目を閉じていた。

「もう一つ。コロニーと繋がるマンホール、地下鉄、洞道などの出入り口や蓋をすべて開けてください」

降旗だって一杯いっぱいだ。正直、自尊心はへし折られ、結局、最後は道化にすぎないのかもしれない。

「出て行け」

陣内がドスの利いた声を出した。

降旗は耳が熱くなるのを感じた。

「降旗、この場所から出て行け！」

上司の最後通牒が飛び出た。

「課長。しかし、私は……」

「聞こえんのか！　出て行け」

若い時から何度も出会った光景、何回も繰り返される屈辱。

どれだけ頑張ったって、やっぱりここへたどり着くのか。

降旗は肩を落とした。耳鳴りがして、周りからすべての音が遠ざかって行く感覚に襲われた。

ただ、コウモリに食い尽くされた都民と東京を眺めながら、私に責任はないと言い逃れするわけにはいかない。

「課長、お願いします。せめて私の案を真剣に検討して頂けませんか」

立ったまま机に両手をついた降旗は陣内に頭を下げた。

「無理だな」

「……課長は間違っています」

「なんだと。生意気なことを言うな。お前の愚策を採用したとして、それが失敗した時、誰がどうやって責任を取るんだ！」

「お言葉ですが、どんな業務にだって責任はともなうじゃないですか。出張の決裁にだって責任はともないます。そうでしょ。なのに……、なのに責任の大小で、決断の義務から逃げるなんて……」

「逃げる？　誰が逃げてるんだ！」

降旗は机についた両手を見つめた。握り締めた十本の指が真っ白になっている。多分、顔色だってそうに違いない。でも、どれだけ怖くても、すべてを失うことになっても、今は引いてはならない。

「なぜ……、なぜ課長は問題が大きくなるほど後ろ向きになって、責任論を気にされるのですか。今は、物事がうまく行かなかった時、誰が責任を取るかではなく、省がなすべき対策への決断が求められていると思います」

お願いします、と上体を折った降旗は机に額を押しつけた。

もはや、こんなことしか降旗にできることはない。

隣で武田が立ち上がる。

「課長。私からもお願いします。エゾシカ大量死の原因は生物学者のあいだでよく知られている。コウモリの体の特徴と生態をよく知ったうえで、事件当時の気象条件に今夜を照らせば、課長補佐の提案は充分に説得力があります」

「武田さん。これは行政の問題です」

「違う。生物学上の問題です」

「大学から追い出された者が、なにを生意気な」

陣内課長が冷めた口調で返す。

「課長。命がかかっているんですよ！　多くの命が！」

今度は、都築が陣内に詰め寄る。

「あなたは感染症の専門家だ。引っ込んでろ」

陣内は取りつく島もない。

終わる。すべてが終わってしまう。

降旗の奥歯が軋(きし)んだ。不覚にも一滴の涙が机に落ちた。

「待ちたまえ課長」

岩渕審議官の声に、降旗はためらいがちに顔を上げた。

岩渕が柔和で、いかにも懐の深そうな表情を向ける。

「……課長補佐。私たちは似た者同士だな。私もかつて厚生科学審議会を立ち上げる時、組織の壁に凹まされた。難局に直面した時ほど、組織を動かすのが難しくなるのは昔からの常だ」

言葉を切った岩渕が、一度、視線を都築と武田へ移す。しばらくして、それが降旗に戻ってきた。

「仲間に信頼されているな。そして自身の強い意志。それだけで、この難局に処する者にふさわしいとわかる。君に懸けた私の判断は、あながち間違ってもいなかったようだ」

胸の前で組んでいた腕を岩渕が解いた。

「武田さん。本質的な疑問だが、我々はなぜここまで劣勢なのだろう。たった二つの生物の争いで、圧倒的に我々の方がすべての点で優っているはずなのに」

そうですね、と武田が顎に手を当てる。

「ある種が競争を勝ち抜いて勝利すると、結果として新たな捕食者を一手に引き受けることになる。今回の捕食者はコウモリです」

「人類はそういう状況だと」

「現在、人類が作り出している六度目の大量絶滅は、アフリカから進化を始めた人類がもたらした。人類は様々な環境に適応し、その分布域を地球全体に広げ、捕食者の頂点に立った。ところが、食物連鎖のピークに位置する頂点捕食者は、本来、ライオンのように個体数は少ないはず。それに比べて我々の数は増えすぎた」

「その結果、なにが起こるのかね」

「知らぬまに、人間が創り出した環境変化に対応して、人を捕食する生物が急速な進化を遂げます。彼らはこの大量絶滅を生き残り、それが終わったあとに分布を拡大し、多様化する候補者なのです。神が人類に与えた新たな競争相手です。彼らは人類が作り出した環境を知り尽くし、見事に利用しながら我々に戦いを挑む。そして、たぶん、かつて人類に対してそうであったように、神は挑戦者を応援するのです」

「神の意志だと」

「そうです」

もはや、誰も口を開かなかった。

岩渕が室内を一巡させた目線を、陣内のところで止めた。

「課長。ことここにおよんだ以上、取るべき今回の対策について、私も課長補佐と同意見だ。それに、責任云々を議論するなら陣内課長、それは君と私の問題だ。若い者が腹を括った。次は年寄りが、どう応えてやるか、我々の器が問われている。官邸への説明は私がする」

すぐ車を準備しろ、と岩渕が秘書に指示する。

「陣内課長。気象庁に現在と今後の気象状況を問い合わせろ。そして、大気の逆転層が本当に起きるかどうかを確認するとともに、いつでも官邸と連絡が取れる態勢を作れ。降旗課長補佐。官邸へ着くまでの五分間に君の案をまとめて、私のメルアドへＰＤＦで送れ」

岩渕が立ち上がる。

降旗の横を通りすぎる時、その肩をポンと叩いた岩渕が耳元でささやいた。

「こんな時は、一人の大きな勇気より、大勢の小さな勇気が必要になる」


官邸から現在の都心の映像が届いた。

街が凍っている。

地上に現れたコウモリたちは、建造物のあらゆる突起や軒先にぶら下がり、上空に暖気が訪れるのを待っている。

高層ビルは、蛾の大群に覆い尽くされた街灯を思わせた。有効な武器を持たない自衛隊と警察は、狂犬病ウイルスを持つコウモリに占拠されたスカイツリーや高層ビル群を見上げるしかない。

いつ、コウモリによる蝗害が始まってもおかしくない状況が発生した。

異様な光景に、交通拠点の駅に集まっていた都民がパニックに陥る。建物の外に取り残されている人々が、駅の構内になだれ込もうとして、押し合いへし合いの混乱が発生する。いたるところで、一階のガラスを叩き割ってビルの中へ侵入する連中が現れる。誰もが生き残るために必死だった。

　都会の秩序は崩壊寸前となり、そんな人類の混乱をコウモリたちが頭上から見おろしていた。

一月十六日（水）　午前零時三十分
東京都　千代田区　丸の内一丁目　行幸通り

『極渦』と呼ばれる気象パターンの移動により、氷点下十三度まで、急激に気温が低下した。もはや、外出が困難な状況だ。不用意に顔を出して外を歩こうものなら、たちまち、コートの襟が凍った息のせいで頬に張りつく気温だ。

　暴風雪警報に代えて暴風雪特別警報を発令した気象庁は、住民らに屋内にとどまるよう警戒を呼びかけた。

　シベリアのような大気に物が触れると、沸騰したお湯でも瞬時に『氷の粒』に変わる。

　皇居のお濠も全面凍結している。道路標識は氷柱に変わった。道路脇に停められた車のバンパーからはツララが垂れ下がり、車体すべてが氷結して、まるで雪まつりのモニュメントを思わせる。

日本の心臓部は、極地の様相に変わっていた。

そして、ここが戦場になる。


岩渕の説得と気象庁の裏づけもあって、官邸は降旗の作戦を了承した。

直ちに、東電は二十三区への送電停止の準備に入った。政府はホームページ、緊急通報、テレビ、ラジオ、そしてありったけの緊急車両を動員して広報を続けている。

「窓や扉は入念に閉じて、決して外へ出ないように」「午前一時をもって、翌朝五時まで二十三区全域が停電するが、これは災害によるものではないから冷静に対応して欲しい」「コウモリによる攻撃は、警察と自衛隊の共同作戦によって対処可能な範囲内であるから、心配する必要はない」

都民がこれらの発表をどこまで信じて冷静に対処してくれるかは未知数だ。

気象庁の観測によると、北からの寒気に乗り上げる形で南からの暖気が侵入し始めている。あと一時間もすれば、都心上空で大気の状態が逆転層になる。その瞬間、コウモリも飛び立つかもしれない。

その前に、送電停止を行わないと意味がない。設定された予定時刻は午前一時。あと三十分しかない。

「そんな神頼みで、本当に大丈夫ですか」

苛立ちを抑えるためか、景浦二尉が銃床を規則的に手で叩く。

命令違反で更迭（こうてつ）された篠原三佐に代わって着任したばかりの真中（まなか）三佐は白い息を吐き出した。不承不承の着任だった。篠原のなにが悪かったのか。命令だから仕方ないが、真中は割り切れないままこの場に立っている。

「官邸がこの作戦を決断した理由は、コウモリが次々と地上へ飛び始めたからだ。もはや地下での駆除対策を実施している時間的余裕はない」

「予想どおり、コウモリは地下鉄の駅、マンホール、歩道脇にある洞道の出入り口などから地上へ出ています」

景浦の報告に、真中は鉄帽のひさしを押し上げた。

「彼らは約束の地を目指すことを決意したのだ」

「約束の地ですか？」

「そうだ」

ただ、彼らにとっての約束の地は、人類にとっては死の地になる。

景浦の言葉どおり、濠端の日比谷通りではおぞましい光景が現れていた。

そこでは、歩道沿いに一定の間隔で並ぶ洞道の入り口やマンホールから、次々とコウモリが飛び立っていた。開け放たれたマンホールから飛び立つコウモリの群れは、産業革命時代、立ち並ぶ工場の煙突から吐き出される煤煙を想像させた。黒い群れは一本の筋となってねじれながら天を目指し、雪雲の真下でキノコの傘のように水平に広がり始める。

やがて、彼らは種の存続を賭した飛翔に向けてビルや鉄塔、送電線、街灯などに群れを作って時を待つ。

「これこそが、終末の光景だな」

真中はつぶやいた。

小刻みに震える毛玉のごときコウモリにびっしり覆われた丸ビルや東京海上日動ビルディング本館などの高層ビルは、地獄の門柱に思えた。さらに、通りの南側に建つ郵船ビルディングは、毛虫に覆われた墓石に見える。

まさか、こんな光景を生きているあいだに見ることになるとは。

前回の戦闘で多くの部下を失った部隊は、真中三佐の命令で二個中隊の補充を終えるとともに、次の決戦へ向けての準備を整えた。すでに丸の内中央口には、数十台の戦闘車両が待機している。続いて、七三式大型トラックで到着した隊員たちが散開して、駅周辺の持ち場についた。

真中の新たな任務は、東京駅に集まっている避難民の警護だった。ところが連隊指揮所の命令は、手を後ろで組んだまま暴漢から住民を守れというに等しい。

避難民の数はすでに二万人を超えているが、地下鉄と繋がる地下道へ避難させるわけにはいかない。コウモリの攻撃を防ぐために、中世の城塞よろしく、地下道や駅舎のシャッターはすべておろされた。

当然、改札口手前のドーム部分だけで、避難民が収まり切るわけがない。ところが、駅内の通路にも問題がある。各線のホームから、階段のスペースを抜けてコウモリが攻撃してくる可能性があった。

八重洲側は、デパートなどの避難スペースがそれなりに確保されているが、丸の内側はキャパが不足している。もちろん、ステーションホテルも含めたスペースに収容しているが、それでもまだ数千人が構外に溢れている状態だった。

「いったい、どうなってるんだ」「早く入れろよ」「俺たちを殺す気か」

駅の外では怒号が飛び交い、避難民がひしめき合う。

彼らを守り切らねばならない。

東部方面隊司令部は、横田基地や百里基地など、関東周辺の空自の基地から、すべての破壊機救難消防車A-MB-3と一万リットル燃料タンク車を東京駅に呼び寄せた。それらを駅の丸の内側、都道４０７号丸の内室町線沿いに配置し、駅全体を防衛する腹だ。

「結局、最後は急造の火炎放射器しかないわけですね」

景浦二尉がもどかしそうに唇を嚙む。

「さっきの戦闘ではっきりした。これだけの数のコウモリに対抗するためには、我々の武器、銃弾や徹甲弾などなんの意味もない」

真中三佐は配置につく燃料タンク車を目で追った。

彼らが切り札だ。こんな原始的な方法が。

「そろそろ時間だな」

真中は腕時計に視線を落とした。

同日　午前一時十五分
東京都　千代田区　霞が関一丁目　厚生労働省　七階　第十一専用会議室

岩渕、竹内以下、会議の出席者たちは送電停止の瞬間を待っていた。もはや、すべては官邸の判断にゆだねられる。厚生労働省の提案が正しかったかどうかは、あと数時間ではっきりする。もし、誤りなら、死屍累々の地獄絵図が朝陽に照らされるだろう。

「もう予定の時間をすぎている。送電停止はいつになったら実施されるのだ」

「最終決断はまだくだされていません」

岩渕の質問に陣内が答える。

「気象状況は」

「まもなく東京上空に暖気が入ります」

そうなれば……。

明日の会議で後悔しても、決して取り戻せない時間がすぎて行く。

皆が身じろぎもせず、机に置いた両手を握り締めていた。

官邸の危機管理センターの映像を受信しているモニターを竹内が見つめている。

「都民の収容は」

「池袋駅と渋谷駅では避難民の数が多すぎて混乱しています。おそらくそれが送電停止を遅らせている理由です」

陣内が配布されたばかりの速報を机に投げた。

「デパートなどのビルに収容するしかないだろう」

「鋭意進めているとのことです」

「遅い」

竹内の手の中で鉛筆が音を立てて折れた。

「なにやってるんだ。その前にコウモリの飛翔が始まったら止める手段はないぞ」

その時、連絡係の職員が駆け込んで来た。

「遅れていた送電停止が、今から五分後に実施されます」

全員が顔を見合わせる。

ついに始まる。

その時だった。

「あれを」と隣に座る武田が、降旗の袖を摑んだ。

ちょうど、モニター画面に東京駅丸の内中央口周辺が映し出されている。その一か所を武田が指さした。

「村上教授です」

「なんですって」

降旗は目を見開いた。

確かに村上だ。丸の内中央口の脇に立って外の様子を眺めている。

「きっとなにか企んでいます」

「なにかって」

「彼は、我々は人類史上初めて、一つの種が絶滅する瞬間を目撃できると言った。自らの目で確かめるために、彼は警官を殺してまで逃亡したのです」

狂気。まさに狂気だった。

「課長補佐」と岩渕が降旗を呼んだ。「村上教授については警察に連絡。もう一つ。君と武田氏は東京駅へ向かえ。状況の変化に対応して的確な判断を行い、指示を出すのだ」

降旗は武田を見た。武田が無言で応える。岩渕にうなずいた降旗は武田と廊下に出た。

岩渕の信頼に応えなければならない。でも、最初の一歩で足が震えているのがわかる。

思わず天井を見上げた。

正直、怖かった。

「降旗さん！」

声がした。

振り返ると、都築が深々と頭を下げていた。

「本当にありがとうございました」

「娘さんは大丈夫ですか」

「おかげさまで」

一瞬、表情を緩めた都築が、すぐに真顔へ戻る。

「差し出がましいとは思いますが、一言だけお伝えしてよろしいですか」

降旗はうなずき返す。

「今までも、これからも最善の決断ができるのは、あなただけです」

「いえ、そんな……。それに、とんでもない状況に出くわした時、私にそんな度胸があるかどうか」

「お願い、諦めないでください。あなたは『娘には私しかいない』と言ってくれました。それと同じです。今、救いを求める都民には、あなたしかいません」

降旗に歩み寄った都築が目線を下げる。一度口にしかけた言葉を、ためらうように飲み込んだ。

都築の混じりけのない思いやりと、言い出せないもどかしさが、今の降旗には手に取るようにわかる。

「励ましてくださるのに、臆病者ですみません」

降旗の方から頭を下げた。

「違う。違うんです。私が言いたいことはそんなことじゃない」

そこで言葉が途切れる。なにかが彼女の中に溢れようとしている。

やがて、心を決めたように都築が顔を上げた。

「降旗さん。たとえ世界中があなたのことを敵だと言っても、私は最後まであなたの力になります」

透明で綺麗な瞳が降旗に向けられていた。

「私だけじゃない。小林聡子さんのお母さんもきっと、そう。だから、降旗さん。あなたの勇気を何千万の人々が待っている」

息が詰まった。まさか、都築がそんなことを言ってくれるなんて。

そして、もう一つ。

あの日、厚生労働省の玄関で雪の中へ消えて行った母親の背中が脳裏に浮かんだ。もし彼女が降旗に感謝してくれていたのなら、降旗も一つだけ正しいことをしたのだろう。

まだどこかに引きずっている逡巡（しゅんじゅん）と弱気を悟られまいと、降旗は横を向いた。

都築の瞳が教える。弱さは誰でも持っていると。

いつか、都築は言った。「崖から落ちた者の気持ちも知らないくせに」と。

彼女は飛んだのだ。恐れることなく。

ところが、降旗は崖から落ちることを恐れる前に、崖から飛ぶことを恐れていた。

どうしても飛ばなければならない時に、谷の幅を考えてどうする。

「ありがとうございます。やってみます」

都築に深々と頭を下げた降旗は、武田が待つエレベーターに駆け込んだ。

同日　午前一時二十五分
東京都　千代田区　丸の内一丁目　行幸通り

すでに、予定より二十五分遅れている。その遅れが、人類の滅亡に繋がらないことを祈るしかない。

「中隊長。今から五分後、〇一（マルヒト）：三〇（サンマル）に都心への送電が停止されます」

真中は腕時計を見ながら、その時を待った。

「うまく行くでしょうか」

「うまく行かせるしかない」

真中は唇を噛んだ。これから、人類は種を守るため、今まで積み上げてきた文明のスイッチを切り、神の判断にすべてをゆだねるのだ。

都心を包む極限の天候はまさに、『選択』のお告げを聞くにふさわしい試練だった。

送電停止まで三十秒を切った。

「五、四、三、二、一」

景浦が腕時計から顔を上げる。

「時間です」

ふっと、本当に突然、ろうそくの明かりが消えるようにすべての照明が落ちた。

凍りついた街が漆黒の闇に包まれた。

避難民の集団が渦を巻くように波打ち、中から悲鳴が上がる。

「落ち着いてください」と暗視装置をつけた自衛隊員が拡声器で叫ぶ。

避難民たちはその場にしゃがみ込み、ある者は肩を寄せ合い、ある者は頭を押さえて神に祈り始めた。

無残な死が、彼らの目と鼻の先まで押し寄せている。

黄泉の国の扉が開く。

「全小隊、並びに全車両に告ぐ。バトルステーション！」

一斉に、隊員たちがコウモリの群れに向かって八九式小銃を構える。

八七式偵察警戒車の二十五ミリ機関砲と九六式装輪装甲車の四十ミリ自動てき弾銃の砲口が高層ビルに向けられる。

車両の陰から、誘導手が対戦車誘導弾の発射準備を終えた。

秒速二十メートルを超える暴風雪はビル風となって、さらに勢いを増す。

規模の大きな建物の周辺で発生するビル風は、建物の形状、配置や周辺の状況などにより、非常に複雑な流れとなる。

雪の礫が頬に食い込んだ。

轟々たる風の音が真中たちの周りを駆け抜ける。

同時刻
東京都　千代田区　霞が関一丁目

厚生労働省を出た車は白山祝田通りを北進し、祝田橋交差点で右折して内堀通りに入る。皇居のお濠沿いに走り、次の日比谷交差点で左折すると、日比谷通りを直進して東京駅を目指した。

時間がない。真っ暗な都心で、降旗はアクセルを踏んだ。

道路沿いには五十メートル間隔で自衛隊や機動隊の車両が配置されている。日比谷通り沿いの帝国劇場、明治生命館、三菱商事ビル、どれもが飛翔を待つコウモリの大群に覆われていた。

反対車線を埋め尽くす避難民の車は、大半がエンジンを止め、皆が車内で凍えながら耐え忍んでいる。

　雪が止んだ。

　いよいよか。

　フロントガラスから上空を見上げながら降旗は車を飛ばす。

　揺れる車内で、武田は助手席のアシストグリップに摑まっている。

「武田さん。村上教授は平気で殺人を犯すほど冷酷な人物なのですか」

「私が彼と樹海の風穴へ出かけた話はしましたよね」

　武田がちらりと視線をよこす。

「はい」

「今になって、ようやく彼が私を同行させた理由がわかりました。あの日、彼はバックパックにナイフを入れていた。私は護身用だと思っていましたが、多分違う。もしコウモリに襲われたら、私を刺して置き去りにし、自分だけ逃げる腹だったに違いない。彼はそういう男です」

「なんですって」

　自らの目的のためには、人の命さえ踏み台にする男。

武田が唇を嚙んだ。

「いずれにしても、降旗さん。生き残ろうとする思いがコウモリと人間、どちらが強いか。いよいよ試されます」

神が人類を選ぶか、コウモリを選ぶか。

その決断がくだされる。

同時刻
東京都　千代田区　丸の内一丁目　行幸通り

真中はデジタル温度計を片手に、連隊指揮所の言っていることは本当なのか、送電停止の効果を見極めようとしていた。地表部分、大気の下層部分の温度をさらに下げることなど可能なのか。

こんな異常気象だ。上の言うように、熱源がなくなったところへ極寒の強風が吹けば起こり得る、そう思いたかった。

ところが、すべての照明が消えた以外、特に変わったことはない。コウモリの群れにも変化はない。

ため息をつき、しきりに腕時計に視線を落とし、足踏みする。横に立つ景浦の仕草に苛立ちが目立ち始める。

やはりだめか、と思い始めたその時、温度計の数字がジリジリ下がり始めた。

マイナス十三度が十三・五度となる。そしてマイナス十四度。

期待どおり、強風が地表の熱を奪っていく。

あとは下層と上層、大気の状態が逆転層となるかどうかだ。しかし、その瞬間をコウモリが察知すれば、彼らは飛び立つ。そうなれば作戦は失敗だ。

コウモリの本能との勝負。

人類は運を天に任せるだけ。

歯ぎしりするような時間がすぎて行く。

「中隊長、あれを！」

景浦が丸ビルを指さした。

ビルの窓ガラスに張りついているコウモリの群れが波打ち始めた。一斉に羽ばたきを始めている。

「おい。やばいぞ」

真中は双眼鏡を目に当てる。

コウモリが一匹、また一匹と、ビルの窓ガラスを離れ始めている。

先に飛び立ったコウモリが上空で輪を作る。

先発隊を追って、複数の場所からコウモリが飛び立った。

ついに、恐れていたコウモリによる飛蝗が始まったのか。

「こちら、丸の内地区。第一普通科連隊、第三中隊の真中三佐です。大規模なコウモリの飛翔が始まりました。至急、対応の指示を乞う」

真中は無線のマイクに叫んだ。

イヤホンの中で混乱した声が飛び交っている。

(こちら連隊指揮所。各中隊、状況を報告せよ。渋谷地区で飛翔が始まった)(こちら池袋地区、第一中隊。こちらでも飛翔が始まりました。すごい数です)(おい、どうする。銃弾の数は充分か?)(来たぞ。応戦しろ!)(こちら連隊指揮所。各中隊。状況を報告)(こちら……、品川、……たった今……)(各中隊に告ぐ。全火力をもって、コウモリの飛翔を阻止しろ!)

真中と景浦は顔を見合わせた。部下たちも不安げにこちらを見ていた。

自衛隊の混乱をあざ笑うかのように、二人の頭上で飛翔は続く。

高層ビルや街灯、電線を離れたコウモリの群れは、黒い砂嵐となって伸縮し、ねじれ、拡散する。

行幸通りの直上で一つの渦ができた。それが投網を投げたように左右へ広がったと思った瞬間、一斉に急降下を開始した。先ほどの戦闘のせいで、コウモリたちは、人間を飛翔の邪魔をする敵と認識したらしい。

避難民を守るため、防衛ラインを絞り込みながらジリジリ後退する隊員たちの列をコウモリの群れが追う。

兵隊コウモリたちは組織的で、狙いをつけた獲物に対して四方から取り囲むように襲いかかる。

避難民を背後に抱えた隊員たちが応戦する。

小銃の発砲炎が闇の中で明滅し、バリバリバリ、バリバリバリという連射音がこだまとなって駅の壁に反響する。流れ弾に削られたガラスが飛び散り、コンクリートの破片が粉塵となって舞い上がった。

一人、また一人、先頭の隊員がコウモリの群れに飲み込まれていく。

「引くな！　民間人を守るんだ」

小隊長が叫ぶ。

獲物となった隊員を貪り食う群れの中から悲鳴が響き、いたるところで血しぶきが上がった。

「助けてくれ！」

叫びながら真中たちの方へ駆ける隊員は、すでに全身が血まみれだった。

「撃て！　応戦しろ」

真中も小銃のトリガーを絞る。戦闘車両の火器が火を噴く。

今さら言っても遅いが、篠原の判断は正しかったのだ。

二十五ミリ銃弾をまともに食らったコウモリが、水風船が破裂するように四散する。ちぎれた頭部が十メートル以上も吹き飛ばされて路面に転がった。

それでもコウモリの大群は引かない。じりじりと防衛ラインを押し戻して来る。

「中隊長。このままでは防衛ラインを突破されます」

「なんとしても持ちこたえろ」

真中は照準器から目を離した。

「しかし」

真中は無線で連隊指揮所を呼んだ。

「こちら丸の内地区。第一普通科連隊、第三中隊の真中三佐。ジェット燃料噴射の許可を乞う！」

（周辺の民間施設、並びに公共施設へ被害がおよばぬ範囲で許可する）

「それは保証しかねます」

（狭隘な都市部での警護出動を行っているのは三佐の隊だけではない）

「命と建物とどっちが大事なのですか！」

そのまま待て、と連隊指揮所が一旦、マイクを置いた。

（現場の判断を尊重すべきです）（そんな戦闘規定はない）（あくまでも官邸の指示どおり……）（これは戦争です。都民の生命に対する責任をどう考えるのですか）

連隊指揮所の混乱がイヤホンを通して伝わってくる。

数秒の沈黙。

唇の端を嚙みながら、景浦がこちらを見つめている。

指揮所の誰かがマイクを持った。

（先ほどの命令どおりだ。復唱しろ）

「くそったれ！」

真中は無線を叩き切った。

駅前の防衛ラインは崩壊寸前だ。このままでは中隊の損害も甚大になる。

一部のコウモリが民間人にも襲いかかっている。

駅に逃げ込もうとする人々が将棋倒しになる。転んだ人を踏みつけて前へ進もうとする男性、建物の陰で頭を抱えてうずくまる女性。まさに地獄絵図だった。

真中と同じように、篠原も二者択一を迫られた。自分たちを信じている都民を守るか、自衛隊員として命令を守るか。連隊指揮所に目の前の状況が理解できるわけがない。

真中は意を決した。

「景浦二尉。ジェット燃料による攻撃を開始しろ。それから木更津の第四対戦車ヘリコプター隊を呼べ。大至急だ！」

「中隊長。広範な被害が出ると思われます。それに過冷却の雨からできた氷を溶かしてしまいますが、よろしいですか」

「構わん。なんとしても防衛ラインを死守しろ」

自らに言い聞かせるように二度うなずいた景浦が、無線のマイクを口元に寄せる。

「後方支援隊の各班に命令。ジェット燃料の噴射を開始。繰り返す、燃料の噴射を開始」

（第一班から第四班、命令を確認。ジェット燃料の噴射を開始します）

三十台のサーチライトが一斉にコウモリの群れへ向けられた。

強烈な明かりが、乱舞するコウモリの群れを追って暗闇の中で交錯する。

真中は八七式偵察警戒車の車上にのぼった。

Ａ－ＭＢ－３の放水口からきれいな放物線を描いて、燃料がコウモリの群れにまき散らされていく。かたや一万リットル燃料タンク車はその手前、比較的近いエリアに向けてミスト状に空中噴霧を行う。

次の瞬間、燃料に着火された。

ドーンという鼓膜を圧迫する爆発音とともに、幅三百メートル、高さ五十メートルはあろうかという火柱が、連続した壁となって立ち上った。昼間のように照らし出された丸の内で、コウモリの群れが炎に焼かれる。

同時に丸ビルや新丸ビルの外壁ガラスが砕け散る。

熱い。

真中たちの位置でさえ皮膚を焼かれるようだ。

空気中に気化した燃料が浮遊しているため、火災の範囲はまたたくまに拡大を始める。

轟音と激しい爆発が連続し、空中で黒煙と炎が噴き上がる。

続いて発射された対人てき弾が、ビルを直撃する。

何度目かの爆発音が壁面で炸裂した。

メラメラと燃え上がる炎の中で、火刑に処せられるキリシタンのごとく、高層ビル群が浮かび上がる。橙色（だいだいいろ）の炎が雪雲を照らす。

舞い上がる炎の中でコウモリの体が粉々に飛び散る。どこかの部位が歩道にぶちまけられた。

「隊長。連隊指揮所から連絡！」

通信科の隊員がF14無線機のマイクを真中に向ける。

「構わん。出るな」

「しかし……」隊員が絶句する。

「姿が見当たりませんとでも言っておけ！」

真中は、伸ばした二本指で首を掻き切るサインを隊員に向ける。

戦いは始まっている。ここで引けるわけがない。

「来た。第四対戦車ヘリコプター隊です」

景浦がお濠の上空を指さす。

皇居の上空からバタバタという空気を切り裂くローター音が近づいてきた。

垂れ込める雪雲を突っ切って二機のAH-64Dアパッチが姿を現した。翼下にはペイロード目一杯の装備が懸架されている。

並んでホバリングを開始したアパッチの両翼で火炎が閃いた。

鈍い衝撃音を残して、AGM-114ヘルファイアミサイルが発射された。

橙色のトレーサーと白煙を引きながらミサイルがコウモリに襲いかかる。足下を揺るがす連続した着弾音が響き、まだ多くのコウモリが群れている郵船ビルディングが火炎球に包まれた。

ビル全体が火の玉となった。

ビルの壁から次々となにかが、はがれ落ちる。

無数の火の粉が車道にまき散らされる。

陸自の攻撃を逃れたコウモリが、行幸通りと日比谷通りが交差する和田倉門交差点の上空で、ひときわ大きな群れを作る。

アパッチが、機首下に搭載されたM２３０・30ミリチェーンガンの掃射を浴びせる。

一転、コウモリの群れがアパッチに向かって突進する。

正面から襲いかかるチェーンガンの銃弾に粉砕されながらも、群れは前進を止めない。

ついに群れの先頭がヘリをとらえた。

たちまちアパッチが黒い塊と化す。

ローターがナイフのようにコウモリを切り裂く。

コウモリがエンジンのエアインテークに飛び込んだ。

パイロットがコウモリを振り払うために機体を回転させる。

排気音が断続的に途切れ始めた。

エンジンが火を噴く。

「エンジンがストールしている。落ちるぞ！」

景浦が叫んだ。

アパッチの機体が斜めに傾いたかと思うと、機首が下を向く。高度を取ろうとしたもう一機が失速して、直立した状態でテールから高度を失い始める。

二機がほとんど同時にお濠へ突っ込んだ。

氷が割れて水しぶきが上がった。

ヘリを仕留めた群れが向きを変える。

コウモリが再び駅に狙いを定めた。

あとからあとから、際限なく押し寄せるコウモリの群れは、仲間の死骸を乗り越え、決して攻撃の手を緩めない。

補給用トレーラーに積んだジェット燃料が底をつけば、防衛ラインを破られるのは時間の問題だ。

真中たちの目の前に広がる闇は人々の希望を奪い去り、絶望だけを残していく。

同時刻

東京都　千代田区　丸の内二丁目　東京メトロ千代田線　二重橋前駅付近　日比谷通り

雪が止んだ。

もしかして。

そう思いながら、和田倉門交差点で降旗はハンドルを右に切った。行幸通りに入れば東京駅は目の前だ。

フロントガラス越しに東京駅が見える。

駅前で自衛隊による発砲炎が明滅していた。

うごめき、伸縮し、ねじれる泡のごとき黒雲が彼らを包んでいる。

「コウモリの攻撃が始まっている」武田が身を乗り出した。

降旗がアクセルを踏もうとした瞬間、目の前で轟音とともに、巨大な火炎が噴き上がった。目もくらむ爆炎に、反射的に急ブレーキを踏む。テールがスリップしてコントロールを失った車が中央分離帯に乗り上げ、そのまま植樹帯に突っ込んだ。

一瞬、意識が飛んだ。

「危ない、降旗さん。逃げないと」

肩を揺する武田の声で意識が戻った。

渦巻く火炎がすぐそこまで迫っている。

車を捨てた二人は、日比谷通りまで駆け戻った。

燃えている。丸の内の街が燃えている。飛び火や、無数の火の粉が舞い踊り、強風に煽られた炎が通り沿いの建物や垂れ込める雪雲を橙色に照らす。

「なにやってるんだ。あれじゃ、コウモリを凍死させられない」

降旗は呆然と立ちすくんだ。

最悪の事態。

いたるところで発生している巨大な炎の竜巻は、竜のごとき渦となって立ち上り、コウモリを飲み込む。近くを飛ぶコウモリは、炎から逃れられたとしても、周囲の酸素を奪われて窒息死するだろう。

ただ、それは局所的な効果にすぎない。

「降旗さん。見てください」

武田が北の空を指さす。

雲が割れて、北の方角に一筋の星空がのぞいている。

「まずい。晴れてきた。逆転層ができても雨が降らなければ意味がない」

もはや万事休すなのか。

降旗は、突然現れた星空を呆然と見つめるしかなかった。

ところが……、なにかが変だ。

星が動いている。

違う。星空なんかじゃない。

目を凝らすと屏風（びょうぶ）のような雪煙が、天に向かってせり上がっている。

「あれは。あれはいったい……」

降旗たちが見ていたものは星空なんかじゃなく、風に舞い上げられた氷の粒だ。幅は数百メートル。そして、大手町の高層ビルを飲み込むほどの高さ。

信じられないほど巨大なブリザードだった。

絶壁を思わせる巨大で白い壁が、恐ろしい速さで降旗たちに襲いかかってきた。

二人の全身が、巻き波のようなブリザードに飲み込まれる。

飛ばされないように両手で抱えた頭を車道に押しつけ、背中を丸めて二人は耐えた。

氷の礫が頬を打つ。轟々たる風音。体が浮き上がる。二人は体を寄せて、互いをかばい合う。

もうだめだと思ったその時、突然、本当に突然、辺りが静かになった。風が止み、渦巻いていた音がどこかへ消え去る。

恐る恐る顔を上げる。ブリザードが、南へ通りすぎていた。

駅前で発生していたビル火災が吹き消されている。

四つん這いになった降旗は、凍りついた気道と肺に空気を送り込む。

「武田さん。なぜこんな時にブリザードが」

「春先の大雪山にヒグマの調査へ出かけた時と同じだ。理由を地元のガイドが教えてくれました。多分、寒気と暖気がぶつかり合っている局地的な前線の通過で突風が吹いたのです。ということはすぐ近くまで暖気が来ている」

その時、なにかが肩に当たった。

周りの路上に水滴が落ちる。

空を見上げた。

氷のように冷たい雨が落ち始めた。

予想どおり、大気の状態が逆転層になった。大気の上層部の気温が下層部より高い状態になって、過冷却の雨滴が降り始めたのだ。

氷点下の液体となった雨滴は、コウモリの体表に衝突した瞬間氷結し、彼らを凍死させるはずだ。

すくめた。
「武田さん。これで大丈夫でしょうか」
「このまま雨量が増せば……」
よしっと思った瞬間、背後で全身を揺るがす爆発音と悲鳴が上がった。二人は思わず首を
すくめた。
先ほどのブリザードで鎮火したと思った火災が、再び勢いを取り戻している。丸ビル、新
丸ビル、郵船ビルディング、次々と新たな火の手が上がる。ガラスが吹き飛び、炎が窓枠か
ら噴き出す。行幸通りの北側に立つ東京海上日動ビルディング本館から、人々が駆け出して
来る。ビル内に避難していた人々らしい。
彼らの頭上に火の粉が降りかかる。
まずいことに、コウモリたちが新たな標的に狙いを定めた。兵隊コウモリの目的は一つ、
飛翔の邪魔をする敵の排除だ。
一人の自衛隊員が、「こっちへ!」と避難民に手招きしてから小銃で応戦する。
コウモリの羽音、人々の悲鳴、そして銃声が交錯する。蜘蛛の子を散らしたように、避難
民が、雪で覆われた路上を逃げ惑う。獲物の激しい動きにコウモリが反応し、入り乱れて頭
上を飛び交う。興奮したコウモリが次々と急降下を仕かける。
「みんな伏せて!　伏せるんだ」

自衛隊員の指示に、全員が頭を抱えて降り積もった雪に突っ伏した。

「お願いです。助けてください」「死にたくない」

炎に照らされた兵隊コウモリが、哀れな獲物に襲いかかる。

彼らは『選択』のための生贄(いけにえ)だった。

悲鳴を上げ、血を流しながら人々が雪の中を這い回る。

自衛隊の応戦も激しさを増す。

交錯する銃声。

体を撃ち抜かれたコウモリが、投げつけたパイのごとく雪面に叩きつけられる。

避難民を中心に円陣を組んだ自衛隊が、組織立った見事な攻撃でコウモリを押し返し始めた。

その時、避難民の中から男が抜け出た。駅寄りに立っていた自衛隊員の首に左腕を回す。

男の右手でなにかが光った。

ナイフ。

男が自衛隊員の喉を掻き切った。

裂けた傷口から溢れ出た血で、隊員の戦闘服が赤く染まる。

「余計なことをするな。彼らの邪魔をするんじゃない」

駅にいるはずの村上だった。

「なにをする！」

別の隊員が村上の右足を撃ち抜く。

銃創を手で押さえた村上が、道路に片膝をついた。

思いもしない混乱のせいで隊員たちの円陣が乱れる。コウモリへの応戦が途切れた。

勢いを盛り返したコウモリが一斉に避難民へ襲いかかる。

若い隊員が、小銃を乱射しながらお濠の方角へ走る。

「来い。来やがれ！　俺についてこい」

身を翻したコウモリが、そのあとを追う。

避難民から充分に距離を取った位置で、隊員が足を止めた。

小銃を道に投げ出す。

「なにをするつもりだ！」

誰かが叫ぶ。

両手にM26手榴弾を握り締め、それを頭上にかざしながら隊員が叫んだ。

「人間をなめるんじゃねーよ！」

コウモリが隊員に襲いかかる。

隊員がみるみる黒い柱に変わる。

「そうだ。そうだ。そうだ！」

奇声を上げ、片足を引きずりながら村上がすり寄る。

次の瞬間、手榴弾が炸裂した。

火炎とともに、隊員とコウモリの体が飛び散った。

「あなた、自分のしたことがわかっているのか！」

吠えながら降旗は、後ろから村上に摑みかかる。

殺してやる！　本気でそう思った。

内臓、皮膚、肉片。こちらを向いた動物学者の全身に、飛び散った人体の一部がへばりついていた。

村上が降旗を突き飛ばす。

「現生種で、遠い未来まで変わらないまま同じ姿を伝える者など一つもない。はるか遠い将来までなんらかの種類の子孫を残す種など、ごく少数なのだ。我々はある日突然、歴史から姿を消す。これを絶滅と呼ぶ」

その時、村上の首に白いコウモリが咬みついた。

傷口を押さえた村上の指の隙間から、赤い血が水鉄砲のごとく噴き出す。

「忘れるな。種は不変でなく徐々に変化し、変種になり、変種はさらに変化して新たな種になる。その際に重要なメカニズムは生存競争と自然淘汰だ」

乱舞するコウモリに向かって村上が両手を広げる。

「お前たちの力を見せろ！」

鳴き声を上げながらコウモリが村上に襲いかかる。

「私を食らえ。私は正しかった」

コウモリに全身を覆われた村上が、その場に崩れ落ちた。

次の瞬間、地響きが足下を揺らし、甲高いコウモリの鳴き声が高層ビル街にこだまする。

丸の内を覆い尽くしていた、すべてのコウモリが一斉に飛び立ち始めた。

渦を巻き、湧き上がるキノコ雲のように天を目指す。

雲底に到達した群れが四方に広がり始めた。

みるみる空が黒く覆われていく。

コウモリの羽音と鳴き声が重なり合い、次第に増幅する。やがて鼓膜を破るような鳴動となって都心を包み込んだ。

「始まった」

武田がつぶやいた。

ついに始まった。

足下がふらついたと思ったら、降旗は目の前が真っ白になった。

「降旗さん」「聞こえますか」「しっかり」

自分を呼ぶ武田の声に目を覚ました。

降旗は行幸通りの雪の上に座り込んでいた。

本降りになった雨が降旗の肩を叩いていた。体の芯まで凍りつくようだった。

「コウモリは！　コウモリはどうなりました」

降旗は声を張り上げた。

武田が空を見上げる。

「飛び立って行きました」

見上げると最後の一団とおぼしき群れが、雲底すれすれの高さを悠然と南へ飛んで行く。

「武田さん。だめだったのですか」

武田が唇を嚙む。

「……我々は精一杯やりました」

終わった。

降旗は両手で頭を抱えた。

近くで自衛隊の無線交信が聞こえる。

(こちら連隊指揮所。各中隊、状況報告)(こちら池袋、第一中隊。コウモリは南東に向かって移動中)(こちら品川地区の第五中隊。コウモリの群れが東京湾上に出ます)

過冷却の雨滴に叩かれる前に、コウモリは上空の暖気へ飛び去った。

神はコウモリを『選択』したのだ。

どうやら、暖かい空気に導かれて南へ飛んだコウモリたちは東京湾へ出たようだ。

もはや、誰も彼らを止められない。

今日までの出来事が、走馬灯のように頭をよぎる。

敗北……。

人類は敗北したのだ。

怒りとも無念ともつかない叫び声を上げながら、降旗は天に向かって吠えた。

コウモリの群れが去り、燃え残りの火がくすぶる高層ビルの谷間に雪が舞っている。

降旗は中央分離帯の縁石にへたり込んでいた。

(こちら……第五中隊……。連隊……聞こえますか)

どこかで自衛隊の無線が鳴っている。

(……連隊指揮所、……応答……願います)(こちら指揮所)

今さらのやりとりが耳障りだった。もはや、なにを伝えようと手遅れなのに。

(第五中隊より報告。コウモリの群れが渦を巻きながら回り始めました。これはいったい……)

弾かれたように顔を上げた武田が「降旗さん」と、大声で呼んだ。

「……なんですか」

気抜けした降旗は声を落とした。

何度か拳で軽く頭を叩いた武田が、やがて「そうか！」と膝を打った。

「都会や地下での飛翔しか知らない彼らは、海に出るとエコーロケーションを使うことができず方向感覚を失ったのです」

降旗の前で武田が円を描いて歩く。彼はその先の答えを探している。

もしや、と降旗の心にかすかな希望の火が灯った。

「連中は、飛ぶ方向がわからなくなったのですか」

「そうです。新種のコウモリは都市の地下で生まれ、そこで進化した。彼らは様々な障害物や人工物が入り組んだ場所しか知らない。たまに地上に出ることがあっても、ビルが立ち並ぶ都市環境に変わりはない。そんなコウモリは、突然海上に出て、エコーロケーションが使えない状況に戸惑っているのです。海に出た彼らは、迷宮に入り込んでしまった」

行き場所を見失って旋回するコウモリ。飛翔を待つあいだの低温と寒風で、すでに体温は下がり切っているはず。そこへ過冷却の雨滴でさらに体温を奪われる。

「もしかして。いや、きっとそうに違いない」

何度も武田がうなずく。

(こちら第五中隊。コウモリが次々と海へ落ちて行きます)

降旗の全身から力が抜けていく。

あらゆる感情が一気に押し寄せてきた。

なぜか吐き気に襲われ、奥歯がカタカタと音を立てる。

今まで感じたことのない寒気が全身を駆け巡っていた。

コウモリが凍死していく。

彼らを氷のような海が待ち構えている。

神は人類を選んだ。

終章

絶滅の日から二箇月後
東京都　千代田区　霞が関一丁目　厚生労働省　七階

歴史に残る暗黒の冬が終わって二箇月が経ち、春がもうそこまで来ていた。

新宿、銀座、池袋、渋谷、そして丸の内。コウモリが都心に残した傷跡も、急ピッチで復旧が進められている。

やがて、何事もなかったかのように都心に咲きほこる桜を見て、人々はなにを思うだろう。

あれだけの危機を経ても、降旗の職場に変化はない。相変わらず陣内は上司で、川上は同僚だ。喉元過ぎれば、人々は都合良く物事を忘れていく。

降旗、都築、武田の三人は、七階の小会議室で事件の経緯と内容をまとめた最終報告書のチェックを行っていた。外はどうあれ、この部屋にはまだ震える記憶がこびりついている。

「そろそろ始まりますね」

降旗が壁の時計に目をやる。

テレビをつけると事件の特集番組が始まった。二日前に収録された特番。司会者を中心に数人の有識者が丸テーブルを囲み、武田も出演している。

一通り、事件の経緯をまとめた映像が流れ、そのあと、スタジオでの討論に移った。

「それでは、まず生物進化学がご専門の西都大学の武田教授に伺います」

若い司会者が、武田に話を振った。

「教授。いったいなにがあったのですか」

「簡単に言いますと、我々は種が絶滅にいたる入り口に立ったのです」

「絶滅の入り口ですか？」

いかにも、という大袈裟な表情を司会者が浮かべる。

「そうです。普通、一種類の生物の滅亡は、数年といった短い時間で発生しません。数百年、数千年をかけて絶滅していくものです。それでも、地球の歴史からみればあっという間の出来事なのですが……」

「ところが、今回、我々人類は、たった一冬で絶滅しかけた」

司会者の素人質問に、武田は丁寧に対応する。

「古生代における三葉虫や中生代末のアンモナイトのように、繁栄した種が突然姿を消す事件は過去に何度かありました。数が多く多様性に富んでいたのに、一瞬にして姿を消すのです」

「理由は」

「多様化した別の生物が地理的な分布域を拡大するにつれて、それまでの種に取って代わった可能性が高い」

続いて気象の専門家、防災の専門家、国防の専門家、そして番組常連のコメンテーター、様々な角度から、出演者がそれぞれの意見を述べる。

武田は、じっと前を向いたまま身じろぎもしなかった。

降旗や都築のように、事件のすべてを知る者からすると、新たな知見や示唆などなにもないコメントが延々と続く。

「それでは、時間も来たようですので、最後に武田教授」

司会者が再び武田の方を向いた。

「今回の事件で、我々が教訓とすべきものはなんでしょうか」

テーブルの上で組んでいた指に、武田が視線を落とす。

スタジオが沈黙に包まれた。時間を気にする司会者が小さく肩を揺する。

ようやく武田が顔を上げた。

「現在、人類が作り出している六度目の大量絶滅は、それ以前の五大絶滅と異なります。今この時、絶滅に瀕している生物にとっては、まさに我々がコウモリなのです。そして我々自身が絶滅する可能性もまだ残されている。今回の事件ですべてが終わったのかどうかは、まだわかりません。数万年後にこの地上を支配している生物が化石や地層を調べた結果、これだけ繁栄した人類が忽然と姿を消したと考える事態が、これからも起きるかもしれない。いずれにしても確かなことは、生物の絶滅には必ず理由ときっかけがあるということです」

スタジオが重苦しい沈黙に包まれた。

「それでは、今日はこれで」と、困り顔の司会者が一礼すると、画面がＣＭに切り替わった。

降旗はテレビを切った。

「教授。ご苦労様でした」

もはや、人類は絶滅と隣り合わせの危うい種だ、という武田の言いたかったことが、どれだけ視聴者に伝わったのか。少しだけ迷ってから、降旗は都築と武田の方へ、パソコンのディスプレイを向けた。

「実は最後の日、村上教授からこのメールが届いていました」

『東京に現れたコウモリは、人間が作った環境で進化した動物だ。

今日、生存競争に敗れるのがコウモリであっても、それは人類の将来そのものだ。潤沢なエネルギー供給を前提とした生存環境を維持できなくなった時、気候変動や環境の変化が人類に襲いかかる』

都築と武田が顔を見合わせる。ここにいる三人だからこそ、村上の最後のメッセージは強烈だった。

その時、若い職員がコーヒーを持って来てくれた。

降旗は慌ててディスプレイを閉じる。

「でも」と、都築がコーヒーを受け取りながら笑顔を作る。

「一番大変だったのは降旗さんですね」

「いえ、私なんか。それに仕事ですから」

「私も村上の下で長く働きましたから、大変な上司を持った苦労はわかります」と武田が隣の結核感染症課の部屋へちらりと目線を送る。「人は長く生きて経験を積むと、人間的に成長したと勘違いするものです。その者の本質は変わらないのに、処世術を覚える、言い換えれば計算高くなることを、成長したと勘違いしてしまう」

降旗は苦笑いを浮かべるしかなかった。

「十の苦労をして、ようやく一つの満足を得る。でも十の苦労が教えてくれることの方が多いものです」

都築が微笑んだ。

「それでは」と照れ隠しもあって、降旗は話題を報告書に戻す。

「この報告書に、なんらかの提言を盛り込みたいと思います。お二人のご意見を伺いたいのですが」

これは個人的な疑問ですが、と前置きした都築が武田に問う。

「提言をまとめる前に、いくら考えても、どう考えても『都心にやって来た生物は他にもいたはずなのに、なぜコウモリだけが大繁殖したのか』という疑問が消えません」

武田が顎に手を当てる。

「動物の種類が少ないということは、ある新種にとって空席のまま残された生態的ニッチが存在するということです。コウモリが都心で爆発的に繁殖したのはそのためです。他の場所ではげっ歯類が占めるべきニッチが空いていた都心で、彼らは大繁殖した。ところが数が増えすぎて餌が足りなくなり、かつ、種を繁栄させるために分散しようとした」

「もし、彼らが絶滅しなかったら、その勢力は世界中におよぶ、と教授はおっしゃった。コウモリは海を越えるのですか」

「多くの両生類や哺乳類は、海を渡る長距離移動には適していません。理由は、海水が彼らに有毒であり、生き延びるため真水を必要とするからです。しかし、コウモリ類は違う。アザラシと同じ海生哺乳類ともいわれる彼らは、海という障壁を越えて遠隔の地に分散できる唯一の哺乳類です」

恐るべき未来がそこにあった。

「あの気象条件はたまたまでした。ということは、コウモリが絶滅したのは偶然でしかなかった」

自虐的な降旗の言葉に、「今にして思えば、そうでもないのです」と武田が思わせぶりな顔を作る。

「個々の遺伝タイプの瞬間的な増殖率、つまり数を増やして競争に勝とうとする戦略は、最終的に失敗することが多いのです。短期的な増殖率が低くても長期的な存続性が高い種と競争した場合、前者が負けることがよくある。生物が生きる環境には、短期的な増殖率を高める能力を進化させずに、長期的に存続しやすいタイプを生き残らせる『なんらかのメカニズム』が隠されているのです」

ただ、と武田が言葉を続ける。

「今回の事件は我々への戒めでもあります。テレビでも言ったように、現在進行中の大量絶滅は人類が引き起こしています。もしかしたら、我々もコウモリと同じように、瞬間的な増殖率を高めて、つまり数を増やして競争に勝とうとしている種なのかもしれません」

「だから入り口なのですね」

「そうです。事実として、これまで地球上に出現した生物の『種』のうち九十九・九パーセントは絶滅したのです。我々が〇・一パーセントの聖域で永遠に存在し続ける可能性の方がはるかに低い」

降旗は腕を組み、都築がため息をついた。

その時扉が開いて、さっきコーヒーを運んでくれた職員が足早に戻って来た。

「警視庁の杉山という方がお見えです」と降旗の耳元でささやく。

杉山刑事が？

「用件は？」

「ぜひご相談したいことがあるとのことです」

アポも取らずに杉山が訪ねて来る理由とは。

降旗は都築と武田を見やる。武田が肩をすぼめる。

「わかった。お通ししてくれ」

杉山が小会議室に案内された。

初めて会った時そのままに、小柄だが目力が半端なく強い刑事が現れた。

ご無沙汰しております、と降旗は立ち上がって出迎える。

「こちらこそ」と杉山も笑顔で応える。

降旗は、机を挟んで向かいの席を杉山に勧めた。

恐縮です、と腰かけた杉山が「今回の件ではご活躍だったと聞きました。いつか、署では言いすぎました。心よりお詫び申し上げます」と謝罪を口にする。

降旗にしても杉山にはなんの恨みもない。役割は違っても、根っこが同じ事件に巻き込まれただけだ。

都築と武田を交えた世間話が和やかに続く。

やがて、一瞬、会話が途切れたのをきっかけに、杉山が「実は」と切り出した。

「皆さんにご相談したいことがあってまいりました」途端に、杉山の表情が硬くなる。「ただ、ここから先の話は、くれぐれも内密にお願いします」

声のトーンに事の深刻さを察した三人は、黙ってうなずいた。

「皆さんの御尽力でコウモリの一件は無事に解決しましたが、メトロ構内で発見された切断死体の捜査はまだ終わっていません」

「杉山さん。犯人がネズミとコウモリであることは間違いありませんよ」

武田が念押しする。

じっと前を見たまま、杉山がしばらく言葉を探していた。

「……確かに死体を食ったのはネズミとコウモリですが、大槻氏たちを殺し、切断した死体をコウモリたちに与えた者がいる。行方不明になった人々は殺されたあと、一旦どこかに移され、解体され、構内に運び込まれた。大槻氏が姿を消したのは京橋駅、遺体が発見されたのは東銀座駅。二つの場所が異なる理由はそこにある」

「大槻氏が殺されたのは地下鉄構内ですよね。そこからどうやって外へ遺体を運び出したのですか」

降旗にとっては素朴な疑問だ。

「死体袋に収めて通気口などから搬出したと思われます。扉や蓋の鍵は、メトロの協力者がいれば手に入る」

杉山が今日までの捜査概要を説明する。杉山たちは前田と岡原の死亡後、本件に関係していると思われた製薬会社を糸口に、いくつかの事実を突き止めていた。

「三年半前に、富士の樹海で発見された変死体の件はご存じと思います。彼は、とある製薬会社の研究員でした。そして、村上教授のスポンサーに名乗りを上げていたベンチャーに転職予定だった彼は、教授の研究室に内地留学することになっていた」

村上の研究室で会った学生の話、そして武田がホームレスになったきっかけ。思い出した。

「その研究員が、今回の事件に関係があるのですか」

「そう考えています。彼は、休暇中に樹海で遭難したことになっていますが、検死結果を見直すと、遭難してから動物に食われたのではなく、先に動物に襲われたようです」

「トレッキング中の事故ですか」

「そうではありません。製薬会社の同僚の話では、彼は個人的に樹海でなんらかの研究を行っていたようです」杉山が身を乗り出す。「それが私の第一の質問です。彼は遺伝と進化について研究していたらしいのですが、樹海でなにをしていたのでしょうか。私にはさっぱり理解できない」

これをご覧ください、と杉山が書類をさし出す。

どうやら、なにかの論文らしい。

『哺乳類の絶滅進化論とトランスポゾンの関係について』

「彼が私的に利用していたクラウドのサーバーで見つけた未発表の論文です。発表予定の日付が彼の死後になっている」

すぐに、武田が論文を斜め読みする。

そのあいだに杉山が、タバコをせわしなく三服した。

武田が眉を「なるほど」と吊り上げる。

「どうやら彼は、トランスポゾンを利用して新種生物を作ろうとしていたようですね」

トランスポゾンによる突然変異。降旗は、東大の遺伝子研究所で高橋教授から聞かされた仮説を思い出した。なぜ階級分化したコウモリが誕生したのか、その理由だ。

「彼は富士の樹海でなにかの研究を行っていたが、その最中に消息を絶った。おそらく、その理由を知っているのは村上教授ですが、彼もこの世にはいない。正直に言います。我々の捜査は壁にぶち当たっている。ぜひ、皆さんに助けて頂きたい。トランスポゾンで新種の生物を作る？　なんですか、それは」

出口を探す杉山に武田が助け舟を出す。

「遺伝子の改変です。杉山さんもご存じと思いますが、遺伝を司る物質はＤＮＡであり、その中にある塩基の並びが生物の形と性質を決めます。ということは、ＤＮＡ中の塩基の並び方を変えれば、新種を生み出すことができる」

「彼は樹海で密かに新種生物の研究を行っていたのですか」

「トランスポゾンを研究していたのなら、彼は短期間で人為的な進化を起こさせようとしていたに違いない。つまり彼は自然選択による進化を待つ気などなかった。人為的に新たな遺伝的変異を供給して、生物を進化させるつもりだった」

もしかして、それは。

「富士の樹海でなにを進化させようと……」そこまで言ってから、杉山がハッと口をつぐんだ。

研究員が突然変異させようとした生物、そして樹海で彼を襲った生物とは。この場にいる四人の頭には、すでに答えが共有されていた。

杉山がハンカチで額の汗を拭う。

「それに関連するかどうか、昨年の秋から前田という男がホームレスを使って、都心へなにかを運んでいました。一つはコウモリたちの餌。つまり切断された死体でしょう。なぜなら、前田はコウモリたちの餌にする人々を殺害し、京橋駅の記録映像を抹消した一味の一人です」

しばらく武田が考え込む。額に右手を当て、左手で規則的に机を叩く。

杉山の椅子が軋む音だけが室内に響く。

しばらくすると、「実は」と武田が切り出した。

「ずっと気になっていることがありました。品川の雨水貯留池で大量のヒルが発見されたことは聞いています。不思議なのは、なぜそれほど大量のヒルが発生したのか。温暖な都心で繁殖したとしても、あまりに不自然すぎる」

「教授。それは誰かが繁殖させたか、他の場所から持ち込んだという意味ですか？　もしかして、それも死んだ前田の一味の仕業だと？」

「あくまでも私の想像ですが」

「ただ、そうだとしても、彼らが大量のヒルを繁殖させる理由は？　コウモリとの関連は」

杉山の素朴な疑問に、頬づえをついていた都築が、はっと顔を上げる。

「コウモリとは別の理由があるとしたら」

「と、おっしゃいますと」

「彼らは、ヒルによる感染症の発生が、都心でも起こるかどうかを確かめたかったのでは」

「しかし、それと人為的にヒルを繁殖させたこととの関係は」

「コウモリが樹海から持ち込んだヒルの数などしれているはず。そんな僅かな試験体だけでは、自分たちが期待している効果に白黒がつけられなかったのかも。繁殖させたヒルを使って、もっと多くの場所か、広いエリアで試すつもりだったのでは」

都築の仮説を聞いて、杉山が質問を重ねる。

「ヒルが感染症を媒介するかどうかを確かめるなら、研究室でも可能だと思うのですが」

「六本木のような都会という人工的な環境でもヒルは生き抜き、活動し、そして人への感染媒体となり得るかどうかを確かめたかったとすれば」

「連中はヒルでも、東京に混乱を起こさせようとしていたのでしょうか」

「彼らは、コウモリとヒルを別の目的で研究、開発していたと考えるべきかもしれません」

ただ、そこから議論が前に進まなくなった。

杉山が組んでいた脚を戻す。

「あまりお時間を取らせてもなんですので、最後に、もう一点だけ。都築博士のご意見と関連しますが、大槻氏たちをコウモリの餌食にした連中の動機はなんだったのでしょうか。警察としては、この点が一番重要なのです」

単に餌を与えた？　いや、それなら人肉である必要はない。

都築が天井を仰ぎ、武田が難しい顔を作る。

「コウモリに人狩りを覚えさせ、肉食化させようとしていたのなら。つまり、親とはぐれたライオンの子を野生にかえす方法と同じだった」

降旗は一つの可能性を口にした。

「人類を滅ぼすために？」

「人類を滅ぼすためなら、コウモリなんて面倒くさい手は使わないでしょう」

都築の疑問を武田が否定する。

「杉山刑事。研究員をスカウトしたベンチャーとは」

降旗には、すべての答えがそこにある気がした。

「数か国に拠点を置いていた新興バイオ化学メーカーです。遺伝子組み換え作物の開発が業務で、最近は動物の研究も始めていました。ただ、我々の捜査と時を同じくするように会社を解散した。幹部たちの行方は、杳として知れません」

「警察の動きに気づいて、行方をくらました？」

「おそらく。さらに気になるのは出資者です。世界的に有名なコングロマリットでした」

突然変異した肉食コウモリ、バイオメーカー、複合企業、その関係とは。

降旗の頭の中に荒唐無稽だが、あるイメージが浮かんだ。

「武田教授。コウモリは海を渡る哺乳類なのですね」

「そうです」

「もしコウモリが戦闘攻撃機なら」

「攻撃機？」他の三人が怪訝そうに眉をひそめる。

「新種のコウモリは人を襲い、しかも狂犬病ウイルスの媒介者です。加えて、病原体を持つ小型生物まで運べる」

「つまり、生物兵器……ってことですか」

武田のつぶやきを、杉山がいぶかる。

「それは、ちょっと飛躍しすぎでは」

「コストがかからず、大量生産できる。敵に捕獲されても製造元や国を特定されない。なんらかの誘導方法さえあれば、ピンポイントで夜間攻撃さえできる。しかも、通常の兵器で迎撃するのは難しい。テロや地域紛争の時代にピッタリの新兵器です」

降旗の説明に「それなら私からも一つ、いいですか」と、武田が切り出す。

「もしかして疑惑のベンチャーは、繁殖中のコウモリをコントロール下に置けなくなり、証拠隠滅のために解散したのでは？　狂犬病ウイルスを保有するコウモリの能力を東京で試すつもりが、その凶暴性や繁殖能力が予想を遥かに超えてしまったとしたら……。つまり、『出エジプト記』に記された第八の災いの再来です」

報告書などそっちのけで降旗、都築、武田がそれぞれの考えを述べる。

杉山が立ち上がった。

「皆さん。申しわけありませんが、これから捜査本部までご同行願えませんか」

この場にいる四人は、事の重大さを認識し始めていた。

急いで武田が資料を鞄に押し込み、都築がバッグを肩にかける。部下を呼び寄せた降旗は、陣内にこの旨を伝えるよう頼んだ。

パソコンのディスプレイを閉じようとした降旗の腕を都築が摑んだ。

ディスプレイを指さす彼女の目と指先が、恐怖に揺れている。

「これは……」

『釜山広域市で、地元の初等学校生が珍しい白いコウモリの死骸を発見した』

南朝日報　日本語ニュースサイト　一四：〇〇配信

〈主要参考文献〉

『21世紀に読む「種の起原」』D・N・レズニック著　垂水雄二訳　みすず書房
『面白くて眠れなくなる進化論』長谷川英祐著　PHP研究所
『擬態の進化』大崎直太著　海游舎
『原生林のコウモリ』遠藤公男著　垂井日之出印刷所出版事業部
『コウモリ識別ハンドブック』コウモリの会編　佐野明、福井大監修　文一総合出版
『コウモリの謎』大沢啓子、大沢夕志著　誠文堂新光社
『フューチャー・イズ・ワイルド』ドゥーガル・ディクソン、ジョン・アダムス著　松井孝典監修　土屋晶子訳　ダイヤモンド社
その他、新聞等の記事を参考にさせていただきました。

解　説

今泉忠明

はじめに「この本は動物学の本ではない」、ということをお伝えしておかねば、と思った。本屋さんで間違えて買いそうなタイトルだからだ。かくいう私が間違えていたから。レッドリストは一九六四年にＩＵＣＮ（国際自然保護連合）が作成した、絶滅のおそれのある野生生物の種のリストである。危うい種を赤い紙に印刷したことからレッドリストの名がある。「この本の解説を……」というお話を受けたとき、「レッドリスト」ときたから、はなから生物の絶滅の話に決まっている、と。

ゲラが送られてきてパラパラと読み始めてもまだ小説だとは思わないでいた。なにしろ冒頭が「進化は連続的なものだ」ときたから。それから富士山の北麓に広がる青木ヶ原へと序章が続く。私は五〇年以上前から青木ヶ原を中心に動物の調査をしている。だから、非常な興味をもって読んだのである。樹海で人の変死体を発見したあたりから、「オヤッ？」と違和感を覚えた。そう簡単に自殺者などの遺体に出くわすことはないからだ。そして第一章・パンデミックに入るとき、そうかこれは小説だ、と気づいた。それほどうまく人の気を引き込む仕掛けが施されている。

本書はいわゆる「バイオハザード（生物災害）」を描いている。バイオハザードは映画でもゲームでもない。生物学研究で使用される病原体が引き起こす災害で、病原体が環境を汚染して起こることもあれば、直接的に人体に危険をもたらす場合もある。バイオハザードの歴史はけっこう古い。一八七六年にドイツの細菌学者ロベルト・コッホが炭疽菌の純粋培養に成功したことに始まるとされる。これ以降、チフス菌、ブルセラ菌、破傷風菌、コレラ菌、ジフテリア菌が元になって実験室感染が毎年のように起こってきた。一九六七年にはドイツのマールブルクの研究所でポリオワクチンの製造・実験用としてアフリカのウガンダから輸入したグリーンモンキーを解剖中に、二十五名がウイルスに感染し内七名が死亡した。これをマールブルグ病と呼ぶが、エボラ出血熱に似たものである。一九七八年にはイギリスのバーミンガム大学で天然痘ウイルスがエアロゾルとなって漏洩して死者二名、一九七九年には旧ソ連スヴェルドロフスクの生物兵器研究所から炭疽菌が市街に漏れ出し九十六名が感染、内六十六名が死亡した。二〇世紀末には、人為的な事件が発生し、一九九〇年に日本のオウム真理教がボツリヌス菌を、一九九三年には炭疽菌の大量散布を試みた。二〇〇一年にはアメリカで炭疽菌の入った手紙が報道機関や議員に送りつけられ二十二名が感染、内五名が死亡している。

二〇二〇年の初めに流行りだした新型コロナウイルスやエボラ出血熱などもバイオハザードである。なぜこのようなことが起こるのかについてはいくつかの説があるが、ウイルスが自然界から人間によって引きずり出されたとするのがもっぱらの意見だ。

その病原体は自然界ではほそぼそと生きているのだろうが、ある種の動物が異常に増えると、その動物にうつるチャンスが到来し、いったん動物の体内に入り込むことに成功すると爆発的に増加し、その動物を死亡させる。動物の数が減ってくると感染するチャンスがなくなり、病原体も元の状態に戻る。つまり動物たちの個体数の調整に役立っているものと考えられているのである。鳥インフルエンザ、豚コレラなども飼育場で一頭陽性が確認されると全頭殺処分とするわけだ。人間もまた家禽・家畜同様ということになる。ヒトの人口は現在七十七億四千万人ほどだが、生き物一種でこれほどの個体数となって世界中に分布する中形～大形動物は地球の歴史上かつていない。

ウイルスが自然界から都市に入り込み、密集して暮らすヒト社会への入り込みに成功したとき、そこは超微小な彼らにとっては人間だらけの無限に広がる新天地であるから、猛烈な勢いで感染しまくるのだろう。いわゆる「三密」を避け、ウイルスに個体数が減ったと思わせるしかないのである。

さて、物語はウイルスでなくそれよりもはるかに高等・複雑な哺乳類によるバイオハザードである。その生き物の進化によって、人類が絶滅の危機に立たされるというお話である。東京都内で原因不明の感染症が発生し、死亡者が出る事態となる。厚生労働省の職員の一人が、国立感染症研究所の研究員と共に原因究明にあたるが、吸血ヒルの発生や、東京メトロ内でのバラバラ殺人と新たな事件も続き、東京は大混乱に見舞われる。すべての謎は都心の地下で発生した生態系の変化につながることが判明するが、解決には至らない。人類は絶滅をかけて新生物との戦争に追いやられる。経済は破綻する。こうした物語が全くの想像でないところが怖い。

たとえば現在の日本では狂犬病は発生していないが、一九五〇年以前、日本国内では多くのイヌが狂犬病と診断され、ヒトも狂犬病に感染し死亡していた。このような状況のなか狂犬病予防法が施行され、イヌの登録、予防注射、野犬等の捕獲・駆除が徹底されるようになり、わずか七年で狂犬病を撲滅することに成功した。

だが狂犬病は日本の周辺国を含む世界のほとんどの地域で発生しており、日本は常に侵入の脅威にさらされている。東南アジアでイヌに咬まれ、日本に戻ってから発症する例が実際に起こっている。狂犬病が発症すると死亡率はほぼ一〇〇%。治す手段はない。ここが怖い。新型コロナウイルスに感染した場合、日本での死亡率は五%前後である。イヌの飼い主一人一人が狂犬病に関して正しい知識を持ち、飼いイヌの登録と予防注射を確実に行うことが必要なのだが、なかなかうまくいっていない。小さな縫いぐるみのような愛玩犬が増え、「まさか、うちの可愛いワンちゃんが狂犬病になるとは思えない」という人が少なくない。そんなことはない。イヌだってネコだって狂犬病にかかるのである。狂犬病ウイルスはすべての哺乳類に感染する。また咬まれることにより、そして昆虫によっても媒介される。もともとは森にひそみ、コウモリなどに取り付いたりして、自然界の一員として生きていたに違いない。

私たちはバイオハザードと背中合わせで暮らしている。これを防ぐには、本書の最後にバイオハザードの引き金を生態系の破壊と挙げているように、ここらで森や海の破壊や汚染をストップするしかないだろう。新型コロナウイルスによる災害が毎年のように起こったら、地球を削って成り立ってきた近代経済は破綻することは明らかである。政治家は茫漠たる湿原や干潟などを見るとすぐに埋め立てることを考え、森を見ると切りたがる。だが明日は確かにお金になるだろうが、結局はバイオハザードが発生してそのお金以上の出費をみるのである。実に軽い。

自然を保全することにお金をつぎ込むことは決して無意味ではない。最低限は現状の維持に努め、そして自然の回復を図ることしかないと考えられる。つまりは新しい経済を考え、自然と共存するしか我々人類の生き残る道はないと思われるのである。

そんなことを思いつつ、考えつつ本書を読破することをお勧めしたい。

——動物学者

この作品は二〇一八年二月小社より刊行された
『レッドリスト』に副題をつけたものです。

幻冬舎文庫

●最新刊
森瑤子の帽子
島﨑今日子

38歳でデビューし時代の寵児となった作家・森瑤子。しかし活躍の裏では妻・母・女としての葛藤を抱えていた。作家としての成功と孤独、そして日本のバブル期を描いた傑作ノンフィクション。

●最新刊
80'S エイティーズ
ある80年代の物語
橘　玲

ぼくにとっての「80's」とは大学を卒業した一九八二年からオウム真理教の地下鉄サリン事件が起きた九五年までだ。恥ずかしい言い方だが、この時代がぼくの青春だった——私ノンフィクション。

●最新刊
凍てつく太陽
葉真中顕

昭和二十年、終戦間際の北海道を監視する特高警察「北の特高」。彼らの前に現れた連続毒殺犯「スルク」とは何者か。そして陸軍がひた隠しにする軍事機密とは。大藪賞&推協賞受賞の傑作ミステリ。

●最新刊
ゴッホのあしあと
原田マハ

生前一枚しか絵が売れず、三七歳で自殺したフィンセント・ファン・ゴッホ。彼は本当に狂気の人だったのか？　その死の真相は？　アート小説の第一人者である著者が世界的謎を追う。

●最新刊
インジョーカー
組織犯罪対策課　八神瑛子
深町秋生

八神瑛子が刑事の道に迷い、監察から厳しくマークされるなか、企業から使い捨ての扱いを受ける外国人技能実習生が強盗事件を起こした。刑事生命の危機を越え、瑛子は事件の闇を暴けるのか？

レッドリスト

絶滅進化論

安生正

令和2年8月10日　初版発行

発行人――石原正康
編集人――高部真人
発行所――株式会社幻冬舎
〒151-0051東京都渋谷区千駄ヶ谷4-9-7
電話　03(5411)6222(営業)
03(5411)6211(編集)
振替00120-8-767643
印刷・製本―株式会社 光邦
装丁者――高橋雅之

幻冬舎文庫

ISBN978-4-344-43001-3　C0193　　あ-77-1